小学館文庫

正午派2025

佐藤正午

JN151880

小学館

目次

63–

年譜の読み方

年……2004
月……1 タイトル……初出……収録本

2004	1	◎書く読書 連載開始（～05・12）「図書」→『小説の読み書き』
	5	☆映画「ジャンプ」公開（出演：原田泰造、牧瀬里穂ほか／監督：竹下昌男）
	7	●月曜日の愛人 「きらら」→『正午派』『正午派２０２５』

●…長編および短編小説 ◎…エッセイやコラムなど ☆…そのほかの出来事

＊単行本・文庫本および初出誌の刊行年月は、発売日ではなく発行年月による。
年譜内の情報は、二〇二四年十二月現在。

年譜デザイン・書籍撮影　man-may design
装幀　山田満明

正午派2025

0-28

1955-1983

小説は万年筆で書くものと思い込んでいたし、小説が本になってお金が入ったら、もっと立派な万年筆を持ちたいという夢があった。地味な夢だが、毎日見飽きなかった。原稿用紙の文字がかすれてくると、インクのカートリッジを詰め替え、かすれた文字をなぞりながら、1冊の本と新しい万年筆のことを思う。ちらっと、ひとり思うだけ。慎ましく、欲のない時代。

1955

8月25日
長崎県佐世保市に生まれる。
本名、佐藤謙隆。

作家の母校

なんなら高校時代から二十代前半までは自分の人生から切り捨ててもいいと思う。その十年間には思い出すほどのことは何もなかった。しかし、中学生として過した三年間を捨てるのは惜しい。その時代がなくなれば、ぼくは同時に初恋や友情や希望といった言葉まで失ってしまうことになる。だからもし人生を映画のように編集できるとしたら、十代を前半で終え、二十代を後半から出発し、そこからすぐに小説を書き始めたい。

※「集英社 4月の新刊案内」(折り込み)1991.4

1979

春　札幌で大学在学中に初めて小説を書きあげ、中央公論新人賞に応募する。選考委員のひとりが吉行淳之介だったこと、応募規定が原稿用紙100枚以内だったのできっちり100枚に仕上げたこと、出版社からはいっさい連絡をもらえなかったこと等を憶えている。いっぽうで応募作のタイトルが思い出せない。

秋　大学を中退して佐世保に帰郷。

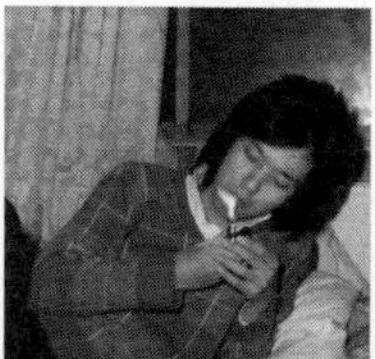

大学時代

大学中退後、履歴書写真

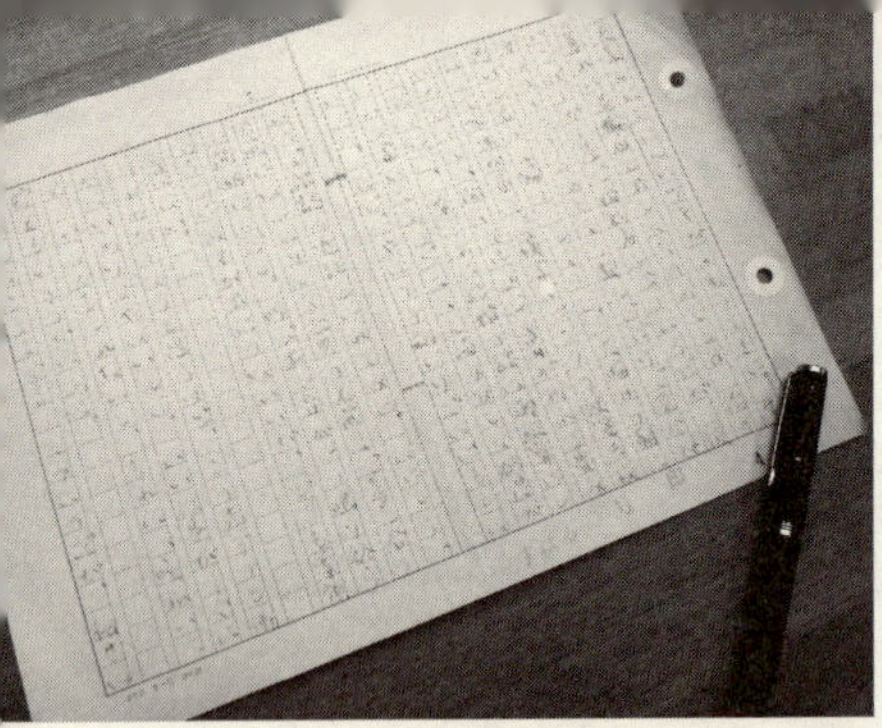

応募原稿の書き出しと当時の万年筆（佐世保市立図書館所蔵）

1981

5 佐世保で長編小説を書き始める。パイロットの万年筆で、コクヨの原稿用紙に。目標、文芸誌「群像」の長編小説新人賞。ところが書いているあいだにこの新人賞が消滅。他に長編小説を募集している出版社はなく、一時目標を見失う。でもまあ、書けば何とかなるかもしれない、と思って書き続ける。

1983

3 長編小説を書き上げ、文芸誌「すばる」のすばる文学賞に応募する。規定の枚数は２５０枚以内のところへ、応募作はおよそ７００枚。ルール違反を承知で原稿をカステラの箱に詰めて送ってみた。ペンネームは佐藤正午。応募時のタイトルは『女は箒に跨がって飛ぶ』。

8 集英社から電話がかかり、最終選考に残ったことを知らされる。このとき初めて編集者と話す。書けば何とかなるものだな、とあらためて思う。応募作のゲラ刷りが郵送されてきたのは28歳の誕生日の朝だった。

9 ゲラ刷りに手を入れたものを持って上京。このとき初めて編集者と会う。おもに小説のタイトルの変更について話し合う。結論出ず、佐世保に戻ったのち、電話で『永遠の１／２』という新しいタイトル案を提案される。

10 第７回すばる文学賞を受賞。

11 授賞式出席のためふたたび上京。受賞の挨拶をしたのかどうか記憶にない。「すばる」誌上に掲載される受賞のことばを、編集者の指導で二回も三回も書き直したことのほうは憶えている。

七百の昼と夜（第七回すばる文学賞受賞のことば）

二年前の初夏、最初の一行を書き出したときのことをぼくはいまでも忘れません。と本当は言いたいのですが、実はもうすっかり忘れている。なにしろ二年の月日は長いから。ぼくの友人はその間に三回失恋したあげく結婚したし、ぼくの姪《めい》の身長は十二センチも伸びた。もちろんぼくの友人は仲間うちでも特別惚《ほ》れっぽい男だし、ぼくの姪はいまが育ちざかりです。しかしそれにしても二年の月日は長い。七百の昼と夜。あのときの一行が、きょう六九八枚の当選作となって、来月には活字になる。来年には本になるかもしれない。なんだか夢のような話です。この二年間、ぼくじしんはいったい何をしていたのかよく思い出せない。いったいどうやって約七百枚分の原稿用紙を一字一字埋めていったのかさえ思い出せない。

正直なところ、いまは心細い気持でいっぱいです。先のことはまだなにひとつ考えられない。ただ二年前の初夏のことをぼんやり思い出しかけている。七百枚の原稿のコピイを机の上に置いて、これが友人の失恋三回と結婚までの月日なのだと、これが姪の身長十二センチ分にあたるのだと、自分に言いきかせているところです。

＊「すばる」1983.12

仕事あります

小説は最初から新人賞に応募するつもりで書き出した。どの出版社のどの月刊誌へとまでは決めていなかったけれど、とにかく書きあがったらそのつもりだった。二十代なかばで、小説家になりたいという希望だけがあって、精進すれば実現しそうなのか、どうあがいても見込みがないのか、信頼できる相談相手が周りにいないので自分一人で見当のつけようがない。そういう曖昧な状態があと五年も十年も続いたらと、先を想像して毎晩眠れなかった。はっきりさせるためには、東京の出版社へ原稿を送って読んでもらうしか手がないだろう。ただ、小説家になりたいというのは小説書きで飯を食いたいとの希望だから、なにも応募作の受賞までは望まない。欲しかったのは編集者の一言である。たとえば、見込みがないわけじゃないから試しにもう一つ書いてみなさいとか、出来が良かったら来月号に載せてあげますよとか。要するに、新人賞を受賞しなくてもいいから、職業作家になるための小さなきっかけ、出版社とのつきあいの第一歩になれば十分だった。

書き出して一年ほどで第一稿が完成し、そのときには集英社のすばる文学賞に応募することを決めていた。決めた理由の一つには枚数の都合がある。小説はすでに五〇〇枚を超えていて、書き直せばもっと長くなりそうな予感があった。そしてそんなに長い作品を受け付けてくれる新人賞は他になかった。くわしくは憶《おぼ》えていないけれど、すばる文学賞の応募要項にだけ、長篇も読まないではない、みたいな断り書きが付いていて、その一行にすがる思いで小説を書き続けたような気がする。

もう一年経《た》って七〇〇枚の小説が出来上がった。それを清書して、コピイを取って、郵送しなければならなかった。汚い原稿では絶対に読んでもらえないと思ったからだし、出版社へ届く前に原稿が紛失する可能性も考えたからである。どちらにもいま思えば馬鹿ばかしいほど手間ひまをかけた。書き損じには一字一字ホワイトを使い、書き込みも一切なしの原稿を七〇〇枚仕上げ、それを文房具屋へ持ち込んでコピイを取った。最後の最後に、編集者宛に短い手紙を添えた。文面ははっきり記憶している。届いたらなにしろ連絡をください、それから、仕事ありませんか？　この通りに書いた。

まもなく、すばる編集部から、確かに原稿を受け取ったという葉書が届いた。何だか肩の荷が一つおりた感じで、とうとう編集者に読んでもらえるんだなと思うとむしょうに嬉《うれ》しかった。で、結果が出たのは一九八三年の夏、こんどは担当の編集者から電話がかかってきて、彼は二十七歳の小説家志望の青年に向い、はじめに一言だけ、仕事あります、と言った。本当にこの通りに言った。仕事あります。

＊「すばる臨時増刊」1990.12

28-33

1984-1988

本になった『永遠の1/2』を編集者が届けに来るというので、空港まで出迎えた。到着ロビーで待っていた僕を見つけると、彼は笑顔になり「あとでゆっくり見ますか、それともいまここで見ますか?」と答えのわかりきった質問をした。近くの椅子にふたりですわり、編集者が膝の上の包みをばりばり破いた。それから、実現した夢の手触りを僕が心ゆくまで味わっているあいだ、編集者は隣で黙って見守ってくれていたと思う。「おめでとう」次に目が合ったとき彼は言った。「では場所を移して、次の仕事の話をしましょう」

王様の結婚

永遠の 1/2

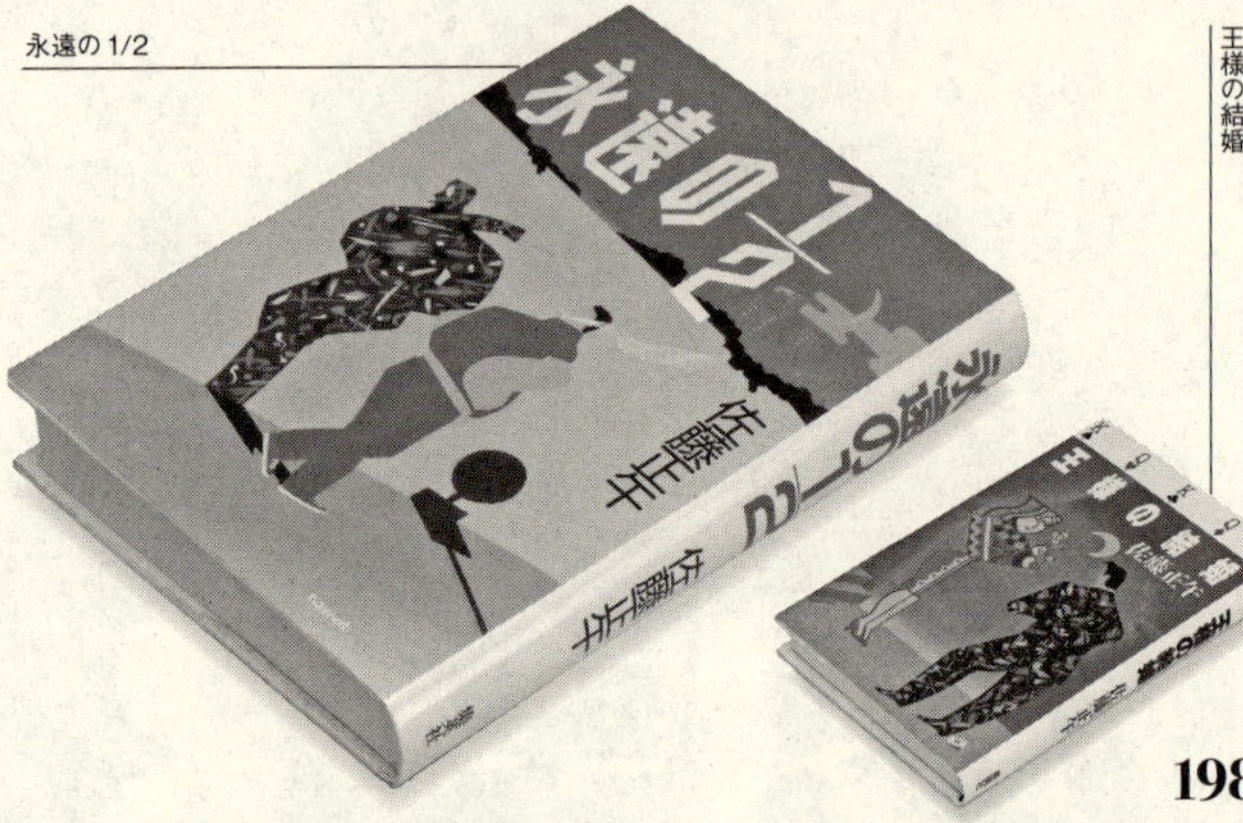

1984

1 『永遠の1／2』刊行（集英社）

◎かなりいい加減な略歴「青春と読書」※初エッセイ

↓『私の犬まで愛してほしい』『かなりいいかげんな略歴 エッセイ・コレクションI』

3 ●青い傘「すばる」↓『王様の結婚』

5 ◎諫早――中学時代「青春と読書」

↓『私の犬まで愛してほしい』『かなりいいかげんな略歴 エッセイ・コレクションI』

◎二〇〇一年の夏「サンケイ新聞」

↓『私の犬まで愛してほしい』『かなりいいかげんな略歴 エッセイ・コレクションI』

◎豊穣なる未来に「長崎新聞」

↓『私の犬まで愛してほしい』『かなりいいかげんな略歴 エッセイ・コレクションI』

6 ◎佐世保――高校時代「青春と読書」

↓『私の犬まで愛してほしい』『かなりいいかげんな略歴 エッセイ・コレクションI』

◎むかし自転車いま競輪「Ｎｕｍｂｅｒ」

↓『私の犬まで愛してほしい』『かなりいいかげんな略歴 エッセイ・コレクションI』

7 ◎先生「長崎新聞」

↓『私の犬まで愛してほしい』『かなりいいかげんな略歴 エッセイ・コレクションI』

◎札幌――大学時代「青春と読書」

↓『私の犬まで愛してほしい』『かなりいいかげんな略歴 エッセイ・コレクションI』

11 ●王様の結婚「すばる」↓『王様の結婚』

12 『王様の結婚』刊行（集英社）※「青い傘」併録

◎独り遊び「青春と読書」

↓『私の犬まで愛してほしい』『かなりいいかげんな略歴 エッセイ・コレクションI』

1985

1 ◎子供たちへ「長崎新聞」
→『私の犬まで愛してほしい』『かなりいいかげんな略歴　エッセイ・コレクションⅠ』

2 ◎忘れがたき「朝日新聞」
→『私の犬まで愛してほしい』『かなりいいかげんな略歴　エッセイ・コレクションⅠ』

◎三つの文章「優駿」
→『私の犬まで愛してほしい』『かなりいいかげんな略歴　エッセイ・コレクションⅠ』

5 ●ビコーズ　君を　連載開始(〜86・1)「女性自身」→『ビコーズ』

6 ◎恋人の忌日「長崎新聞」
→『私の犬まで愛してほしい』『かなりいいかげんな略歴　エッセイ・コレクションⅠ』

11 『リボルバー』刊行(集英社)　※書き下ろし

●恋売ります「ブルータス」→『女について』

◎一九七一年「青春と読書」
→『私の犬まで愛してほしい』『かなりいいかげんな略歴　エッセイ・コレクションⅠ』

12 ◎一九七二年「青春と読書」
→『私の犬まで愛してほしい』『かなりいいかげんな略歴　エッセイ・コレクションⅠ』

◎佐世保の片隅で「ニュー海軍橋」
→『私の犬まで愛してほしい』『かなりいいかげんな略歴　エッセイ・コレクションⅠ』

〈掲載月不明〉

◎友情と原稿料「MESSAGE」
→『私の犬まで愛してほしい』『かなりいいかげんな略歴　エッセイ・コレクションⅠ』

◎煙草と女「MESSAGE」
→『私の犬まで愛してほしい』『かなりいいかげんな略歴　エッセイ・コレクションⅠ』

〈原稿紛失〉

◎キャラメルとキス「MESSAGE」廃刊のため

28歳・自宅前

リボルバー

1986

1 ●走る女「月刊カドカワ」→『女について』
◎一九七三年「青春と読書」→『私の犬まで愛してほしい』『かなりいいかげんな略歴　エッセイ・コレクションⅠ』
2 ●ラム・コークを飲む女について「月刊カドカワ」→『女について』
●夏の情婦「すばる」→『夏の情婦』
3 ●二十歳「ブルータス増刊スタイルブック」→『夏の情婦』
『ビコーズ』刊行（光文社）
4 『永遠の1／2』刊行（集英社文庫／解説：佐伯彰一）
●童貞物語　連載開始（〜87・3）「青春と読書」→『童貞物語』
◎西の街の気候と服装「X－MEN」→『私の犬まで愛してほしい』『かなりいいかげんな略歴　エッセイ・コレクションⅠ』
◎書評：『現代の世界文学 イギリス短篇24』（丸谷才一・編）、『現代の世界文学 アメリカ短篇24』（宮本陽吉・編）「図書目録」
→『豚を盗む』『かなりいいかげんな略歴　エッセイ・コレクションⅠ』
5 ◎毎日が土曜の夜「小説新潮」
→『私の犬まで愛してほしい』『かなりいいかげんな略歴　エッセイ・コレクションⅠ』
7 ◎夏の記憶「読売新聞」→『私の犬まで愛してほしい』『かなりいいかげんな略歴　エッセイ・コレクションⅠ』
9 ◎書評：『ブローティガンと彼女の黒いマフラー』（川西蘭・著）「図書新聞」
→『豚を盗む』『かなりいいかげんな略歴　エッセイ・コレクションⅠ』
◎書評：『旅路の果て』（ジョン・バース・著／志村正雄・訳）「翻訳の世界」
→『私の犬まで愛してほしい』『かなりいいかげんな略歴　エッセイ・コレクションⅠ』
11 ●ソフトクリームを舐める女について「月刊カドカワ」→『女について』

1987

1 ●片恋「すばる」→『夏の情婦』
◎羊のカツレツ「週刊小説」
→『私の犬まで愛してほしい』『かなりいいかげんな略歴　エッセイ・コレクションⅠ』
◎あいかわらずの新年「長崎新聞」
→『私の犬まで愛してほしい』『かなりいいかげんな略歴　エッセイ・コレクションⅠ』

ビコーズ

永遠の 1/2

2 『恋を数えて』刊行（講談社）※書き下ろし

3 『童貞物語』刊行（集英社）

●糸切歯「éf」→『女について』

◎映画が街にやってきた 連載開始（〜87・12）「BRIGHT」

→『私の犬まで愛してほしい』『かなりいいかげんな略歴 エッセイ・コレクションI』

4 ●クロスワード・パズル「月刊カドカワ」→『女について』

◎足かけ八年「スリーエル」

→『私の犬まで愛してほしい』『かなりいいかげんな略歴 エッセイ・コレクションI』

5 ◎あとがきのあとがき（『恋を数えて』）「本」

→『私の犬まで愛してほしい』『かなりいいかげんな略歴 エッセイ・コレクションI』

7 『王様の結婚』刊行（集英社文庫）

◎とにかく時代はかわりつつあるのだから（『ボブ・ディラン全詩集』）「月刊カドカワ」

→『私の犬まで愛してほしい』『かなりいいかげんな略歴 エッセイ・コレクションI』

◎電話と小説「フォノン」

→『私の犬まで愛してほしい』『かなりいいかげんな略歴 エッセイ・コレクションI』

9 ●個人教授 連載開始（〜88・9）「月刊カドカワ」→『個人教授』

◎彼らの旅「サンデー毎日」

→『私の犬まで愛してほしい』『かなりいいかげんな略歴 エッセイ・コレクションI』

◎傘にまつわる悔しい話「Céfi」

→『私の犬まで愛してほしい』『かなりいいかげんな略歴 エッセイ・コレクションI』

10 ◎もう一つの『永遠の1／2』「青春と読書」

→『私の犬まで愛してほしい』『かなりいいかげんな略歴 エッセイ・コレクションI』

11 ◎映画〝永遠の1／2〟のパンフレット「永遠の1／2」パンフレット

→『私の犬まで愛してほしい』『かなりいいかげんな略歴 エッセイ・コレクションI』

◎鉄則「アサヒグラフ」→『正午派』『正午派2025』

☆映画「永遠の1／2」公開（出演：時任三郎、大竹しのぶほか／監督：根岸吉太郎）

12 ●人参倶楽部「小説すばる」→『人参倶楽部』※「失恋倶楽部」に改題

恋を数えて

王様の結婚

童貞物語

1988

1
●卵酒の作り方「週刊小説」→『恋売ります』
●傘を探す「すばる」→『夏の情婦』
◎一九八八年「週刊就職情報」→『私の犬まで愛してほしい』『かなりいいかげんな略歴　エッセイ・コレクションⅠ』

2
◎女について1「とらばーゆ」→『私の犬まで愛してほしい』『かなりいいかげんな略歴　エッセイ・コレクションⅠ』
◎坂道と恋愛「すばる」
◎言葉づかいと恋愛「言語生活」
→『私の犬まで愛してほしい』『かなりいいかげんな略歴　エッセイ・コレクションⅠ』

3
●眠る女「すばる」→『人参倶楽部』
●冷蔵庫を抱いた女「小説すばる」→『人参倶楽部』
◎小説家の四季　連載開始（〜89・12）「BRIGHT」
→『私の犬まで愛してほしい』『ありのすさび』『小説家の四季1988−2002』
◎女について2「とらばーゆ」
→『私の犬まで愛してほしい』『かなりいいかげんな略歴　エッセイ・コレクションⅠ』
◎競輪ファン「サンデー毎日」
→『私の犬まで愛してほしい』『かなりいいかげんな略歴　エッセイ・コレクションⅠ』

4
◎移り気「小説現代」→『正午派』『正午派2025』
『女について』刊行（講談社）　※初の短編集
『リボルバー』刊行（集英社文庫）
●イアリング「小説現代」→『女について』
◎主人公の声「すばる」
→『私の犬まで愛してほしい』『かなりいいかげんな略歴　エッセイ・コレクションⅠ』
◎たまには純文学もいい「集英社図書目録」
→『私の犬まで愛してほしい』『かなりいいかげんな略歴　エッセイ・コレクションⅠ』

5
『ビコーズ』刊行（光文社文庫／解説：内田栄一）

7
『リエゾン――六つの恋の物語』刊行（共著／主婦の友社）　※「糸切歯」所収

9
●震える女「エル・ジャポン」→『十七粒の媚薬』

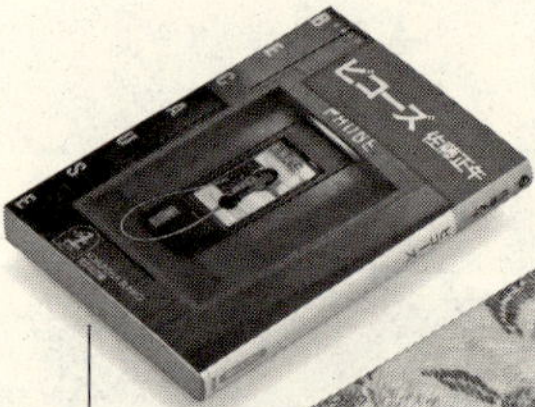

ビコーズ

女について

10
●ほくろ「PHP増刊」→『スペインの雨』
●恋人「すばる」→『夏の情婦』
◎小説『リボルバー』の映画化まで「青春と読書」
→『私の犬まで愛してほしい』『かなりいいかげんな略歴　エッセイ・コレクションⅠ』
☆映画「リボルバー」公開（出演：沢田研二ほか／監督：藤田敏八）

12
『個人教授』刊行（角川書店）

〈掲載年月初出不明〉
◎ハイライト→『私の犬まで愛してほしい』『かなりいい加減な略歴　エッセイ・コレクションⅠ』
◎昇級をかけた一局→『私の犬まで愛してほしい』『かなりいい加減な略歴　エッセイ・コレクションⅠ』
◎新しい愛のかたち→『私の犬まで愛してほしい』『かなりいい加減な略歴　エッセイ・コレクションⅠ』
◎印象記→『私の犬まで愛してほしい』『かなりいい加減な略歴　エッセイ・コレクションⅠ』
◎夏の博打→『私の犬まで愛してほしい』『かなりいい加減な略歴　エッセイ・コレクションⅠ』
◎うなぎにまつわる彼の話→『私の犬まで愛してほしい』『かなりいい加減な略歴　エッセイ・コレクションⅠ』

リボルバー

個人教授

長いつきあいになる先輩たちと。人形が2体写っているのは、3人の真ん中で写ると早死にするからと言って、撮影した人が置いてくれた厄よけのおまじない（本人談）

移り気

全国に五十カ所ある競輪場のうち、ぼくが行ったことのあるのは地元の佐世保と、武雄と、別府と、川崎と、松戸のたった五カ所しかないから、できれば残りのぜんぶを巡ってみたいと思っていた。二、三年前までは確かにそう願っていた。だからおとしこの原稿の依頼があれば、きっとそのことを書いていたにちがいない。しかし、いまはちがう。残りの四十五カ所をまわるためには費用がどのくらい必要で、日数がどれだけかかって、列車をどこでどう乗り継がなければならないと考えることさえやめている。地元の競輪場へももう半年ほど顔を出していないし(生一本の競輪ファンが聞いたら眉をひそめるかもしれないけど)選手が走るのを見るのはいまではビッグ・レースのテレビ中継くらいのものだ。競輪への関心をすっかり失《な》くしたわけでもないのだが、ぼくはもともと面倒くさがり屋のうえに移り気なところがある。

たとえばひところ将棋に熱中していた時期があって、そのときは日本将棋連盟の本部をいちど覗《のぞ》いてみたいと思っていた。たとえば昔ヘミングウェイを読んだときはパりに行ってみたいと思ったし、吉井勇を読んで祇園にあこがれたこともあるし、誰だか忘れたがある作家の小説を読んで温泉に一年くらい逗留したいと真剣に考えたこともある。スロットマシンで当りをとれば本場のカジノで勝負してみたくなるし、映画を見ればニューヨークへ、友人の話を聞けばシンガポールへ、スナックの女の子に惚《ほ》れれば彼女の部屋へ、すぐに行ってみたくなる。

そしてそのどれもが実現しないので、自然と関心は次へ移る。実現しないのではなくて実現させ得ないのが本当だから、競輪にも将棋にも作家たちにも罪はない。悪いのはぼくである。女の子の友人に、薄情者だときめつけられても文句は言えない。

＊「小説現代」1988.3

鉄則

最初に知ったのは中野浩一という名前である。もう十年くらい前になるだろうか、NHKのテレビに青年は颯爽《さっそう》と登場したのだ。インタビューアーはぼくの尊敬する作家がつとめた。彼が残した小説は丹念に計算された傑作揃《ぞろ》いであるけれども、その番組で彼のとった行動は無謀といわざるを得ない。彼は山道を、自転車で、中野浩一の後について走ろうと試みたのである。遅れて喘《あえ》ぐ作家を振りむきざま、不敵な笑いを浮べたぼくと同い年の青年の顔はいまでも忘れられない。

最初に当てた車券はそれから何年か後、中野浩一が3着に沈んだレースである。そのときはまだ彼の名前と人気以外には何も知らなかった。おかげで、大きな幸運が初心者の懐にころがりこんだというわけだ。が、まもなくぼくは思い知ることになる。競輪の世界では、名前が売れ人気ある選手には必ず実績がともなっているという鉄則を。つまりぼくが当てた大穴車券はビギナーズラック以外の何ものでもなかった。けれども、である。と同時にそれがいつでも起こる可能性は残されている。鉄則が裏返る一瞬が競輪場にはある。そのことを知ったとき、すでにぼくは競輪の魅力にとりつかれていた。

　それからまた数年が過ぎ、ぼくと同い年の青年は今年で三十二歳をむかえる。彼の名前はスポーツファンなら知らぬ者はいない。人気は当時と変わらず断然である。つみあげた実績はゆるがない。彼はいまでも第一線で走りつづけている。

　中野浩一が走りつづけるということは、競輪の世界の鉄則を、身をもって証明するという意味に他ならない。鉄則に従えば、彼が3着に沈むことは許されないのである。彼は常に勝者であることを要求されている。中野浩一は鉄則を守るために、鉄則が守られることを願うファンのためにスタートラインにつく。そしてまた、鉄則が裏返る一瞬を夢見るファンも彼に熱い視線を送る。競輪場の緊張感はそこに生れる。九台の自転車がゴールを切ったとき、鉄則はこの競輪界のスーパースターによって守られているだろうか。彼の顔に不敵な笑いは浮かんでいるだろうか。

＊「アサヒグラフ」1987.11.20

33-38

1989-1993

作詞を手がけたり、短編「スペインの雨」映画化の話にかかわってシナリオを書いたり、その他もろもろ理由はあったと思うけれど、本業に身が入らず『放蕩記』１冊仕上げるのに足かけ３年を要した。もたもたした仕事のせいで収入が減り、いっとき、出版社に印税・原稿料の前借りを無心する電話が習慣化していた。もっとひどい話をすると、同居していた女性の財布から札を抜き取る悪事もいっとき常習化していた。有り難いことに、一度も、強調するがただの一度も、担当の編集者たちはしぶることなく金を融通してくれた。同居人は見て見ぬふりをした。

1989

1 『夏の情婦』刊行（集英社）

3 ●ドライヤーを贈る「小説すばる」→『人参倶楽部』
◎ジェットコースターに乗ったみたいに
（『夏の情婦』）「新刊展望」→『私の犬まで愛してほしい』
『かなりいいかげんな略歴　エッセイ・コレクションⅠ』
☆勝誠二のアルバム「YO・YO・YO」で作詞（君の知らない恋）

4 『十七粒の媚薬』刊行（共著／マガジンハウス）※「震える女」所収

6 『私の犬まで愛してほしい』刊行（集英社文庫）※初エッセイ集
●夜中に電話に出てくれる男「クロワッサン」
→「スペインの雨」※「恋」に改題

7 ●彼女の電気あんか「小説すばる」→『人参倶楽部』
◎テレビと野球「青春と読書」
→『象を洗う』『かなりいいかげんな略歴　エッセイ・コレクションⅠ』

11 ☆勝誠二のアルバム「ROMANCE BOX」で作詞（少年とリボルバー、ショート・ストーリー、愛はワインに浮かんでいる、クライマックス）

12 ◎恋愛相談（今の恋を本当に選んでいいの？）「MONIQUE」
→『正午派』『正午派２０２５』

夏の情婦

私の犬まで愛してほしい

1990

2
●木にのぼる猫「野性時代」→『スペインの雨』
◎雨降って地ゆるむ「新しい女性」
→『象を洗う』『かなりいいかげんな略歴　エッセイ・コレクションⅠ』
◎きのう憶えた言葉「豊かなことば」
→『豚を盗む』『かなりいいかげんな略歴　エッセイ・コレクションⅠ』

3
◎猫と小説　連載開始（～90・12）「BRIGHT」
→『ありのすさび』『かなりいいかげんな略歴　エッセイ・コレクションⅠ』
◎春の嵐「産経新聞」
→『ありのすさび』『かなりいいかげんな略歴　エッセイ・コレクションⅠ』

4
『恋を数えて』刊行（講談社文庫）
●ジョン・レノンが撃たれた日「GULLIVER」→『スペインの雨』
●浮気の小箱「別冊婦人公論」→『スペインの雨』※「コンドーム騒動」に改題
◎小説家になる前「IN・POCKET」
→『象を洗う』『かなりいいかげんな略歴　エッセイ・コレクションⅠ』
◎ペイパー・ドライバー「TOKYO倶楽部」
→『豚を盗む』『かなりいいかげんな略歴　エッセイ・コレクションⅠ』

5
『童貞物語』刊行（集英社文庫／解説：島村洋子）

9
●消息「青春と読書」→『人参倶楽部』

10
●スペインの雨「すばる」→『スペインの雨』
●あのひと「青春と読書」→『人参倶楽部』
◎象を洗う毎日「銀座3丁目から」
→『象を洗う』『かなりいいかげんな略歴　エッセイ・コレクションⅠ』
◎浴衣と爆竹の長崎「私の青空」
→『豚を盗む』『かなりいいかげんな略歴　エッセイ・コレクションⅠ』

11
●元気です「青春と読書」→『人参倶楽部』

12
●夜のうちに「青春と読書」→『人参倶楽部』
◎仕事あります「すばる臨時増刊」→『正午派』『正午派2025』

恋を数えて

童貞物語

人参倶楽部

恋売ります

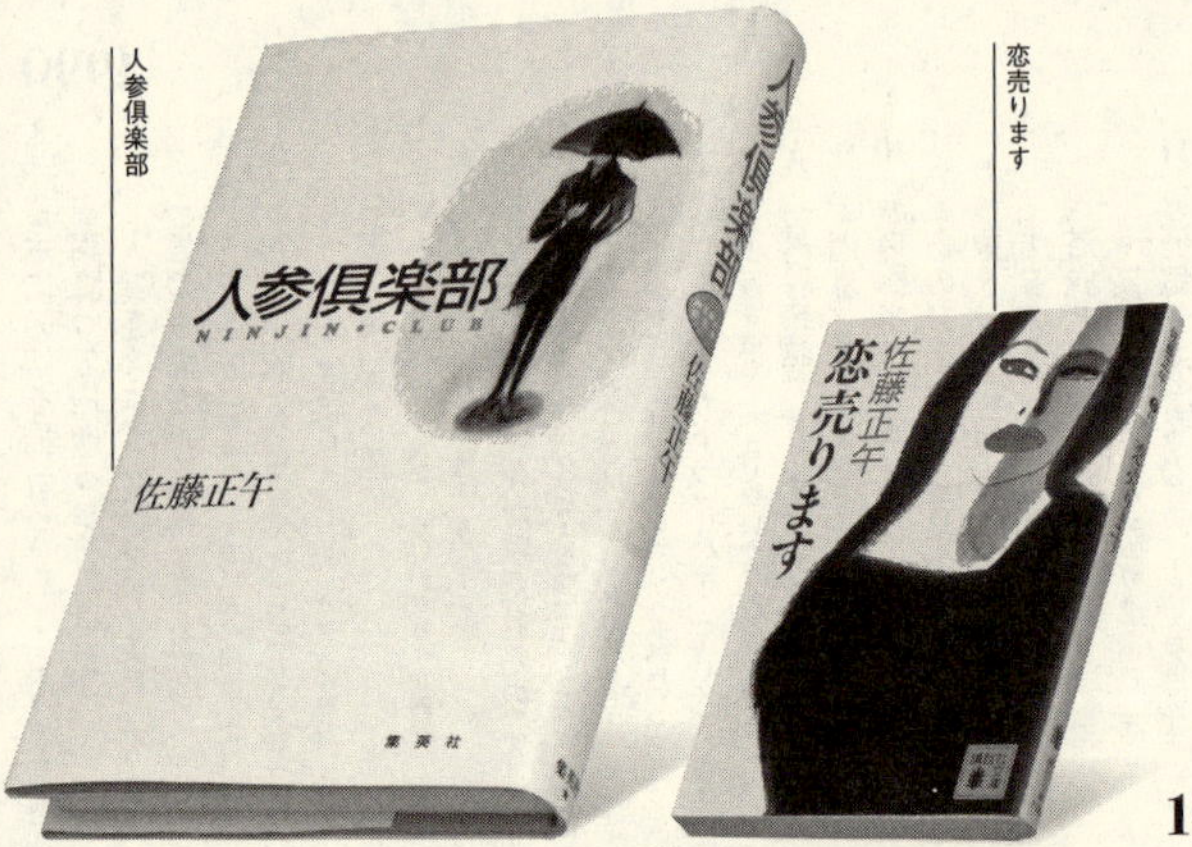

1991

1 ●行秋「青春と読書」→『人参倶楽部』
◎セカンド・ダウン　連載開始（〜91・12）「すばる」
→『象を洗う』『佐世保で考えたこと　エッセイ・コレクションⅡ』

3 ●クラスメイト　連載開始（〜91・5）「クロワッサン」
→『スペインの雨』文庫版に追加
◎小説家の四季　連載開始（〜91・12）「BRIGHT」
→『ありのすさび』『小説家の四季1988−2002』

4 『人参倶楽部』刊行（集英社）
『恋売ります』刊行（講談社文庫）※『女について』を改題、「卵酒の作り方」を追加
◎休暇「青春と読書」
→『象を洗う』『佐世保で考えたこと　エッセイ・コレクションⅡ』
◎言い違え「IN・POCKET」
→『豚を盗む』『佐世保で考えたこと　エッセイ・コレクションⅡ』

6 ●いつもの朝に「野性時代」→『スペインの雨』
◎書評：『銭形平次捕物控』（野村胡堂・著）「新刊ニュース」
→『豚を盗む』『佐世保で考えたこと　エッセイ・コレクションⅡ』

7 ◎一九九一年夏「ザ・ホットライン」→『ｓｉｄｅ　Ｂ』※「フレキシブル」に改題

8 『放蕩記』刊行（講談社）※書き下ろし

9 『個人教授』刊行（角川文庫／解説：篠崎まこと）

11 ◎シートベルト「Ｃｌｉｑｕｅ」
→『豚を盗む』『佐世保で考えたこと　エッセイ・コレクションⅡ』
◎競輪場の朝「ザ・ホットライン」
→『ｓｉｄｅ　Ｂ』※「少なくとも、朝のあいだは。」に改題

12 ●夢枕「ザ・ホットライン」→『正午派』『正午派２０２５』

個人教授

放蕩記

1992

1
◎二十七歳「週刊ビーイング」
↓『ありのすさび』『佐世保で考えたこと　エッセイ・コレクションⅡ』
◎言葉の力「an・an」
↓『象を洗う』『佐世保で考えたこと　エッセイ・コレクションⅡ』

3
◎ゲームの達人「月刊小説」
↓『象を洗う』『佐世保で考えたこと　エッセイ・コレクションⅡ』
◎将棋ファン「将棋世界」
↓『象を洗う』『佐世保で考えたこと　エッセイ・コレクションⅡ』
◎縁起をかつぐ「ザ・ホットライン」↓「side B」

4
◎証言「Number」↓『正午派』『正午派2025』

6
◎忘れ物「現代」↓『象を洗う』『佐世保で考えたこと　エッセイ・コレクションⅡ』

7
◎自然の成行き　友人の結婚に寄せて↓『正午派』『正午派2025』

8
●葉書「PHP増刊」↓『象を洗う』『佐世保で考えたこと　エッセイ・コレクションⅡ』
●ドラマチック「PHP増刊」
↓『象を洗う』『佐世保で考えたこと　エッセイ・コレクションⅡ』

9
◎ハンバーガー屋で出会った女の子「MOE」
↓『ありのすさび』『佐世保で考えたこと　エッセイ・コレクションⅡ』
◎最後のライン「サンデー毎日」
↓「side B」※「こうやって走りたかった二人」に改題

10
●そこの角で別れましょう「an・an」
↓『象を洗う』『佐世保で考えたこと　エッセイ・コレクションⅡ』
◎「三無主義」の中年「サンデー毎日」
↓『ありのすさび』『佐世保で考えたこと　エッセイ・コレクションⅡ』

11
◎三つの記事「ザ・ホットライン」
↓「side B」※「まるで映画のワンシーンのような」に改題

〈掲載月不明〉●叔父さんの恋「佐世保『旅』情報誌SASEBO」
↓『豚を盗む』『佐世保で考えたこと　エッセイ・コレクションⅡ』

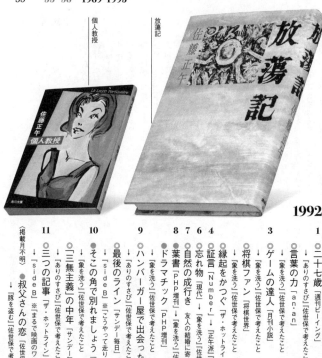

1993

1 ●ルームメイト「週刊小説」→『スペインの雨』
◎書評：『アンダーソン家のヨメ』(野中柊・著)「an・an」
→『豚を盗む』『佐世保で考えたこと　エッセイ・コレクションⅡ』
◎書評：『宙の家』(大島真寿美・著)「an・an」
→『豚を盗む』『佐世保で考えたこと　エッセイ・コレクションⅡ』

2 ◎競輪月報　連載開始(〜93・12)「月刊小説」→『side B』
◎王様の生活「PHP」
→『豚を盗む』『佐世保で考えたこと　エッセイ・コレクションⅡ』

3 『夏の情婦』刊行(集英社文庫／解説：盛田隆二)

4 ◎ポケットの中身「青春と読書」
→『象を洗う』『佐世保で考えたこと　エッセイ・コレクションⅡ』

5 『スペインの雨』刊行(集英社)

7 『十七粒の媚薬』刊行(共著／角川文庫)※「震える女」所収

8 ◎本を買って家へ帰ろう。連載開始(〜94・7)「ナインティナイン・ビュー」→『正午派』『正午派2025』
◎夏から秋へ「西日本新聞」→『象を洗う』『佐世保で考えたこと　エッセイ・コレクションⅡ』

10 ◎表札について「月刊宝石」→『象を洗う』『佐世保で考えたこと　エッセイ・コレクションⅡ』

11 ◎恋文通り　連載開始(全6回)掲載誌不明
→『ありのすさび』『佐世保で考えたこと　エッセイ・コレクションⅡ』※「ラブレターの練習」に改題、連載時「海藤正夫」名義
◎二十年目「二〇周年記念 同窓会記念誌」長崎県立佐世保北高等学校第26回生同期会実行委員会
→『豚を盗む』『佐世保で考えたこと　エッセイ・コレクションⅡ』

12 ◎書評：『忘れ蝶のメモリー』(新井千裕・著)「産経新聞」→『豚を盗む』『佐世保で考えたこと　エッセイ・コレクションⅡ』

夏の情婦

スペインの雨

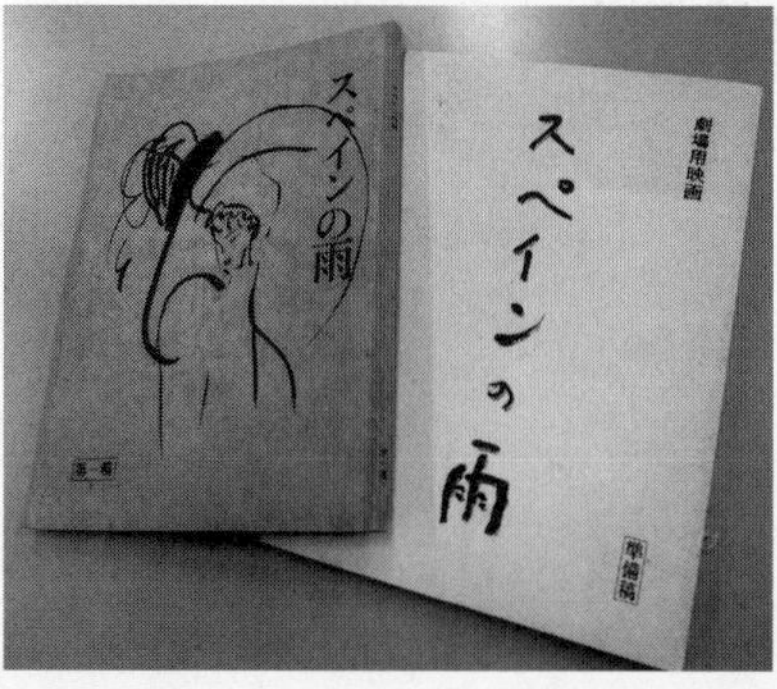

映画「スペインの雨」のシナリオ
(いまだに撮影されていない)

夢枕

＊電話投票会員に送付、競輪場で配布される「ザ・ホットライン」に、
年末の大レース「KEIRINグランプリ」の展望記事とともに掲載された短編小説。

一面の雪だった。自分が立っている場所からどの方角を見通しても地面という地面は純白の雪に覆われていた。建物は一つも見えなかった。樹木も見えなかった。人影もむろんない。すがすがしかった。このぶんでは世界中が白い雪に覆われているだろう。つまり地球は大きな雪玉になってしまったのだ。俺はそう思った。

そのとき目の前に一人の老人が現れた。長髪で丸顔の老人だった。ただ目付きは鋭かった。その鋭い目で老人は俺を見据え、持っていた杖《つえ》で一本、縦の線を描いた。俺は首をかしげた。すると老人は杖の先でぐるっと周囲を指し示した。それから今度は縦線の脇に横の線を一本加え、次に矢印のような記号を描いてみせた。俺はまた首をかしげた。どういう意味なのかさっぱり判《わか》らない。

「いったい何なんだ？」と俺は言った。

老人は黙って杖の先で天を差した。俺は空を振り仰いだ。そのときまで気がつかなかったが空は青く澄んでいた。どこを見渡しても青一色だった。サファイアのような美しい青だ。震えがきた。世界は白と青の二色で振り分けられている。感動的だった。しかしまだ雪の上に描かれた線と記号の意味は判らない。

ふと気がつくと老人は眠っていた。杖にもたれて立ったまま眠っている。じいさん、と俺は声をかけた。起きろよ、どういう意味か教えてくれよ。いくら呼んでも老人は目覚めなかった。俺はもういちど雪の上に目をやった。縦の線と、横の線と、それから……この記号は何だ、地図の北を示す記号か？　ちがう。似ているがちがう。そのとき何かが閃《ひらめ》きかけた。待てよ、と俺は雪の上に目を伏せたまま思った。このじいさんの顔には見覚えがある。いや、こいつは老人なんかじゃない。この男はそれほど年をくっちゃいない。あいつだ。なんてったっけ。鋭い目付きには確かに見覚えがある。そうだこの男はあいつだ。この記号は数字の４なんだ。こいつは雪の上に１・４と書いたのだ。おい、と言いながら俺は目を上げた。男の姿は消えていた。しまった、と思った瞬間にやっと目が覚めた。

「どうしたのよ」枕元で女房が訊《き》いた。「大声をあげて。悪い夢でも見たの？」

「いい夢だ」俺は答えた。「いま何時だ？」

「もう十時よ。早く起きて。年の暮れで忙しいんだから」

十二月三十日、午前十時。よかった、まだまにあう。俺は心を落ち着けてタバコを一本つけた。それから、店へ戻ろうとする女房を呼び止めた。

「信じられるか。阿佐田哲也が夢枕に立った」

女房はきょとんとした顔付きになった。

「阿佐田哲也だぞ」

「だれ？」

「競輪の神様みたいな男だ。二年前に死んだ」

女房は早くもうんざりしたような顔付きになった。

「それで？ って訊けよ」

「それで？」

「夢の中では雪が積もってた。阿佐田哲也は杖の先でその雪と空を差して1‐4だと俺に教えてくれた。つまり雪は1枠の白、空は4枠の青ってわけだ。1‐4を買えっていうんだ。それで俺は気がついたんだが今日は立川グランプリの日なんだ」

「お金ならないわよ」

と女房はすぐに言った。

「なんとかならないか？」

「なるわけないでしょ。昨日も立川へ行って負けてきたんじゃないの」

「昨日は阿佐田哲也が夢枕に立たなかったから……」

「馬鹿馬鹿しい。あなたその阿佐田さんと親しかったわけ？」

「会ったことはない。でも写真は見たことがある」

「なんで会ったこともない人が夢枕に立つのよ」

「不思議だよな。世の中には不思議なことがあるもんだ。これはひょっとして一生に一度のチャンスだよ。俺、この不思議な夢の1‐4に一発賭けてみたい。おまえのらないか?」

女房は無言でかぶりを振った。それいじょうなにを言っても無駄だった。仕方がない。競輪を知らない女はこれだからだめだ。この千載一遇のチャンスが理解できないのだ。女房は、暇なら大掃除でもしてよ、と言い残して店へ戻っていった。

女房は自宅で美容室を開いている。俺は先月、上司と喧嘩《けんか》して会社を辞めたばかりだ。つまり年の暮れだというのに職がなく収入もない。雀《すずめ》の涙の退職金も競輪ですってしまった。そんな俺に阿佐田哲也はあの世から同情してくれたんだろうか。ツキのない髪結いの亭主に一生に一度の大きなチャンスを与えてくれたんだろうか。とにかくこうしてはいられない。大掃除なんかしてる場合ではない。俺は有り金を勘定してみた。一二三〇円あった。一二三〇円で1‐4を買えば幾らになるだろう。1‐4のオッズはどれくらいだろう。そもそも今年のグランプリの1番車はだれだったっけ?

まあいい。そんなことより金だ。まず金の工面だ。俺はかたっぱしから知り合いに電話をかけて借金を申し込んだ。無駄骨だった。どいつもこいつもダメだと言った。

無理もないだろう。何しろ年の暮れだ。時期が悪すぎる。クソッ。俺は歯ぎしりした。阿佐田さんよ、なんでもう一カ月早く夢枕に立ってくれなかったんだ？

こうなりゃ奥の手を使うしかない。箪笥《たんす》の抽出《ひきだ》しの中だ。銀行の封筒だ。女房の金だが、我が家の生活費だから半分は俺のものだ。かまうもんか。どうせ1‐4当てるんだ。倍にしてもどせばいい。あなたを見直したわ、と言って女房も喜ぶだろう。封筒の中には三万円しかなかった。こないだ覗いたときには確かに十五万円あったのに、女房のやろう俺が一万円抜いたのに気づいて用心しやがったな。しかたがない。ないよりましだ。俺はポケットに三万円と一二三〇円入れて家を飛び出した。

立川に着いたのは三時頃だった。途中パチンコで道草をくったのだ。少しでも元手を増やそうと思ったのが間違いだった。熱くなって二万円の損だ。ついてない。帰りの電車賃を除けば一万円しか残っていない。1‐4のオッズは何倍だろう。仮に十倍なら、元手が二万減ったことで俺は二十万損したことになる。クソッ。

駅を出たところで後ろから肩をたたかれた。昔の会社の同僚だった。にっこり笑って片手を差し出し、金を返せと言う。なんの金だ？　と俺はとぼけた。

「こないだ京王閣で貸した一万円だよ。こんど会ったときに必ず返すって言っただろう。早く返せ」

「いま一万円しかないんだ」

「ぴったしじゃないか。返せ」

「グランプリのあとで倍にして返す」

「あてになるもんか。いま返せ」

「おまえ阿佐田哲也って知ってるだろう」

「それがどうした」

「まあ聞け。その阿佐田哲也が夢の中で……」

俺はあとの言葉を呑《の》み込んだ。こいつに話したってしょうがない。急に疲れを感じた。なけなしの一万円をくれてやり、俺はその場にしゃがみこんだ。邪魔だ邪魔だ、と競輪場へ向かう人波のなかから声があがった。俺は隅へどいてしゃがみ直した。まったくついていないな俺って男は。

そのときまた誰かに肩をたたかれた。そんな気がして振り返ったが、誰もいなかった。振り返った先には電話ボックスがあった。その中に黒いものが見えた。弁当箱のようだった。黒い円筒型のむかし流行《はや》ったやつだ、手にとって眺めているとちょうど警官が通った。俺は呼び止めて落とし物だと言った。そこへ初老の男がぜいぜい息を切らしながら駆けて来て、大声で叫んだ。

「あった、よかった、それ、わたしのです」

大げさなやろうだ。弁当箱くらいで。中身は何か、と警官が訊いた。男が答えた。「お金です。百万円の束が八つ入ってる」

俺と警官は思わず顔を見合わせた。警官が中を確かめた。本当だった。男は弁当箱を受け取って何度も頭を下げた。

「ありがとう、ほんとにありがとう、これは御礼《おれい》の気持です、受け取ってください」

俺は一万円札を握らされた。男が去ったあとで数えてみると十枚あった。あるところにはあるもんだな、と俺はつぶやいた。うん、と警官が呆然《ぼうぜん》とした顔でうなずいた。

「弁当箱だと思ったのに」

「うん」と警官がまたうなずいた。

やっぱり俺はついてるんだ。今朝の夢見は間違いじゃない。俺はタクシーに飛び乗り、競輪場だ、とどなった。運転手は無言で車を出した。急いでくれよ、と俺は念を押した。グランプリに間に合わなくなる。それでも運転手は返事をしない。

「おい、聞こえてるのか？」

そう言ったとたんにタクシーは急停車した。

どうしたんだ、と俺は言った。パンクです、と運転手が答えた。

「おいおい、冗談じゃねえぞ」

「冗談じゃないです。本当にパンクです」

「どうしてくれるんだよ」

「どうにもこうにも」

俺は舌打ちして車を降りた。クソッ。なんてことだ。金が十万も入ったのに。ほんとは俺、ついてるのか、ついてないのか、いったいどっちなんだ。しかしいまはそんなこと考えてる場合じゃない。1・4だ。グランプリの1・4を買うんだ。それにしても空車はどこだ。ほかにタクシーはいないのか。クソッ。俺はもういちど舌打ちすると競輪場へ向かって走り出した。

＊「ザ・ホットライン」1991.12.15

1000
YEN

本を買って
家へ帰ろう。

＊佐世保市の生活情報誌「ナインティナインビュー」（ライフ企画社発行）に
1年間全12回にわたり連載された自著解説。

永遠の1／2

一九八一年の初夏に、この穏やかで美しい土地で僕は長編小説『永遠の1／2』の一行目を書き始めた。穏やかで美しい土地というのは佐世保のことだ。それ以来まる十二年間、同じ仕事場で小説を書き続けている。最初の二年はアマチュアとして、その後の十年は生計を立てるために。

小説を書くという仕事は、小説を書かない人にはイメージとして捕らえにくいかもしれないけれど、ごく簡単に言えば長時間一人きりで机に向かうことを意味する。つまり僕は生計を立てるために部屋にこもりがちの日々を送っている。従って外で未知の人に会う機会は少ない。数少ないから、僕がこの街で小説を書き続けているなんてほとんど誰も知らないし、それはそれでちっともかまわないのだが、たまたま知り合った中に、

「なぜ佐世保に住んでるんですか（なぜ東京へ出ないんですか）？」

という質問をする人がいて、初対面で挨拶代わりに尋ねる人が必ずいて、実に往生

する。

人は、役人や教師や医者に向かってなぜここに住むのかとは尋ねない。消防士や警察官や銀行員やバスの運転手にも尋ねない。それは彼らがこの街にとって必要な職種だと認められているからである。しかし小説家は違う。どう考えても必要ではない。ただ目障りなだけだ。小説は東京で書かれ、東京で印刷され、東京からトラックで運ばれて佐世保の本屋に並ぶ。そういうものだ、と人は考える。実際、大手の出版社はすべて東京に集中しているし、大半の小説家はその近辺に住み、もしくはその近辺に拠点を置いて活動しているではないかと。まあ、それはその通りかもしれない。だが、仮にその通りだとしても、いったいどうして僕が他の大半の小説家と同じことをしなければならないのだ。

『永遠の1／2』は佐世保とほぼ同じサイズの地方都市を舞台にした小説である。西《さい》海《かい》市というのがその都市の名前なのだが、主人公の青年はそこで生れ、そこで高校を卒業して就職し、職を失い、失業者として一年を送る間にちょっとした事件に遭遇する。そういった物語を二年がかりで書いて僕は小説家としてデビューし、その後も十年にわたり西海市を舞台にした作品を書き続けている。

で、ここから「なぜ佐世保に住むのか」と尋ねる人々への簡単な反論に移るわけだが、地方都市を舞台にした作品を書き続けている小説家が、現実に、地方都市に住んでいるというのはそれほど不自然なことだろうか。逆にむしろ理にかなったことではないのか。第一にフィールドワークという観点から、第二に文学史的な側面からも。たとえばフォークナーはオックスフォードで『響きと怒り』を書いた。フロベールはクロワッセで『ボヴァリー夫人』を書いた。佐藤正午は（と並べるのも恐れ多いが）佐世保でいまなお新作を書いている。単にそういうことである。不審な点はない。すぐ近所にオランダの街並が出現することに比べれば、市内のアパートに小説家がひとり住んでいることくらい何でもない。別に驚くにはあたらない。

というわけで、僕は今後もこの穏やかで美しい土地に住み、人に何と言われようと言われまいと、机に向かってワープロのキイを叩《たた》き続けることになる。

＊「ナインティナインビュー」1993.8

スペインの雨

　この本には八つの短編が収められている。枚数でいえば十枚程度のものから八十枚のものまで。掲載誌でいえば普段はあまり縁のない女性向けの雑誌に書いたものから、僕のホームグラウンドとも言うべき文芸誌に書いたものまで。発表した年代でいえば、五年前の作品から今年の作品まで。要するに、この本を読めば一人の小説家が最近の五年間に（長編は別として）どんな仕事をしてきたか、一目で見渡せることになる。あるいは、どんなに仕事を怠けていたかが一目で見抜けるかもしれない。

目次でいえば一番目の「ジョン・レノンが撃たれた日」は、語り手の「ぼく」がニューヨークへ旅行中の友人から絵葉書を貰《もら》い、それをきっかけに昔を振り返るという小品である。語り手の「ぼく」は小説家で、昔ほんの一時期ホテルに勤めていたことになっているが、実は作者である僕も昔、ほんの一時期、佐世保駅前のホテルに勤めていたことがある。なぜほんの一時期かというと、ホテルマンとして僕がまったく役に立たなかったからだ。ホテルの仕事は小説家志望の青年向きではない。フロントから宴会係から営業まで短期間に（なにしろ役立たずなので）あちこち異動させられたけれど、どこへ行っても覚える事が山ほどあって、おまけに目が回るほど忙しく、万年筆にインクを入れる暇さえなかった。

そういうことなら、最初からもっと時間的に余裕のあるアルバイトでもすればよかったのに、と思われるかもしれない。僕じしんそう思っていたのだが、残念ながら当時はそのような働き口はなかったのである。これは特に若い人に強調しておきたいけれど、十数年前の佐世保には、たとえばミスタードーナツもマクドナルドも、ケンタッキーのフライドチキンもカリフォルニアのピザもなかった。ローソンもファミリーマートも、オールナイト営業の弁当屋さんもなかった。本当に、何もなかったのだ。だから当時の僕は職安の係員に「君はいったいどんな職業に就きたいのか？」と聞かれ口ごもりながら（まさか小説を書きたいと答えるわけにもいかないので）結局、残業の多い、定年まで勤めるべき仕事を紹介されたあげくに、ほんの一時期で挫折するしかなかったのである。

それがこの十数年で状況は一変した。たとえば、この街のいたるところで、明らかにアルバイトと判る、要領の悪い、口のきき方の横着な、品物を袋に詰める順番が無茶苦茶な、「おいお前、なに考えてるんだ」と一度文句を言ってみたくなるようなコンビニの若い店員を眼《め》にすることができる。彼らこそが、つまりは昔の僕の理想の姿である。

僕はできれば彼らのようにぶらぶら働きながら小説を書きたかった。きっと彼らはいま、小説書きのためではないにしてもバンドの資金集めのためとか、車やバイクを買うためとか、外国旅行の費用を稼ぐためとかに働いているに違いない。そしてそれらのことで頭がいっぱいなので、レジの打ち方さえまともに覚えられず客を苛々《いらいら》させるのだ。僕は常々そんなふうに思って、喉まで出かかった文句を我慢することにしている。もちろん、そうは思わない人がいて彼らを叱りつけたとしても、別に止めに入る気はないけれど。

＊「ナインティナインビュー」1993.9

王様の結婚

『王様の結婚』は恋愛と友情をテーマにした小説である。もうじき四十の中年としては目をこすりたくなるが、出版当時の広告によるとそういうことだ。

ということは、つまりこの小説は「男、男、女」、あるいは「女、女、男」の三角関係で話が進んで行くことになるのではないか。たぶんそうだったと思う。思うけど自信はない。なにしろ九年前に書いた小説だし、テーマがテーマなので、照れくさくて一度も読み返したことがないのである。だから正直に言って『王様の結婚』のことはあまり憶《おぼ》えていない。主人公の年齢が二十代だったか三十代だったか、それさえ僕には判らない。誰か読んだ人に教えて貰いたいくらいである。

主人公の年齢は判らないけれど、小説の中で主人公が出入りする場所については二つほど記憶がある。たぶん間違いないと思う。一つはソープランド。もう一つは競輪場——競輪場には『王様の結婚』に限らず僕が書く小説の主人公はたいてい出入りしますが。

ソープランド（略称ソープ）と呼ばれる店は、佐世保にはない。少し前に新幹線誘致の件が話題になったとき、ある酒場で若い酔っ払いが、

「不思議だよなあ、なんで新幹線なんだよ、ねえ、おれ思うけどさ、新幹線よりソープの誘致が先じゃない？」

と口をすべらせて、周りからすごいヒンシュクを買っているのを見たことがある。まあ、気持は（自分の若いころを思い出して）判らないではないけど、この意見は僕も急進的すぎると思う。ヒンシュクを買って当然である。ただ、これだけ大都市にある物は何でも真似《まね》して持って来ようと頑張っている街が、ソープにだけ目をつけないでいるのはなるほど不思議、といえば不思議といえなくもない。ちなみに僕は九年前、小説の取材のために神奈川県まで出向いた。

さて、もう一つの競輪場の方は、佐世保にもある。というか、佐世保は、全国に五十カ所しかない競輪場のある街の一つだ。ずっと前、喫茶店でコーヒーを飲みながら、

「佐世保に住んでて一度も競輪場に行ったことがないのは絶対おかしい。日本人なら富士山に登る、佐世保市民なら競輪場に行く。ハウステンボスは来週にしよう」

という感じで、連れの女の子を競輪に誘っていたところ、いきなり、

「そうそう、その通り！　あんたは正しい、うん、いい青年だ」

と隣の席のおじさんから握手を求められて弱ったことがある。まあ、この気持も（僕

も競輪ファンの一人として）判らないではない。競輪、という言葉を耳にしたとたん、ぴくりと反応してつい喋《しゃべ》りだしてしまうのが競輪ファンの傍迷惑《はためいわく》なところである。

ちなみに、そのときおじさんが喋りまくった中では、競輪場にも行ったことのない佐世保市民には選挙権を与えるべきではない、という意見が印象に残っている。どうも持論のようだった。あなたの周りで、もしそのような持論の持ち主がいらしたら、それはきっと僕が喫茶店で握手をしたおじさんである。お元気でしょうか。

＊「ナインティナインビュー」1993.10

リボルバー

『リボルバー』という小説を書き出すにはいくつかの取材が必要だった。

まず実物のリボルバー（回転式拳銃）を見るために上京して、編集者のつてで、警視庁・科学捜査研究所というところへ連れて行ってもらった。

「これが警官が使っているニューナンブ三八口径です」

といって案内の人が弾丸をこめて見せてくれたので、ついでに、

「撃たせてもらえますか？」

と聞いたところ、

「いやあ、それはちょっと……」

さすがにまずいということで、代りにその人が何度か発砲するところを、そばで見学することしかできなかった。

次に佐世保に戻って、知り合いの新聞記者の紹介で、佐世保警察署へ行って当時の署長さん（だったか副署長さんだったか）に警察官についての四方山話《よもやまばなし》をうかがった。

拳銃のことをもう少し詳しく調べるために、佐世保市立図書館へ出向いて百科事典に当たり、武器関係の本を何冊か借りて来た。それからこんどは自分の本棚を探して、小説の中に引用するつもりでサマセット・モームの『作家の手帳』と福永武彦の『廢市』を読み直した。

そこまでで、小説の粗筋はこんなふうに固まっていた。舞台は西海市。若い警官が暴漢に襲われて拳銃を奪われる。その拳銃がまわりまわって、受験を控えた高校生の手に入る。高校生はニューナンブ回転式三八口径の魅力に取りつかれてしまう。受験勉強どころではない。一発だけ試し撃ちした後、ある男に復讐《ふくしゅう》するため北海道へ旅に出る。旅に出た高校生を、一日遅れで警察官が追う。それとは別に脇役の、失業中の極楽トンボの二人組が、競輪場めぐりをしながら北へ向かっている。彼らは博多から高校生と同じ列車に、また羽田からは警察官と同じ飛行機に乗り合わせることになるだろう。

小説はその二人組の会話で始まり、終わっている。プロローグとエピローグで彼らがいる場所は動植物園という設定である。二つの場面は、読んでいただければすぐに見当がつくと思うけれど、佐世保の石岳動植物園を頭において書いた。そのために僕は何度か友人を誘って石岳へピクニックに出かけた。

高校生が一発だけ試し撃ちをする深夜の公園は、ニミッツパークをイメージして書いた。アメリカの姉妹都市の名が付いた橋を渡って公園のなかへ入ると説明しているので、これも判る人には一目で判ると思う。

競輪で儲《もう》けた金で二人組が通いつめる酒場は、佐世保でいえば山県町・塩浜町あたりにある。『リボルバー』を書き出す前後、僕はそのあたりを毎夜毎夜、友人とつるんで徘徊《はいかい》していた。深夜まで飲んで、サウナに泊り、翌朝は喫茶店で朝食、昼間は時間つぶしにニミッツパークで日向《ひなた》ぼっこをしたり、気が向けば棒切れとゴムボールで野球をしたり、そしてまた日が暮れると飲み屋街を徘徊する。そんなことを当時、しょっちゅう繰り返していた。だから公園と酒場のシーンに関しては、改めて取材をした上で書いたことは何もない。

小説に出てくる酒場には、佐世保に実在する店の名前をいくつか無断で使わせて貰った。本が出版されて以来、経営者の方から抗議の電話でもかかるかと思って待っているがいまだにかからない。たぶん御理解いただけたのだろう。その点、感謝の気持でいっぱいである。ひょっとしていまだに誰も読んでくれていないのではないか、という不安もちらりと頭をかすめるけれど、いい機会なので誌上を借りて御礼を申し上げておきます。

＊「ナインティナインビュー」1993.11

ビコーズ

この作品は一九八五年三月に完成し五月から翌一九八六年一月まで週刊誌「女性自身」に連載された。つまり連載が開始されたときにはすでに『ビコーズ』というタイトルの四〇〇枚ほどの小説は出来上がっていた、そういうことになる。

普通、連載小説というのは小説家が毎週毎週締め切りに追われながら精神的苦痛にあえぎながら遊ぶ暇もなく書き継いでいくものである。その結果が連載終了時に何百枚かの作品になり、単行本としてめでたく刊行の運びになる。一九八四年の秋に「女性自身」から連載の話があったとき、僕はちょうど新しい長編小説の案を練っているところだった。それを連載にまわすことはできる。が、毎週毎週締め切りに追われるのは嫌だし、精神的苦痛にあえぐのも遊ぶ暇がなくなるのも嫌だ。そこで編集者と相談のあげくいったん最後まで書きあげた上で、その長編を一週間ずつに分けて連載するという変則的なシステムが取られることになった。

ところが、変則的なシステムを取っても締め切りは毎週毎週きちんと巡ってくるのだった。小説家の仕事は小説を書きあげて編集者に渡してしまえば終わり、というわけではない。渡した原稿はかならずゲラ刷りになって戻ってくる。ゲラ刷りの小説をもういちど読んで、直すべき所は直してまた編集者に送り返さなければならない。変則的なシステムについての相談の際に、僕はその肝心な作業のことを忘れていたのだ。当時はまだ自分の部屋にＦＡＸを置いていなかったので、毎週毎週きまった曜日にゲラ刷りは東京から速達で届いた。僕は毎週毎週きまった曜日に家に待機して、ゲラ刷りが届くやいなや直すべき所を直し電話で編集者に伝えなければならなかった。

しかもこの変則的なシステムには大きな問題があった。週刊誌の連載小説には一回に掲載される枚数が決まっているのだが、僕はその点を念頭に置かず『ビコーズ』という長編をすでに書きあげてしまっていた。従って、当然、話が切りのいい部分で終わらない回が出て来る。そうすると編集者から「次の次の回で1章が終わるんですが、どうも枚数が足りないようです。書き足して下さい」と電話がかかる。書き足して下さいと言われてもすでに完成した小説である。書き足すことなどあるわけがない。僕は弱りに弱って、

「足りないとこに第2章の頭をつなげたらどうでしょう？」

「そんな無茶はできません。二枚分、なんとか書き足して下さい」

憮然《ぶぜん》として机に向かうしかない。冷蔵庫の奥をあさって余りの野菜でなんとかおか

ずを一品作るような思いで二枚分、書き足すことになる。そんなことが連載中に何度かあった。たとえどのようなシステムを採用したところで、連載小説というのは小説家にとっては苦痛の種なのである。

『ビコーズ』は連載終了後の一九八六年四月に（書き足した部分は削って）単行本として出版された。それからまもなく、佐世保の共済病院に入院しているという女性の読者から手紙が届いた。

小説の中に描かれる病院は「入院用と退院用の二つの坂道が交わる丘の上にあって、訪れる者はその坂を上らねばならず、去る者はその坂を下らねばならない」とあるが、それはたぶん自分がいま入院している病院のことだと思う、病院に限らず、あなたの小説を読むと、見慣れた佐世保の風景がいままでとは違ったイメージで捕らえられてとても新鮮な気がする、自分も坂を下って退院したら主人公のように街を歩き回りたい、というようなことを彼女は書いていた。返事は出しそびれたけれど、何より嬉《うれ》しかったことを憶えている。

＊「ナインティナインビュー」1993.12

本が売れない売れないといってもぜんぜん売れないわけではなく、本を出せばいくらかの印税は入ってくるしまた増刷ということもないわけではないので、どこかに僕の本を買って読んでくれる人がいるに違いないのだが、いったいその人たちはどこに隠れているのかと思うことがある。

たとえばいままでにこの佐世保の街で、礼儀正しい誰かが「こちら小説家の佐藤正午さん」と僕のことを紹介してくれる機会は何度かあったけれど、

「知ってます。読んだことあります。新刊の『スペインの雨』も買いました」

などと答えてくれた人は誰もいなかった。中にたった一人だけ、若い女の子が、

「あたしお父さんなら知ってる」

と答えたことがあり、驚いて尋ねると、それはどうやら佐藤正午ではなく村上龍のお父さんのことらしく、しかもテレビで見て知っているというだけの話だった。そのとき、横から別の女の子が、

「村上龍だったらいま読んでる」

と言うので、さすがに佐世保での村上龍の人気は根強いと感心しながら何を読んでいるのか聞いてみると、

「ノルウェイの森」

と彼女は答え、それは村上龍じゃなくて村上春樹だろうと問いただせば話が妙にこじれそうな気がしたので、僕は黙ってうなずいて見せるしかなかった。

これはまあ、笑い話といえば笑い話としてすませることもできるし、そんなに目くじらを立てるほどのことでもないとは思うけれど、それにしても、いったいまともな小説の読者たちはどこに隠れているのだ。

話は変わるが、たまに行くある酒場のママは僕が小説書きを専業にしていることを知っている。もちろん知っているのだが、そのママが、この「本を買って家へ帰ろう。」の連載が始まってから電話をかけて来て、

「正午さん、あれ載せるのにライフに幾ら払うと!?」

と質問した。一頁《ページ》の掲載なので店の広告料にすれば幾らになるかと計算したくなる気持は分かる。でも、自分が書いた文章をお金を払って載せてもらうのだとすれば、いったい僕は作家としてどうやって食べていけばいいのだろう。

このママは僕の本を読んだことがない。村上龍や村上春樹は読んだことがあるかも

しれないが、佐藤正午はない。店で飲んでいて僕の小説の話になったためしがないので推測がつく。別にそれはそれでいい。それでいいというよりも、その方が正直いうと助かる。酒を飲みながら小説の話をしたいとはあまり思わない。

　だいたい僕は、酒を飲むときは競輪の話か女の子の電話番号の話しかしないという、そこら辺のあんちゃんみたいな中年である。その点は年齢的に僕が実際にそこら辺のあんちゃんだった頃から変わらない。十年ほど前、最初の本が売れて景気がよかった頃には、千日通りや日冷通りのあたりを徘徊していたけれど、なにしろ飲み方が飲み方なので、なんとなく「景気のいいおにいちゃん」だとは思われても、まさか小説を書いて儲けた金で飲んでいるなんて誰も気づいてはいなかったと思う。

　で、今回の『恋を数えて』という小説はその頃、僕が酔っ払いとして見聞きした話がもとになっている。飲み屋街で使った金を、後に、飲み屋街を舞台にした小説を書いてその印税で取り戻そうと目論《もくろ》んだわけだ。読む人が読めば、これは私の話だというようなエピソードがあるいは含まれているかもしれない。だが、最初に言ったように僕の小説の読者はいるにはいるがどこかに隠れているので、そんな人は決して現れないと思う。

＊「ナインティナインビュー」1994.1

まだ右も左も分からず小説を読み始めたばかりの頃、つまり自分でも一つ書いてやろうなどと思いつくすれた読者ではなくて、読む小説読む小説にまるで風に揺れる木の葉のようにたやすく心を動かされていたあるとき、そういった小説の中から一冊を選んで友人に推薦し、反応を確かめようとしたことがある。どうだった？　とその友人が本を返しに来たとき聞いてみると、

「うん、非常に面白かった」

と言うので、具体的にどこがどう面白かったのか重ねて聞いたところ、

「登場人物が東南西北、白発中で統一されてる、そこが面白い」

と予想外の答が返って来た。一度読んだだけでは僕は気づかなかったのだが、改めて読み返してみると確かに、七人の登場人物の姓には「東南西北、白発中」のそれぞれ一文字が振り分けてあるのだった。正確には記憶していないが、たとえば東田とか、南井とか、西野とか、そんな具合にである。これじゃあまるで麻雀牌《マージャンパイ》ではないか、

登場人物の名前を麻雀牌から取るなんてずぼらもいいとこだ、と僕は驚き、呆《あき》れるしかなかった。

それから時が流れ、僕はすれた読者になって自分でも小説を書き始め、他の小説を読んでも読んでもちょっとやそっとではびくともしなくなった。そして小説を書くようになってから気づいたのだが、何が面倒くさいかといって、人名に限らず小説の中に使う固有名詞を考えることほど面倒くさくて時間を食う作業はない。もちろん人や物の名前を考えることの中にも楽しみを見つけられぬわけではないのだが、それでも先を急いでいる場合、つまりその先に書くことが頭に浮かんでいるのに名前が決まらぬために書き出せない場合の、そのときの苛立《いらだ》ちといったらない。いっそのこと、軽いいたずらの気持もこめて僕も麻雀牌か何かからセットで名前を頂いてしまおうかと思うことも度々だし、実際に、ある短編を僕の親しんでいる競輪選手の姓で統一して書き上げたことだってある。

『童貞物語』は高校生を主人公にした小説なので、人名の他にまず決めなければならなかったのは彼が通う高校の名前である。僕はそれを自分が卒業した高校名をもじって西海北高校とした。それから登場人物の一人が交際している女の子が通う高校は聖林女子学院。この二つは佐世保に住む人なら誰が見ても北高と聖和のことだと分かるし、ずぼらな名付け方だと言えば言えるだろう。その他にも、西海北高校の正門をくぐると梟《ふくろう》の形をした庭があるという設定で、これは佐世保北高に実在する「梟の庭」からそのまま拝借している。

人名についてはよく憶えていないが、やはり実在する高校時代の友人の名前を一文字借りたり、そっくり使ったりしたところがあるかもしれない。が、いずれにしても（高校名を含めて）それら実在の人物をモデルにして僕はこの小説を書いたわけではない。もしそんな書き方をしていれば（僕じしんの高校生活を再現するような書き方をしていれば）『童貞物語』はまったく違った作品に出来上がっていただろう。

モデルにしていないと言いながら、北高の「梟の庭」はそのまま使っているじゃないかとお叱りを受けるかもしれないが、それに対しても、たいていの高校には正門をくぐると何らかの形をした庭があり、その庭には名前が付いていると考えるのがリアリズムの小説としてより効果的だし、ただこの場合は考えて捻《ひね》り出すのが面倒なので手近で拝借したのだと答えるしかない。それに僕の小説を読む（可能性のある）読者は佐世保に住む人だけではなく、むしろそうでない人の方が多いわけで、実在する北高のことも聖和のことも知らない人には知らない人なりの、この小説の受け止め方が当然あるはずである。

＊「ナインティナインビュー」1994.2

女について

単行本として出版された小説は、おおむね二年ないし三年後に同じ出版社から同じタイトルで文庫として再出版されるというのが慣例である。従って、どんな小説にも時間が経《た》てば単行本と文庫と二種類の版が存在することになる。まあ、こんなことは普通の読者にとってはごくごく常識的な話ではあるけれど、中にはその常識を超えた型破りな男もいて、たとえば去年『スペインの雨』という僕の短編集が出版されたときに、わざわざ電話をかけてきて、

「本屋で探してみたけど、どこにもなかったぞ」

と文句を言うので、

「ないわけないだろ、出たばっかりなんだから」

と答えると、

「いや、ない。絶対なかった」

と言い張る。それでよくよく聞いてみると、その男が探したというのはどうやら文

庫の棚なのだった。要するに彼の場合、新刊だろうが何だろうが世の中の小説はすべて文庫、と信じ込んでいるのである。もういい、お前に僕の小説を読んで貰わなくてもいい、本屋にも行くな、と言いたくなるのを堪《こら》えて電話口でひたすら黙り込むしかなかった。

一九八八年に刊行された『女について』という短編集も、慣例通り三年後の一九九一年に講談社文庫に収められた。ただしこの場合にはちょっとした例外があって、文庫版のタイトルは『恋売ります』に変っている。なぜ変ったかというと単行本の担当の編集者が、

「一つ反省があるんだけど、女についての女という言い方がきついんじゃないかな、どうもその点で女性読者の反感をまねいて……」

売れ行きが伸びなかったのではないか、と心配してくれたからである。売れ行きのことを言われると僕も弱いので早速、文庫の方の担当者とも相談して変更することに決めたのだが、残念なことに期待した文庫の部数も代わり映えはしなかった。おそらく『恋売ります』というタイトルも——これはグレアム・グリーンの『拳銃売ります』をもじったものだが——女性読者には刺激が強すぎて反感をまねいたのだろう。確か「恋は売り物ではない」という題名のヒット曲もあったような気がするし。

この短編集の一つ一つの作品については単行本のあとがきにもかなりくわしく触れ

ているし、そのあとがきはそのまま文庫にも転載されているのでここで改めて書くことはほとんどない。ただ、一つだけ書き添えるとすれば文庫版の表題になった「恋売ります」という短編のことで、これはいわゆる風俗営業の店で身体をはって仕事をしている女性を扱った作品である。

いま単行本の奥付を見ると、「ブルータス」という雑誌に発表したのが一九八五年となっている。実際に、当時はその種の店が佐世保にも幾つかあった。どことどこに幾つあったとまでは知らない人でも、その種の店が確かにあったことは憶えていらっしゃると思う。なにしろ電話ボックスを見れば一目瞭然だった。デイトクラブとかデイト喫茶とかの宣伝のチラシが街中の電話ボックスにべたべた貼られて心ある人々の顰蹙《ひんしゅく》をかっていたのだ。

『恋売ります』はその頃の街の雰囲気を、言い直せば夜の街の雰囲気の一部を懐かしく伝えている。それらの業種の店が十年も経たぬうちにきれいさっぱり消えてしまうとは思いもかけなかったが、きっと心ある人々はいま胸を撫《な》で下ろしていることだろう。

そういうわけで、この先、それらの業種の店が復活することへの心配というか期待がないこともないけれど、少なくともいまのところは、それらの業種の店に関心のある佐世保の読者は『恋売ります』を買って読むしかないという結論になる。

＊「ナインティナインビュー」1994.3

個人教授

この作品は「月刊カドカワ」という雑誌の一九八七年九月号から一九八八年九月号までに連載された。

つまりまる一年と一カ月、十三回にわたって書き継がれた小説ということになる。

だが実情は少し違う。実際に読んでいただければ分かることだが、『個人教授』は全部で十一の章から成っている。そしてその十一の章はどれもほぼ同じ頁数である。これはどういうことかと言うと、十三回にわたって連載された小説を実のところ僕は十一回分しか書いていないという意味に外ならない。逆に言うともともと十一回で終わる予定の連載を「作者の都合で」二回分引き伸ばしてもらったのである。要するに僕は連載中に二度、原稿を「落とした」――締め切りを守れなかったのだ。

理由は二つある。

一つは、あらかじめ精密な設計図を引かずにこの小説を書き出したこと、言い換えればいきあたりばったりで毎月三十枚ずつ書き進めたこと、そのせいで連載の途中で行き詰まってしまったことが考えられる。だが、もっとよく考えてみるとこのことは理由のうちに入らないかもしれない。大まかに言えば長編小説というのはかなりの部分でいきあたりばったりに書き進められるものだし、そのせいで行き詰まったり頭を抱えたりするのはごく当たり前のことである。その行き詰まりを打開して毎月の連載をこなしていくのが小説家の、専業作家の腕の見せ所というものだろう。だから僕が締め切り原稿を「落とした」理由は他に探さなければならない。

二つ目の理由は（実はそれが唯一だったかも知れない理由は）、当時の僕の私生活が最悪だったということである。どう最悪だったかは曖昧にしか憶えていないと言ってお茶を濁すしかないけれども、なにしろ最悪だった。他に連載を何本もかかえた流行作家でもあるまいし、重い病気に悩まされているわけでもなくいたって健康な若い小説家が、月にたった三十枚の原稿を二度も放棄してしまったのだからやはりどう考えても最悪である。途中で担当の編集者が匙《さじ》を投げなかったのが不思議なくらいだ。ちなみに、同じころ僕は別の二つの雑誌の短編原稿も「落とした」。ひたすら出版社からの電話を逃げ回って時をやり過ごしたのだが、そのせいで一方の雑誌との縁はすっかり切れてしまい、もう一方の雑誌の編集者は締め切りから二カ月ほど経ってかけて来た電話で「やあ、生きてましたか」と開口一番に言った。「1点貸しということにします」とそのとき言われて後に借りを返すために書いたのが「スペインの雨」という短編になる。

まあそんな経緯があって単行本『個人教授』は一九八八年の冬に出版されたのだが、意外なことに評判は僕が書いた本の中では良い方だった。意外というのは、たぶん最悪だった時期の私生活の反映みたいなものを僕がこの小説の中に読み取るせいだと思う。

それでもたとえば（佐世保在住の読者に対して言えば）この小説には戸尾市場の賑《にぎ》わいをイメージした場面があって、その辺は僕も乗って書いたような思い出がある。若い主婦が市場を歩いて肉や野菜やワインやコーヒー豆を買物する。その後をむかし彼女と付き合いのあった主人公が追う。やがて二人は買物客の雑踏の中で向い合って立ち、二度目のそして今度こそ正真正銘の別れ話を始める……というような設定だった。

主人公の職業は新聞記者で、彼は付き合った女性のことごとくに去られ、独り取り残される。その彼もまた仲間の教授を残して新しい赴任地へと旅立って行く。『個人教授』は去る者と残る者とをテーマに書き継がれた小説である。

＊「ナインティナインビュー」1994.4

夏の情婦

この本には短編小説が五つ収められているのだが、作者じしんの好みで言えば、そのうちの三つ――「二十歳」と「傘を探す」と「恋人」――は今後も何度か読み返すことになるかもしれない。あと二つ――表題作の「夏の情婦」と「片恋」――はできれば再読せずにこのまま眠らせたいと思う。

特に「片恋」という四百字詰め原稿用紙にして七十枚ほどの作品に関しては、正直言ってもううんざりでここにタイトルを書きつけることさえ気が進まない。だからおそらく今回のこの文章が「片恋」について触れる最後の機会になるだろう。言ってみれば永久保存版である。

この短編を書き出すきっかけになったのは、同じ高校に通った女性との十何年ぶりかの再会だった。再会といっても現実の僕の日常の中での出来事だから、取り立てて何が起こったわけではない。はっきり言ってしまうと、むこうは僕に気づかず通り過ぎたくらいである。だから正確には、再会というよりも僕が久しぶりに見かけただけで、ただそのとき彼女が洗濯屋の透明なビニール袋に入った洋服を何枚も抱えていたのが印象に残った。

ところが、その書き出すきっかけになった出会いがそっくり小説に用いられている。つまり僕は「片恋」の主人公にも同じ荷物を抱えた高校時代の同級生と同じような再会をさせている。まずそれが気に入らない。小説の中では二人は挨拶を交わし、昔話に花が咲いて付き合いが始まるのだが、二人とも高校時代のことばかり思い出すようなナイーブな男と女に描かれている。それも気に入らない。そのナイーブな登場人物の職業が小説家というだけで現実の僕と混同されがちなのも気に入らない。

小説全体を支配しているセンチメンタルな雰囲気も気に入らないし、その気に入らない小説を締め切りの都合で（むろん何回も何回も何回も書き直しはしたのだが）雑誌に発表してしまったことも気に入らない。雑誌に発表したあともまた何回も何回も何回も書き直そうとして袋小路に迷い込み、結局、元に戻して経済的な都合で単行本にまで収録してしまったこともわれながら悔やまれる。とにかく何から何まで気に入らない。これだけ書いた本人がけなせば逆に読者は興味がわいて読みたくなるのではないだろうか、その点が心配になるほど僕は「片恋」という作品が気に入らない。気に入らないけれども読んでみたいという人を止めはしない。あなたはあなたの読みたい本を読むべきである。できれば文庫でどうぞ。

さて、後にも先にもこれほど苦労して書き上げた短編はないし、苦労したあげくにこれほど気に入らなかった作品もないのだが、そんな事情も知らずに「片恋」をほめてくれた人物が一人だけいる。それは僕が借りているアパートの大家さんである。大家さんは僕よりも一回りほど年上の男性なのだが、確か雑誌に載ったときすぐに読んでくれて、当時、僕の目の前でその頁を指で押さえてガハハッと豪快に笑いながら、

「いやあ、面白かった、ここ、この書き出しのとこ」

と言った。一部を引用するとそれはこのような書き出しである。

「(前略)……東京の建築家の設計による、人々が場所だけを知っていて中の様子にくわしくない美術館も、ここ数年のうちに見分けのつきにくいビルとビルとの間へ忽《こっ》然《ぜん》と現われて付近の道案内の際に一役かっている……」

たぶん大家さんは、実際に美術館のある島瀬公園辺りをイメージして面白がったのだと思う。まあ、それはあながち間違いではなくて、「片恋」の書き出しはまるごと現実の佐世保のデフォルメだと言えないこともない。ちなみに僕は美術館は二へんくらいのぞいたことがある。

＊「ナインティナインビュー」1994.5

人参倶楽部

ほんの数年前まで、高天町の派出所のそばに人参倶楽部《にんじんクラブ》という名前の朝までやっている感じのいい店があった。その人参倶楽部をモデルにしてこの『人参倶楽部』という本の中に出てくる人参倶楽部という店は書かれている。何だかややこしい言い方だが、でもこの点ははっきりさせておいたほうがいいと思う。

小説の舞台になっている人参倶楽部のロケーション、内装、メニューなどについてはほぼ、実在した人参倶楽部と等身大だと考えられて間違いではない。もちろんそっくりそのままではないにしても、書き出す前には人参倶楽部のマスターをさんざんてこずらせて取材したのだし、僕じしんも客の一人だったので取材抜きで書いた部分もある。だが（ここからが肝心だが）実在した人参倶楽部に関わりのある人物についてはー切、小説の中に等身大であろうと何であろうと登場させたつもりはない。マスター本人のことも彼の家族のことも、もっといえば常連客のことも、全員の名誉のためにはっきりさせておくけれども、僕は誰一人モデルにして書いたつもりはない。だからもし現実と小説と、それらがどこか一部でも重なっているとしたら、その原因の幾らかは、偶然と呼ぶしかないだろう。そして残りの幾らかは、かつて高天町にあった人参倶楽部のマスターとまだ若かった小説家との交友の記念みたいなものである。

でもそんな説明では納得できない、小説も現実も人参倶楽部は人参倶楽部、そっくりそのままじゃないか、そのまま書いたんだろうと疑う読者がいらっしゃるかもしれない。特に小説を読み慣れていない読者はそう思われるかもしれない。で、そういう方のために具体的に一つ、僕がどんなふうにして小説を書いているか打ち明け話をします。

たとえばこの本の中に「彼女の電気あんか」という変なタイトルの短編がある。これはあるスナックのママが冷え性なので、寝るときにはいつも電気あんかを足元に置いているのだが、その秘密を人参倶楽部のマスターと客の一人である小説家が知っている、つまり二人ともそのママと一緒に寝たことがあるという設定の話である。が、もちろん現実には僕はそんな冷え性の女性と一緒に寝たことなどない。現実の人参倶楽部のマスターだってないと思う。打ち明けると、冷え性だったのは僕の大学時代の友人である。彼は銭湯に行って、風呂上がりに体重計に乗っただけで足が冷えて風邪をひいたりするデリケートな体質の青年だった。その懐かしい思い出から、たった一片の思い出から、「彼女の電気あんか」という短編は書き上げられた。

小説を読み慣れていない読者の中には、まず冷え性のスナックのママが現実に存在し、その話を僕が誰かに聞いて冷え性のスナックのママが登場する小説を書く、というふうに信じていらっしゃる方がいるかもしれないがそれは違う。まず現実に存在するのはデリケートな体質の青年で、その記憶を僕が手繰り出してスナックのママに置き換え、彼女と人参倶楽部のマスターや客の小説家が深い関係になる話を作る。なんて無茶なことをするんだ、と思われるかもしれないが、それが正統的な小説の成り立ちである。

ところで、「彼女の電気あんか」に話を限れば舞台は人参倶楽部の店内を離れてソフトボール場ということになっている。ソフトボールのできるグラウンドといえば名《な》切《きり》に決っていて、当然、僕はそこをイメージして書いた。ただし、小説に出てくる人参倶楽部のソフトボール・チームは実在したわけではない、こんなものがあればいいと思いながら書いただけだ。ピンクのユニフォームとか、女の子用の特別ルールとか、これも無茶な話ではあるけれども、無茶な空想を文字にすることが小説家の仕事ないしは楽しみと言えないこともない。

*「ナインティナインビュー」1994.6

放蕩記

『放蕩記』の出版後、新聞や雑誌にいくつかの書評が載って、それらを読んでみるとこの小説は「私小説」であったり「自伝的」であったりするらしかったのだが、書いた本人に言わせるとどちらも当たってない。

『放蕩記』は私小説ではなくて、ある若い小説家を主人公に配した小説にすぎないし、自伝的というほど長い年月を描いた物語でもなくて、ある若い小説家のある一年のほんの数カ月に焦点を絞った作品である。

主人公が小説家である以上、彼の日常については僕の経験をモデルにしてあて嵌《は》めることもできたけれど、彼が日常を踏みはずして巻き込まれる騒ぎについては、穏やかな日常を営んでいる僕にはむろんそんな経験はないのである程度の取材は必要だった。

たとえば小説の中で主人公が使用する覚醒剤については、まったくの想像で書くわけにもいかないから、顔見知りの酒場の経営者に助けになってもらった。店が看板になる時刻にこちらから押しかけて、人気《ひとけ》のないカウンターで朝まで体験談を聞かせてもらうというような、いま思えば迷惑このうえない取材を一度ならずやった記憶がある。おかげで5章「白い粉」と12章「千古不易の人情とや」とを何とか書き上げることができたので、僕としてはこの場を借りて感謝の意を表するしかない。まさか相手の実名をあげるわけにはいかないけれど。

一方、取材はまったくなしで、僕じしんが酒場のママに成り代わってモノローグで埋めた部分（6章「ポセイドンのママ語る」）もある。彼女は離島で生れ育ち、高校を卒業して、『放蕩記』の舞台である港町に連絡船に乗ってやって来た、という設定である。十八のとき連絡船のデッキから初めて見た街の風景について語ったあと、主人公にむかって、

「あんたはこの街に生れた人間なのに一度もこの街を海から見たことがないのよ。自分がどんな街に住んでるか見えてない……」

というような説教をする。これは以前、長崎空港から万津桟橋まで高速艇を利用したとき、海側から見た佐世保の街並が、住み慣れた土地とは全然別の新鮮な景観として迫り、不意を打たれた経験が僕にあって、そのときの記憶が元になっている。ちなみに小説の中では、ポセイドンのママは昔を思い出して、海を渡って街にたどりついた十八歳の自分は「ただの連絡船じゃなくてメイフラワー号にでも乗ってる気分」だ

ったと語る。いま思えばこの章は明らかに佐世保の街を意識して書いているし、もっと言えば、佐世保の読者を意識して書いている、と言えるかもしれない。

佐世保の読者という言い方をいま改めてするのも、十二回にわたって連載してきたこの文章も今回がいよいよ最終回となるわけで、まる一年間、いろんな人から、行く先々で、毎月読んでいるという嬉しい言葉を頂戴したからである。この連載の読者がそのまま僕の小説に移行してくれれば、もうちょっと僕の本も売れて儲かるかと思わないでもないけれど、やはりこの手の文章とは違って、小説の方は佐世保の読者だけに向けて書くわけにはいかない。また来月からはどこへ行っても、誰からも、読んでいるという言葉を聞けなくなるかと思うと寂しいかぎりだが仕方がない。

連載一回目にも名をあげたフロベールという作家は「ルーアン市民の五分の四に知られず、市民の五分の一からは忌み嫌われていた」ということである。僕の場合はできることなら「佐世保市民の五分の四に知られず、市民の五分の一からはたまに小説を読んでもらえた」というくらいになりたい。心の底からそう願いつつ、連載に最後までつきあっていただいた方には御礼を述べつつ、ワープロのスイッチを切ることにします。ではまたどこかで。

＊「ナインティナインビュー」1994.7

恋愛相談

＊掲載誌の特集「結婚はこうして決める！」の1コーナー「今の恋を本当に選んでいいの？」でアドバイザーとして恋人たちに助言。収録にあたり、投稿部分は再構成しました。

ケースI

東京で6年間OLやっていました。ずっと上司に片思いしてて、でも不倫する勇気もないから告白できず、結局この春、田舎に帰ってきました。田舎は仕事もないし、それに結婚しろってお見合いの話ばかり。同級生はみんな2人くらい子供がいて、私は肩身が狭いです。だけど、ちゃんと恋をしないまま結婚するなんて考えただけでいや。かといって恋愛できる感じもしないし、年をとるほど見合いも不利になるっていうし。結婚したくないわけじゃないのに、どうしたらいいのかわからなくて。（27歳／家事手伝い）

世態人情を描くのが小説家の務めで、そのためには東京に住んで時代のいちばん新しいところを見聞するべきじゃないか、小説家が地方に暮らしているのは職務怠慢ではないのか、というようなことをときどき人にも言われ自分でも思って不安になったりするのですが、あなたの相談を読むと、20世紀末のこの国ではもはや、時代の感覚のずれは首都と地方の間になど存在しないのだなという感慨をおぼえ、少し意を強くします。要するに、東京で6年間OLをやっていようと、ずれている人は、ずれているのですね。

いまどきあなたみたいに、恋愛結婚と見合い結婚とを堅苦しく対立させて考える女性は、ぼくが住んでいる地方にもほとんど見つけられません。見合いは出会い方の一つです。すべてのちゃんとした恋は出会いから始まります。友人から紹介された場合は恋愛で、仲人さんの紹介だと見合いになるなんて分け方は馬鹿げてる、という彼女たちの考えにぼくも賛成です。こんど見合いの話があったら、ねるとん紅鯨団から出演依頼がきたとでも考えて、気軽に足を運ばれたらいかがでしょうか。

ケースII

つき合って半年。結婚の話も出ています。すごーく気が合うの。趣味とか、価値観とか。将来も2人でアンティークショップを経営しよう、なんて盛り上がってるし。でも初めて彼のアパートに行ったとき、少し不安になったんだ。彼ったらものすごーいきれい好き。あんまりきれいに掃除して整理整頓してあるもんだから、冗談で「掃除はあたしダメだから、カズにやってもらおう」とか言ったのね。そしたら「ダメだよ。女がしっかりやんなきゃ。汚い部屋は俺、落ち着かないし」ときた。なーんか、いっきに自信なくしちゃって。あたし家事って嫌いだから。とくに掃除。細かいことだけど、こういうのってけっこう大切でしょ。結婚してもうまくやっていけるのかな、って実は不安なの。くだらないと思います？

（24歳／販売員）

くだらないとは思いません。思いませんが少し腹が立ちます。すごーく気が合って、趣味も価値観も同じで、2人の将来の目的まであって盛り上がっているというのに、いったい何が悲しくて一緒に暮らさないのですか。そんなぴったりの相手は、ぼくの経験では50年に1人、現れるか現れないかです。ちなみにぼくは34になったばかりなので、そういう相手とはまだ巡り会っていません。ぼくたちは、もっと大きく言えばわれわれ人類は、そういう相手を求めて世界中で右往左往しているのですよ。

掃除のことはそれに比べたら小さな問題です。心配する必要もないくらいの問題でしょう。あなたも初めての恋愛ではないから、男と女が1年もつき合うと言葉づかいとか習慣とか、どちらかがどちらかに必ず影響を与えるということを知ってるはずですよね。だからぼくは予言しますが、もう半年もたてば、あなたがものすごーいきれい好きになるか、彼がかまわなくなるか、どちらかになる可能性が高いと思います。が、そんなことはどちらでもいい。早く結婚すべきです。ぜったい結婚すべきです。あなたたちみたいな2人が結婚しないでいったい誰がします。

ケースⅢ

大学時代からの彼がいます。私は現在ＯＬ、彼は大学卒業後フリーターで演劇をやっています。つき合い始めて４年。今では半分同棲《どうせい》みたいな感じで、結婚するなら彼だと思っています（彼もたぶんそうだと思う）。でも最近、本当に彼と結婚していいのかな、と悩んでしまって。原因は経済的なこと。芝居を続けるために定職に就こうとしない彼には、お金が全然ありません。劇団を維持するだけで精一杯で、実家から援助してもらうこともあるほど。デートの費用はほとんど私持ち。夢に向かってがんばってる彼は魅力的だけど、結婚相手として考えると子供もつくれないし、だんだん彼を追いつめていくような気もして（演劇やめてサラリーマンやってほしい）。彼との結婚は、諦めるべきでしょうか。

（25歳／会社員）

これは非常にむずかしい。

フリーアルバイターで演劇をやっている彼を、新作を書き悩んでいる小説家のぼくになぞらえ、現在ＯＬのあなたをぼくの今の恋人になぞらえると、まったく他人事とは思えません。あなたの悩みは手に取るようにわかるし、彼の現状を想像して身につまされることしきりです。

もう少し待ってください、というしかないですね。彼にはやれるところまでがんばってもらって、なるべく子供ができないように気をつけながら、あなたにも力を合わせてがんばってもらって、それでも駄目ならそれはそのときのことです。無責任のようですが、将来への不安よりも今の気持ちを大切にしてください、としか言えません。お互いにがんばりましょう。

ケースⅣ

交際期間3年。プロポーズされました。返事はまだです。問題がたくさんあります。まず私は一人っこ。だから親の面倒みなきゃいけない。あと彼の親との同居にも自信ない。でもこれは話し合ったら解決できると思う。結婚を躊躇《ちゅうちょ》しているいちばんの問題は、彼があまりにもモテること。いつ浮気されるかって心配でしかたないんです。彼とは会社で知り合ったから、彼がどれだけモテるか、他の子にどれだけやさしいか、わかるんです。友だちは「それだけモテる彼にプロポーズされたんだから自信もちなさいよ」と言うけど。

男って一生一人の女の人……ってわけじゃないですもんね、きっと。それに私、嫉妬深いし。こんな気持ちで結婚なんてできない。（26歳／会社員）

はっきり言って、あなたは二つ勘ちがいをしています。

まず、男がモテるかモテないかという事実と、男が浮気するかしないかという可能性との間には、何ら関連性がありません。モテる男も、モテない男も、相手と機会にさえめぐまれれば等しく浮気します。あるいは逆にめぐまれなければ、等しく浮気しません。あなたのような心配の仕方を、世間では取り越し苦労と呼ぶのです。ぼくみたいに素直でなくもっと意地悪な回答者なら、単にのろけと呼ぶでしょう。

もう一つ。あなたは、男は一生一人の女の人では満足しないと考えているようですが、それはまちがっています。むしろこう言うべきです。男も女も一生一人の相手では満足できないと。あなたみたいに、いまだに自分のことを棚にあげて反動的な知ったかぶりをする女がいるので、ぼくみたいにリベラルな小説家は迷惑します。なかなか筆が進まないのはきっと、あなたみたいな読者の無言の圧力のせいです。おかげで佐藤正午の新作『放蕩記』はまる一年も遅れているんですよ。

＊「MONIQUE」1989.12

証言

中野浩一のことでいちどタクシーの運転手に叱られた経験がある。ちょうど彼が世界選手権10連覇を達成したころだったと思う。友人と二人で競輪の話をしていて、いったい選手は時速どれくらいのスピードで走るのかという質問を受けた。最高70㎞、と僕は大ざっぱに答えた。中野浩一ならもう少し出せるかもしれないけど。すると、それまで黙って聞いていた運転手が、いきなり話に割り込んで、

「お客さん、冗談じゃないよ、中野なら100㎞は軽く出せる、100㎞」

と言った。明らかに憤然とした口調だった。

いくら中野浩一でも時速100㎞で走ることはできない。そのことをわれわれ競輪ファンはよく知っている。たとえばレースの最後の200mをトップクラスの選手は11秒台の前半で走る。どんなにもがいても10秒台の後半である。仮に10秒ということで単純に計算しても、時速72㎞。自転車で時速100㎞を出すのは無理なのだ。

しかし、とそこでわれわれは考える。しかしそれはあくまでも計算上の数字にすぎ

ない、と。われわれ競輪ファンの眼はスピードガンではない。ないからこそ、かつて中野浩一が捲《まく》りを放った瞬間、他の八人の選手の自転車が止まるのを目撃した。何度となくこの眼で見た。止まるように見えたのではなく、実際に止まったのを見たのだ。その瞬間について、タクシーの運転手は証言している。機械が打ち出した数字ではなく、その瞬間がもたらした恍惚《こうこつ》の度合でスピードを測っている。つまり中野浩一神話の語り手なのだ。

まちがっていたのは僕である。中野浩一なら軽く１００㎞を出せる。競輪選手の中で唯一、彼にだけはそれができる。中野浩一はすでに現実の数字を超えたところに位置している。その点に気づかなかったことを、競輪ファンの一人として僕は深く恥じなければならない。

＊「Number」1992.4.5

自然の成行き

僕は職業作家の生活にどっぷり浸《つ》かっている人間なので、こうやって小説でもないエッセイでもない、かといってむろん日記でも私信でもなくあるいは御祝いの言葉ともつかぬ文章を、つまり平たく言えば誰かに依頼されてしかも原稿料の出ない文章を書くのは慣れていない。おまけに三十六歳になったいまも一人暮らしを続けている男だから、この文章のテーマである結婚について何事かを、もっともらしく、断定的に語ることもできない。結婚しない理由、しなかった理由なら一〇〇くらいあげられるけれど、その反対についてはなにしろ経験がないので皆目、見当がつかない。だからここは無難に、おめでとう、と言ってお茶をにごしたいところなのだが、それじゃだめだと依頼してきた新郎および新婦が言う。だったらいったい何をどう書けばいいのか。原稿料の出る小説の締め切りが迫っているというのに。

新郎も新婦も僕も佐世保の人間である。それでちょっとした縁があるのだが、実をいうと新郎には会ったことがない。聞くところによると大学は四国、その後アメリカに渡り、帰国して新聞記者になったという何となく忙しそうな経歴の持主だから、たぶん出会う暇がなかったのだろう。新婦の方とは、彼女がまだ佐世保にいるころ知り合った。すでに遠い昔のことで、憶えているのは彼女が僕や僕の友人たちを（当時、三十前後の青年たちを）、おじさん、と呼んだこと、それからまるで珍しい生き物を見る子猫のような目付きで僕らを眺めていたこと、そのくらいである。おじさんそれは何、おじさんそれはどうして、というのが十代の彼女の口癖だった。

僕は想像するのだが、いまの彼女はもう好奇心にみちた目付きで世の中の何かを眺めることはないと思う。長いあいだ会っていないので断言はできないが、そんな気がする。世の中から少しずつ珍しいものがなくなっていくこと、年をとって大人になること、この二つがイコールで結ばれるのは自然の成行きだからである。むろん新郎の場合も事情は同じだろう。彼がはじめてアメリカを見たときの目付きで、その後も新聞記者を続けているとは考え難い。とすれば、要するに今度は彼らの番である。新郎や新婦の世代が、ちょうど昔の自分たちと同じ目をしたもっと若い世代から、いろんなことを不思議がられる番だ。おじさんそれは何、おばさんそれはどうして。

これが自然の成行きである。自然の成行きに従って僕らの世代は引退できる。子猫のように危なっかしくて煩わしい子供たちとのつきあいから解放される。今後、十代の少年少女の相手は彼らに任せて、僕はやっと原稿料の出る小説書きに専念できるわけである。

＊友人の結婚に寄せて　1992.7.12

38-43

1994-1998

この頃からワープロで小説を書き始めた。プリントアウトした原稿に編集者への短い手紙を添え、ファクスまたは宅配便で送る。その手紙もワープロ書きで、末尾に署名する際にしかもう万年筆は使わなくなった。佐世保を訪れる編集者の顔ぶれもこの頃から変わりはじめた。「佐藤正午のなかにはまだ金鉱が眠っている。百万部売れる本を作りましょう」と山師みたいな話を持ちかける若い編集者がいて、その気にさせられて『Y』を書いた。また別の編集者は、会うなり破格の原稿料を提示して、何でも好きに書いていいからとにかく本1冊分の仕事をしろと迫った。断る理由はないので、さっそく連載小説『ジャンプ』の初回に取りかかった。

1994

4 ◎性格について 「PHP増刊」
→『象を洗う』『佐世保で考えたこと エッセイ・コレクションⅡ』

6 ◎一九八〇年五月七日、快晴 「朝日新聞」
→『ありのすさび』『佐世保で考えたこと エッセイ・コレクションⅡ』

7 ◎ありのすさび 連載開始(〜94・9)「西日本新聞」
→『ありのすさび』『佐世保で考えたこと エッセイ・コレクションⅡ』

8 ●彼女について知ることのすべて 連載開始(〜95・6/不定期)「すばる」
→『彼女について知ることのすべて』
◎佐世保で考えたこと 連載開始(〜95・11)「小説すばる」
→『象を洗う』『佐世保で考えたこと エッセイ・コレクションⅡ』
◎最後のメニュー 「小説すばる」

9 ●十七歳 「MOE」→『豚を盗む』『佐世保で考えたこと エッセイ・コレクションⅡ』
◎雨を待つ日々 「朝日新聞」
→『豚を盗む』『佐世保で考えたこと エッセイ・コレクションⅡ』

11 ●きみは誤解している 「野性時代」→『きみは誤解している』

12 ●寝るかもしれない 「小説すばる」
→『バニシングポイント』※「運転手」に改題、『事の次第』

1995

1 ●叔父の計画 「西日本新聞」→『正午派』『正午派2025』
◎四十歳 「長崎新聞」→『ありのすさび』『佐世保で考えたこと エッセイ・コレクションⅡ』

2 ◎印象的な夢 「すばる」

3 ●そのとき 「小説すばる」→『バニシングポイント』※「恋」に改題、『事の次第』
◎車券を買う前に 連載開始(不定期)「ザ・ホットライン」→『side B』

『彼女について知ることのすべて』が刊行された頃

5
●遠くへ「野性時代」→『きみは誤解している』
◎書評：菖蒲忌～『彷徨と回帰』(中野章子・著)「西日本新聞」
→『豚を盗む』『佐世保で考えたこと　エッセイ・コレクションⅡ』

6
●オール・アット・ワンス「小説すばる」
→「バニシングポイント」※「伝言」に改題、『事の次第』

7
『彼女について知ることのすべて』刊行(集英社)
『賭博師たち』刊行(共著／角川書店)※「きみは誤解している」所収
◎三番目の幸福「SHUEISHA」
→『象を洗う』『佐世保で考えたこと　エッセイ・コレクションⅡ』

8
●流れる「青春と読書」→『正午派』『正午派2025』
●この退屈な人生「野性時代」→『きみは誤解している』

9
◎勤勉への道「新刊ニュース」
→『象を洗う』『佐世保で考えたこと　エッセイ・コレクションⅡ』

10
●姉の悲しみ「小説すばる」
→「バニシングポイント」※「姉」に改題、『事の次第』
◎テニス「小説CLUB」
→『象を洗う』『佐世保で考えたこと　エッセイ・コレクションⅡ』

11
●女房はくれてやる「野性時代」→『きみは誤解している』
◎KEIRIN夢舞台　連載開始(不定期)「西日本スポーツ」

12
◎ラッキー・カラー「小説すばる」
→『豚を盗む』『佐世保で考えたこと　エッセイ・コレクションⅡ』
◎あなたと僕は違う「PHP」
→『象を洗う』『佐世保で考えたこと　エッセイ・コレクションⅡ』
◎先生との出会い「教育長崎」
→『象を洗う』『佐世保で考えたこと　エッセイ・コレクションⅡ』
◎私のつくるレース　連載開始(～96・10)「競輪バンク」→『side B』

彼女について知ることのすべて

1996

1 ●事の次第「小説すばる」→『バニシングポイント』※「拳銃」に改題、『事の次第』
◎ジャンが鳴る 連載開始(不定期)「月刊競輪」→『side B』
2 ●うんと言ってくれ「野性時代」→『きみは誤解している』
3 ◎小説家の四季 連載開始(〜98・12)「BRIGHT」
→『ありのすさび』『小説家の四季1988―2002』
4 ●言い残したこと「小説すばる」→『バニシングポイント』※「カード」に改題、『事の次第』
6 ◎この街の小説「毎日新聞」→『象を洗う』『つまらないものですが。エッセイ・コレクションⅢ』
7 ◎毎日が同じ朝に「小説すばる」→『豚を盗む』『つまらないものですが。エッセイ・コレクションⅢ』
8 ●七分間「小説すばる」→『バニシングポイント』※「少年」に改題、『事の次第』
10 『本屋でぼくの本を見た』刊行(共著/メディアパル)※「勤勉への道」所収
12 『取り扱い注意』刊行(角川書店)※書き下ろし

幼稚園時代のお絵かき。1995年に祖母が亡くなり、遺品整理のさい発見された

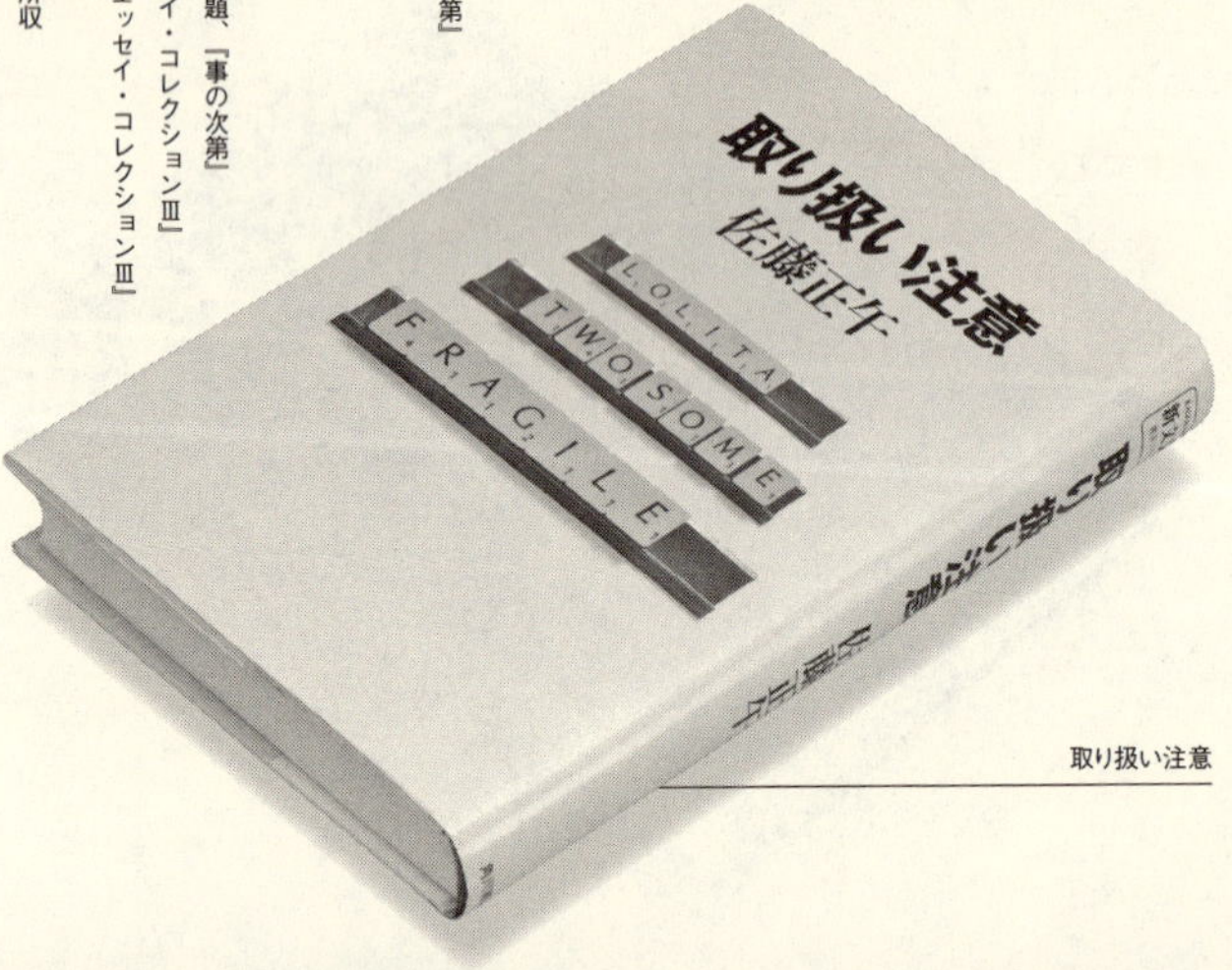

取り扱い注意

1997

1 『人参倶楽部』刊行(集英社文庫/解説:池上冬樹)
◎裏話「本の旅人」
→『象を洗う』『つまらないものですが。エッセイ・コレクションⅢ』

2 ◎仕事用の椅子「小説すばる」
→『豚を盗む』『つまらないものですが。エッセイ・コレクションⅢ』

3 『バニシングポイント』刊行(集英社)
●好色「小説すばる」→『カップルズ』

4 ●トラブル「青春と読書」→『正午派』『正午派2025』
◎ホームタウン「日本経済新聞」
→「ありのすさび」『つまらないものですが。エッセイ・コレクションⅢ』

5 ◎悪癖から始まる「新刊展望」→『象を洗う』『つまらないものですが。エッセイ・コレクションⅢ』

6 ●カップル「小説すばる」→『カップルズ』
◎初めての文庫「青春と読書」→『象を洗う』『つまらないものですが。エッセイ・コレクションⅢ』
◎ああ長崎の打鐘がなる 連載開始(〜98・2)「日刊プロスポーツ」→『side B』

8 ●アーガイルのセーターはお持ちですか?「小説すばる」→『カップルズ』

11 『賭博師たち』刊行(共著/角川文庫)※「きみは誤解している」所収

人参倶楽部

バニシングポイント

1998

1 ●輝く夜「小説すばる」→『カップルズ』

2 『放蕩記』刊行（ハルキ文庫／解説：大多和伴彦）

3 ◎言葉をめぐるトラブル「月刊国語教育」
→『象を洗う』『つまらないものですが。エッセイ・コレクションⅢ』

4 ●あなたの手袋を拾いました「小説すばる」→『カップルズ』
◎真夜中の散歩「日本経済新聞」
→『象を洗う』『つまらないものですが。エッセイ・コレクションⅢ』
◎悔やみ「映画芸術」→『象を洗う』『つまらないものですが。エッセイ・コレクションⅢ』

6 ●カクテル物語 連載開始（〜00・3）「風のスタシヨン」→『正午派』『正午派2025』

7 ●食客「小説すばる」→『カップルズ』 ※小学館文庫版では「いまいくら持ってる？」に改題

9 ☆旧友rain氏により「佐藤正午のホームページ」開設

10 ●グレープバイン「小説すばる」→『カップルズ』

11 『Y』刊行（角川春樹事務所）※書き下ろし

12 ◎食生活の内訳「小説すばる」→『豚を盗む』『つまらないものですが。エッセイ・コレクションⅢ』

デビュー直後から佐世保駅そばのマンションに15年間住んでいた

放蕩記

Y

流れる

＊集英社発行のＰＲ誌「青春と読書」に発表された短編小説。

きみの生まれはどこだ、この街で育ったのかと尋ねられて、つい正直に、

「いいえ」

と答えてしまったこと。その一言が取り返しのつかない失敗だったと、ものの五分と経《た》たないうちに彼は後悔することになった。

確かに、彼が他所者《よそもの》だと知って相手の様子は一変した。その初老の男は実際には返事を聞いてソファに深くすわり直しただけだったのだが、彼には相手の心の中に生まれた不穏な兆しを感じ取ることができた。

あのときああすれば良かった、こうしなければ良かったという後悔を積み重ねて三十年間生きてきたので、彼は自分の犯した単純なミスには敏感だった。単純な一ひねりのミスから、最終的にねじれてしまったサランラップのような手のつけられない状況へと追い込まれることを、彼はこれまでにいやというほど経験してきた。

「そうか」

と喪服に身を固めた初老の男は呟《つぶや》いてソファに深くすわり直した。そしてハイライトのセロファンの封を切りながら、ではどこで生まれ育ったのかという質問はしなかった。なにしろ彼が他所から流れて来た人間であることが分かればそれでいい、そういうことであれば腰を据えて次の話題に移ろう、もっと重要な話をしよう、そんな感じだった。

初老の男がハイライトをくわえて火を探す素振りを見せたので、彼はライターを取り出し身をかがめて点《つ》けてやった。それから預かった千円札でそのハイライトを買ったお釣りをもう何度目かに差し出してみたが、初老の男は今度も気づかないふりをして、

「きみもすわらないか」

とソファの空いた方を顎で示した。さきほどタバコの自動販売機の置いてある場所を聞かれたときに、自分が買って来るなどと申し出なければよかったのだ、彼はもう一つ後悔を重ねながらしぶしぶ隣に腰をおろした。だが相手は杖《つえ》をついた年配の男であるし、この斎場で働く人間としてそれくらいの親切、ないしはサービスは当然といえば当然だろう。タバコを買ってきてやったこと、それ自体はミスではないと彼は自分に言い訳した。それが複雑なねじれのもとになる一ひねりである可能性は、いまのところ高いけれども。

「ここで働いてどのくらいになる」と相手が尋ねた。

彼は返事をしぶった。下手な答え方をすれば、この状況にひねりがもう一つ加わりそうな気配があった。自分のタバコを取り出すついでに、さりげなく制服の上着から名札をはずして胸ポケットに落として、「ここはヘルプなんです」と答えた。

「ヘルプ？」と隣の男が聞き返した。斎場のロビイは深夜ということもあって照明が通常の半分に抑えられ、おまけにひっそりと静まり返っていた。唾を呑《の》みこむ音さえ相手に聞き取られそうだと彼は不安に思った。

「本当は私は結婚式場のほうで働いている社員なんです。今週はこちらで人手が足りないので、夜だけ、応援に駆り出されていて」

「それで今夜は独りで当直か」

「いいえ、あと二人います。事務所に一人、仮眠を取っている者が一人。これはさきほどお預かりしたお金の残りです」

初老の男はやっと釣銭を受け取って無造作に喪服のポケットにしまった。それからそばに置いてある脚付きの灰皿でタバコを消して、空いた手でステンレスの杖を握ると、

「通夜の夜は長い」

とため息まじりに言った。彼は点けたばかりのタバコを一口喫《す》いながら腕時計に目

を走らせた。深夜というよりも明け方に近い時刻だった。タバコを喫い終わったらそれを立ち上がるきっかけにして事務所に戻ろう、そう彼が思ったとき、厚いゴムで補強した杖の先端が床を二度たたく音がした。

「なんとかと言ったな」初老の男が呟いた。「野球とフットボールを掛け持ちしている選手がいるだろう、アメリカに」

「いますね、名前はちょっと思い出せませんが」

「うん、その男と同様にきみは忙しいわけだ、あちらの結婚式場とこちらの斎場と掛け持ちでな」

「そういうことですね」彼は笑ってみせるべきかどうか迷った。「まあ、そういう言い方もできます」

「明日はどっちで働く」

「夕方からはここにいます、今週いっぱいの予定で」

「明日は兄の葬儀だ」

　と初老の男はふいに言った。

「今夜は兄の通夜でここに泊まってるんだ」

「小島《こじま》家のかたですね」

「知ってるのか」

「今夜一階にお泊まりなのは小島家のかただけですから」

「小島家の誰かを知ってるのかと聞いてる」

「いいえ」彼はタバコを消して灰皿をすこしだけ遠ざけた。「存じ上げませんが」

「兄は六十四で死んだ」と男は切り出した。「肺癌《はいがん》だった。女房は早くに亡くなってるから残ったのは娘がひとりだけだ。血のつながった身内は他には弟の俺しかいない」

そこで間があいたので、そうですか、と仕方なく彼は相槌《あいづち》を打った。

「兄は娘を溺愛していた。他に子供はいなかったし、その一人娘も兄が四十になってからやっと産まれた子供だから無理もない。目の中に入れても痛くないという言葉があるだろう」

「ええ」

「まさしく溺愛していた。兄は娘の言うことなら何でも聞いてやる甘い父親だった。母親が亡くなってからは特にそうだった。甘い父親に育てられた娘は幸せだときみは思うかもしれない。何一つ不自由なく、欲しい物なら何でも買って貰《もら》って育った娘は、間違いなく幸せになるはずだと」

初老の男はおもむろにもう一本ハイライトを取り出して口にくわえた。それを見て彼はライターを差し出し、さっき遠ざけた灰皿をもとの位置に戻した。

「身内の少ないわりに」と初老の男が話をそらした。「通夜の客は多かったときみは思ってるんじゃないか」

相手が何を話したがっているのか、この会話がどこへ向かおうとしているのか、彼には予測できた。片脚の不自由なこの男は慎重に、それともただの時間つぶしに回り道をしているだけだ。

「しかも見た目が普通じゃない、普通の勤め人とは思えない客が目立った、俺みたいに。違うか」

咄嗟《とっさ》に否定してみせようとして彼はためらった。何とも答えようがない。左手奥のオレンジがかった淡いライトで照らされている一角、さきほど自分で持ち出してきて置いた夜間通用口の立札の辺りへ視線をなげながら彼は黙っていた。

「まあ、きみの想像通りだ」と初老の男は言った。「兄はきみがいま思っているような人間だった。だからこの街には兄に恩義を感じている男たちがごまんといる。身内の通夜だから遠慮しているやつらも、明日の葬儀にはこぞって押し寄せることになる。その葬儀を外から仕切ってくれるのはきみらの仕事だが、身内でいちばんしっかりしてくれないと困るのは喪主だ、喪主が頼りなくては立派な葬儀にならん。そうだな？」

隣を振り返ってうなずこうかどうか迷っている間に、男の声が続けた。

「ところが、その喪主はいま控室で横になって震えている」

「震えている」

と思わず彼は口をすべらせた。それから、その喪主というのがいま隣にすわっている男の死んだ兄の一人娘、つまり姪《めい》にあたる女性だと思い当たり、事態がもうひとねじれ悪化したことを知った。これと似たような苦しい状況に立たされたことは前にもあった。だがそれが具体的にどのような状況であったか、その場では思い出せなかった。

「世の中には精神的に脆《もろ》い人間がいくらでもいる。男も女も、そういう人間を俺はこれまで何百人も見てきている。普通の人間なら見過ごすような細かいことを気に病んで、大きな荷物みたいに勝手に背負い込むんだ。そして背負いきれずに崩れてしまう。崩れると立ち直りにはとてつもなく時間がかかる。医者に見せても何の足しにもならない、誰がどう慰めようと励まそうと崩れたままだ。自分も苦しむし周りも苦しめる。俺の姪はいま、見たところぎりぎりの所にいるような気がする。何か一つでも小さな力が加われればあいつは崩れてしまう、二年前に崩れたみたいに。二年前、きみはどこにいた」

そのとき同僚の一人がロビイに現れて、軽やかに響く靴音が少しだけ彼を勇気づけた。彼は背筋を伸ばし、靴音がこちらへ近づいて自分に用事を言いつけるのを待った。だが同僚は彼がソファの隅にすわっているのを認めると、初老の男に微《かす》かに頭を下げてみせただけで、夜間通用口と向かい合ったトイレの方へ歩いていった。

「二年前ですか」と考える振りをするしかなかった。そしていくらか時間を置いた後で、彼は嘘《うそ》をついた。

その街の名を聞くと、初老の男は二本目のハイライトを灰皿に押し付けた。他に反応は示さなかった。

「姪の場合は、二年前あんなふうになったのは、直接の原因は分からない。おそらく兄が甘やかして育てたことも原因になっていると思う。生まれつきそういう脆い面を持っていたのかもしれない。だが、いま言ったように世間には、精神的に脆い人間はいくらでもいる。自分の姪がそうだからといって大騒ぎするほどのことでもない。ただし、だ。そういった脆い人間に、重い荷物を背負いきれずに崩れてしまった人間につけこむ奴《やつ》らは許せない。二年前、姪は家を飛び出して行方不明になった。もちろん兄も俺も本気になって探したが、書き置きを残してるわけじゃないし探すあてがない。警察だっていい年した女が家出したくらいでは取り合ってくれない。結局、見つけ出すまでに二カ月かかった。二カ月目にむこうから電話をかけてきたんだ、家に戻りたいが電車賃もない、迎えに来てくれという話だった」

その電話はどこから？　という質問を彼はかろうじて堪《こら》えた。尋ねて当然のようにも思えたのだが、なぜそんなことを尋ねると切り返されそうな心配もある。同僚の靴音がまたこちらへ近づき、途中で方向を変えて事務所の方へ遠ざかった。

「この街に連れ戻された姪は、むこうでなにがあったのかについては一言も喋《しゃべ》らなかった。兄や俺がどう尋ねてみても、一切、憶《おぼ》えていないと答えるだけだ。行方不明になる前に、姪は家の金庫から三百万もの大金を持ち出していたんだが、その使い道さえ憶えていなかった。それ以上追及してみても無駄だと俺たちは思った。いったん崩れてしまった人間の言うことだから、気持の半分ではその答を信じるしかない。姪は本当に二カ月間の出来事を記憶していないのだと。だが残りの半分では、兄も俺も、姪のそばには誰か男がいたに違いないと睨《にら》んでいた。はたちそこそこの娘が、たったの二カ月で三百万もの大金を使い果たせるわけがない。そう考えるのが当然だろう。しかしそんなことを追及するより姪の回復をはかる方が先決だ。姪は何かを隠しているのではなく、忘れたがっているのかもしれない、兄と俺はそんなふうに考えた。使い果たした三百万と、一緒にいた男のことを忘れて、それで姪が立ち直れるのならそれでいい。事実、姪はそれからまもなく立ち直った。この二年間、兄が癌で倒れたことが、酷な言い方だがあれには幸いしたのかもしれない。兄の一人娘として彼女は立派に父親の看病をした。すっかりまともになったし、苦労したぶん大人にもなった。崩れていった頃の面影はこれっぽっちもない。叔父としてではなく一人の男として見ても文句のつけようのない美しい女だ。姪は今年で二十四になる、秋には結婚も決っている。もう大丈夫だと俺は安心しきっていた。姪のことに関しては、これから先も問題は二度と起こらないと思っていた。ところが、今夜だ。今夜、ここできみと会って、姪はまたいきなりおかしくなった」

「僕と会って」そこで声を詰まらせて彼は生唾を呑んだ。「……どうして」

「そううろたえなくてもいい」と初老の男は言った。「落ち着いて聞いてくれ、小池《こいけ》君。こういうことだと俺は思う。二年前の、あの二カ月のあいだ姪のそばにはやはり男がいたんだ、どこでどうやって出会ったかは知らないが、そいつが姪と一緒になって三百万の金を使う手助けを、つまり崩れていた姪を手玉に取って遊興三昧に金を使い果たした。そして金がなくなると男は姪をほうり出した。おそらくそういう成り行きだったと思う。姪はその二カ月の出来事を記憶から消し去ろうと努力していた、今日の今日まで忘れたつもりでいた、それがここできみに会ったせいで全部だいなしになった。要するにもう姪の記憶はよみがえりかけているんだ。その男はきみのような色の白い痩せた青年だった、ひょっとしたら顔もきみにそっくりだったのかもしれない」

「名前は」と彼は一か八《ばち》か賭ける思いで言った。「その男の名前は？」

「姪の話では、小池というきみの名字に思い当たるふしはないそうだ」

「人違いです」

「分かっている」と初老の男は答えた。「姪の思い違いだろう。ただこのままの状態では、姪には明日の葬儀の喪主はとても務まらない。俺はこの問題は避けて通るべきじゃないと思う。きみには迷惑かもしれないが、ひとつ手助けして貰えないだろうか。朝になって、あれがもう少し落ち着いたところできみと対面させる、そしてお互いの二年前の記憶をつきあわせて」

「そんなことをしても」と小池は言いかけたが相手に遮られた。

「そんなことをしても無駄かもしれない。だがこのまま指をくわえて姪が崩れるのを待つわけにはいかない。それに、少しでも疑いを残したままではきみにも迷惑がかかるだろう。葬儀の前にはいろんな人間が手伝いに駆けつける。なかには血の気の多いやつらも大勢いる。上京している姪の婚約者も朝一番の便でこっちへ向かうことになっているし、姪がいまのままの状態でいるのを見たら頭に血がのぼって、何が起こるか俺はとても責任が持てない。だからここは何かが起こる前に、誤解をといて姪を落ち着かせることだ、それ以外に名案はない」

小池は深いため息をついた。初老の男は両手を杖に添えて、あくびまじりの声で言った。

「姪はいまようやく眠ったところだ。このまましばらく休ませておいて、目が覚めたら人を呼びにやらせるから、それまできみも仮眠を取ったらどうだ。身体《からだ》を休めておかんと、あした一日、きみはそれこそディオン・サンダースみたいに忙しくなるぞ」

「何ですか?」

「昼間は野球をやって夜はフットボールの試合に出た選手がいただろう、アメリカに。そういう名前じゃなかったか。……ところで、きみには女房子供はいるのか」

「いいえ」

「まったくの一人暮らしか、この街で」

小池はポケットのタバコの箱に手で触れながら、そうです、と答えた。そしてこの街のアパートで一緒に暮らしている女のことを思った。

「そうか」と最後に呟いて初老の男は腰を上げた。杖の先をほんの少し浮かせて小池を指し示すような仕草をし、口を開きかけたが結局それ以上は何も喋らなかった。

初老の男が杖をつきながら右手奥の控室の方へ去ると、小池はポケットからタバコを取り出して火を点けた。一本をゆっくり喫い終わるまでこのソファから動くなと自分に言い聞かせたのだが、半分も灰にしないうちに堪え切れなくなった。

小池は立ち上がってネクタイの結び目を緩めた。初老の男が去った方向へちらりと視線を投げると、そちらに背を向けて歩きだした。途中で事務所には戻らず、そのまま奥の夜間通用口まで歩いて扉を押し開けた。

時刻はすでに五時をまわっていたが外はまだ十分に暗かった。小池はネクタイをほどいて上着のポケットにしまった。斎場の建物に沿って歩道を少し歩いたところでタクシーの空車が通りかかった。反射的に手をあげかけて思い直し、もう十メートルほどを小走りになって電話ボックスの中に入った。

アパートに置いてある物のことを小池は考えた。とりあえず必要な物。いくらかの現金、着替えの服と下着。それから女。去年、結婚式場に職を見つけて、そこで同僚として知り合ってまもなく同棲《どうせい》をはじめた女。あの女はいまのおれに必要だろうか。アパートの電話番号を押して十回までコールしてみたが電話はつながらなかった。眠っているのだ。それとも最後のコールでやっと目覚めて時刻を確かめ、いまの電話は誰からだったのかと訝《いぶか》しんでいる。小池は受話器を戻し、親指の先を歯と歯の間に当てて考えた。時間はいくらもない。控室で休んでいるあの初老の男の姪が、やがて気を取り直して起きあがり、おれと対面したいと人を呼びによこすまで。それは一時間後かもしれない、あるいは三十分後かもしれない。アパートに戻って悠長に荷物をまとめている時間などない。

こんなことは初めてではなかった。確かに、これと似た差し迫った状況に追い詰められたことは過去にもあったのだが、それがいつどこでなのか具体的にはいま思い出せなかった。アパートに置いてある現金といっても二万か三万かの金だ、と小池は思った。キャッシュカードは財布と一緒に上着のポケットに入っている。着替えの服や下着を惜しんでいる場合ではないし、同棲しているのは掛け替えのない女というわけでもない。女の代わりはどこにでもいる。きっとどこかで、流れて行った先で、別の女は見つかる。

　小池は電話ボックスを出るとまた大通りに沿って歩道を歩きだした。とにかく朝一番の電車でこの街を離れなければならない。あの初老の男の姪と対面するわけには絶対にいかない。

　これと似た差し迫った状況に追い詰められたのはいつどこでだったか、思い出せぬもどかしさを味わいながら小池は歩いていった。やがてタクシーの空車が目に入った。小池は大きく手を振り上げてその車を止め、通りを反対側まで駆け渡った。乗り込むとすぐに運転手に向かって「駅まで」と行先を告げた。

＊「青春と読書」1995.8

ISSUING AUTHORITY AND PLACE OF ISSUE
MINISTRY OF FOREIGN AFFAIRS
TOKYO
VOID
KANETAKA SATO

トラブル

＊集英社発行のＰＲ誌「青春と読書」に発表された短編小説。

ここで行きどまりなのか？

と彼は何度も自分に問いかけてみた。

ここから先へはもうどこにも行けないのか？

学校の教室ほどのだだっぴろい空間。

寒々とした室内。

『貸事務所あり』と看板の掲げられたビルの一室。

エレベーターで連れてこられたのは四階だったか五階だったか、それすらはっきりしない。

壁に背中をあずけてすわりこんだ姿勢で、彼はもういちど同じ問いかけを繰り返した。ほんとうにここで終わりなのか？　まるでいま引っ越しがかたづいたばかりのようなこの空き事務所で、事務机もキャビネットも来客用のソファもつい立ても、一切合切消えて埃《ほこり》だけ残されたこの床の上でおれはもうじき息の根をとめられるのか？

　だが実感はわかなかった。だいいち、彼のすぐ脇に、彼とは逆向きに窓を見て立っているリーダー格の若者からは殺気めいたものはまったく伝わらなかった。黒のスーツに身をかためたその若者は、ズボンのポケットに両手をもぐりこませて静かに立ちつづけていた。窓越しに明け方の風景に目をやってときおりあくびをかみ殺し、そしてときおり控えめにため息をついてみせた。

　若者が着ているスーツは喪服だった。出入口のドアのそばに立っているもう一人の若者も喪服姿だった。ほかにも同じ服装の同年配の若者が三四人いたが、いまは姿を消している。彼らが斎場から追いかけてきて、ＪＲの駅で彼を捕らえたのだ。

　壁に背中をあずけたまま彼は若者のほうを振り仰ぎ、若者の表情よりも先に、窓の外がすでに白んでいることを目にとめた。一番電車はもう駅を出たころだろう。おれはそれに乗りそこねた。乗りそこねたことが、おれの人生にとって致命傷になるのだろうか。ほんとうにここが最後なのか？　こいつらに息の根をとめられて、この寒々とした室内の埃だらけの床に横たわることがおれの三十年の人生のゴールなのか？

　ここへ連れ込まれる前に挫《くじ》いた左足をかばいながら、彼は上着のポケットを探った。その紺色の上着は斎場に勤務する従業員の制服だった。タバコとライターをつかみ出して一本点けたが思ったほど手は震えなかった。

　震えるのはこれからだ、と彼は思った。これからここで何が起こるのかわからないが、震えるとすればそのときだ。他人の目をはばかる必要もない。見栄《みえ》もプライドもかなぐり捨てて、勘弁してくれとおれは哀願することになる。斎場から逃げ出したいまとなっては言い訳も通らないだろうし、それしか思いつく方法はない。だがその哀願をこいつらはどう受け止めるのか。そもそも他人の話に耳を傾けるようなやつらなのか。

斎場の勤務をほうり出して逃げる前に、ロビイでしばらく話をした初老の男の顔つきと声を彼は思い出した。淡々とした口調とは裏腹の、脅迫的な話の内容を思い出した。片足が不自由でステッキをついた、初老の、一目でその筋の人間とわかる男。あいつの指示でこの若者たちは動いているわけだ。あのステッキの一振りで。埃のたまった空き事務所でおれを始末しろとあいつは指示したのか、それともあいつの兄の葬儀が終わるまでおれをどこかに閉じ込めておけと命じたのか。

どうなんだ？　と聞いてみたい気持で彼はまたそばの若者に目をやった。若者は彼と目を合わせず、小さなあくびを一つした。そして彼に時刻を尋ねた。

腕時計を見るために、タバコを口にくわえ直そうとしたとき指先が唇の傷に触れた。彼は大げさに呻《うめ》き声をあげた。それはさきほどこのリーダー格の若者に殴られて出来た傷だった。拭き取りきれない血が唇の端で乾きかけている。若者は彼の口もとだけでなく鼻の横も殴った。

彼は鏡を見たいと願った。いま一番したいのはそのことだった。鏡を見て、大切な顔がどの程度の被害を受けているのか確かめたかったし、できれば顔にこびりついた血の跡を清潔な水とタオルで消してしまいたかった。こいつらから解放されたら真っ先にそうしよう。もし、こいつらから、解放されたら。彼の腕時計は六時十分前をさしていた。

「もうじきだ」若者が言った。「六時までにはかたがつく」

「かたがつく?」彼は恐る恐る探りを入れた。

「ああ」若者がうなずいて目を合わせた。「朝になるまでに、あんたにはこの街から消えてもらう」

ＪＲの駅の待合所で彼はタバコを二本喫った。始発の電車が出るまでには三十分も時間があったので、他に人影はなかった。売店のシャッターもまだ閉まっていた。彼はベンチに浅く腰かけて周りを気にしながら一本目のタバコを喫った。

それから電話をかけた。この街で一緒に暮らしている女に連絡を取ろうと試みたのだが、十回コールしても電話はつながらなかった。眠っているのだ。彼は公衆電話の前にたたずみ、取出口に落ちてきたコインをつまみ出しながら考えた。勤め先の斎場をとび出してすぐに電話ボックスからかけたときも同じだった。そのときもやはり十回コールして、彼女は電話に出なかった。

一回目のときも同様に、彼女は眠っているのだと想像して諦めをつけたのだが、この二回目の電話のときはいささか違った。確かにいちど眠ってしまえば多少の物音にも目覚めないたちの女ではある。が、それにしても合わせて二十回ものコールだ、そんなに広い部屋に住んでいるわけではない、電話は彼女が休んでいる寝室と襖《ふすま》一枚隔てた隣の部屋にある。彼は自分でも気づかぬ程度に眉をひそめた。何かがおかしい。

何かがおかしい、と彼は感じ取った。だがそこまでだった。そのあと公衆電話の前にたたずんで彼が考えていたのは、まったく別のことだ。無駄になったコインをポケットにしまいながら、もし彼女が電話に出ていたとしたら、おれは何を告げるつもりだったのか？　と彼は自分に問いかけてみたのだ。

これから街を出る、訳は聞くな、元気で暮らせ、そんな芝居がかった台詞《せりふ》を口にするつもりだったのか？　彼は公衆電話の前を離れて待合所のベンチに戻りかけた。戻ってゆきながら改札口の上の壁に掲げてある発着時刻表に視線を投げ、もういちど始発の時刻を確認した。腕時計と見比べるとまだ二十分も時間がある。

それとも、まだ時間がある、おれと一緒に街を出る気があるなら駅までタクシーを飛ばせ、と言うつもりだったのだろうか。そんなつもりが少しでもおれの頭の中にあったのだろうか。頼りになるのは女だ。誰も知り合いのいない新しい街では女だけが頼りになる。そのことは経験から身にしみている。現にこの街ではずいぶん彼女の世話になった。この期におよんでもおれはまだ彼女を頼りに思っているのだろうか。

依然として人気《ひとけ》のない立ちすぎると思いながらも彼は二本目のタバコに火を点けた。頼りになるのはいつも女だ。女さえいればおれはどんな土地でも何とかやってゆけるし、実際ここまでやってきた。どんな女でもいい、女さえいれば。そしてどんな街にも女はいる、おれのような見知らぬ他所者に興味を持って近づいてくる女はいる。

なにも無理に彼女を連れて逃げなくても、新しい街には新しい女がいるはずだ、これまでがそうだったように。彼はそんなふうに結論づけて二本目のタバコを足元に落とし、靴底で踏み消した。だいいち、もういっぺん電話をかけて、たとえつながったとしてもいまからではもう遅い。パジャマの上にコートをはおって彼女が駆けつけたとしても始発には間に合わないだろう。そのとき男の声が言った。

「小池さんてのはあんたか？」

彼は喪服姿の若者の顔を見上げ、咄嗟に首を振った。

「騒ぎを起こしたくないんだ、こんなとこで」若者はかまわずに続けた。「黙って一緒に来てくれ」

「僕は違う」彼はなおも抵抗を試みた。「小池さんじゃない、人違いだと思う」声をかけた若者が背後に立つ仲間を振り返った。誰も表情ひとつ変えなかった。通夜で一晩明かしたせいか揃《そろ》いも揃って眠そうな顔つきだった。

「往生際の悪いやつだな」最初の若者が言った。「黙って一緒に来てくれって下手《したて》に出てやってるのに、聞こえなかったのか？」

「でも、僕は小池さんじゃない」

「どうする？」と若者がまた仲間を振り返って指示をあおいだ。どうやらその数人の中にリーダー格の人物がいるようだった。

だがリーダー格の若者の声は彼には聞き取れなかった。聞き取れぬまま二人がかりでベンチから引き起こされ、離れて立っていた長髪の若者と向き合わされた。長髪で色白ですらりと背の高い若者だった。若いのに喪服がよく似合った。

「小池さん」あくびをかみ殺してその若者は言った。「あんたも逃げるなら逃げるでもっと機転をきかすべきじゃないのか？　駅の待合い室でぐずぐず始発電車を待っててどうするんだ、おれたちにしたって、最初からこうと分かってりゃこんなに大勢で押しかける手間もはぶけたんだぜ」

何とも答えようがないので彼は黙っていた。

「車を待たせてるからそこまで一緒に歩いてもらう」長髪の若者が続けた。「おとなしくすれば手荒なまねはしない、って決まり文句は知ってるだろ？」

「腕を」彼は頼んだ。「放してくれ、痛いよ」

「知ってるってしるしに一ぺん首を縦に振ってみせてやれよ、そしたらそいつらも安心して放してくれるさ」

彼はうなずいてみせた。二人がかりでこめられていた力が緩んで両腕が解放された。

リーダー格の若者が先に歩きだした。残る五人のうち三人までがすぐに後を追った。迷っている暇はなかった。咄嗟に彼は機転をきかせて反対方向に走った。どこへむかって走るのかもわからず全速力で逃げた。


逃げるべきじゃなかった、と彼は挫いた足首のあたりをさすりながら後悔していた。どうせ捕まってしまうのなら無傷で、あのままおとなしく車に乗せられこのビルに連れ込まれたほうがまだましだった。

逃げだして数メートルも走らないうちに、ほんの僅かな段差を踏み外して彼は派手に倒れた。待合所から食堂街へつながるタイル貼りの通路に倒れ込み、挫いた左足の痛みをこらえているところへ、徹夜明けの若者たちがのろのろと集まってきて彼を取り囲んだ。

リーダー格の若者が代表して彼を殴りつけた。彼が悲鳴をあげると、舌打ちしてもう一度殴った。それから別の若者二三人に助け起こされ、口と鼻からの出血を気に病みながら彼らの車まで引きずられることになった。

空き事務所の隅の壁にもたれてすわりこんだまま、短くなったタバコを彼は床に押しつけて消した。すでに血まみれになったハンカチをあらためて取り出して口もとにあててみた。傷口がうずいただけで新しい血の跡はつかなかった。

そばに立っている若者の手の甲にも、自分を殴ったときの血がついているかもしれないとふと思ってみたが、若者の両手はあいかわらず黒いズボンのポケットの中だ。

腕時計が六時五分前をさした。

「小池さん」窓の外を見下ろして若者が言った。「迎えが来たみたいだぜ」

「……迎え？」

「立てよ」

彼は窓の敷居の部分に手をかけ、右足を軸にして立った。若者と同じ方向に視線を落とすと、ビルの前に濃いグレイの車が一台停車しているのが見えた。まもなくドアが開いて男が一人降り立ち、このビルの中に消えた。

「あんたはこのままじゃやばい」若者が言った。「あんたもわかってるだろう、なにしろ、あのじじいにさんざん脅された後だろうからな」

若者が言っているのは例の、ステッキをついた初老の男のことだと彼は理解した。

「やばいって……、どうなる？　つまりもう、これ以上生きられないってことか？」

「その通りだ」若者は認めた。「おれがあんたを始末して、あの山の中に埋める手はずになってる」

若者が顎をしゃくった方角へ彼は目を上げた。山の影が二つ折り重なって見渡せた。どっちの山だ？　とジョークにして聞き返す気力もなかった。

「まだ三十なんだ」彼は泣きたくなった。「まだ死にたくない」

「だったらうまく逃げてみせろよ」若者が答えた。「あそこに止まってる車で逃げろ」

「でも免許証を持っていない」こいつはそのことを知ってて獲物をなぶるような意地悪を仕掛けている、そう思いつつも彼は弱音を吐いた。「車の運転なんかできない」

「女がいるさ」若者が彼を振りむいた。「頼りになるのは女だ、あんたみたいな色男は女に頼って生きるしかない」

頭の隅で何かが閃《ひらめ》いた。あわせて二十回鳴らしてもつながらなかった電話。この街で頼りにしていた女。だが彼には若者の意図がまだ理解できなかった。

「彼女と一緒にあの車で逃げろ」

「でも……」

「よりによってあんな場所で、あのじじいに見つかっちまったのはあんたも運が悪かったな、けど小池さん、あんたの運はまだ尽きたわけじゃない、下で彼女が待ってくれてるはずだ」

「どういう意味なのか……」彼は停車中の濃いグレイの車の屋根に目をこらした。「きみの言ってることがよくわからない」

「大物の身内が一人死んで、あのじじいの時代は終わったってことさ」若者は身体を入れ替えて、空き事務所のドアのほうに顔を向けた。「あいつがいくらステッキを振り回したってもう魔法はきかないんだ、年寄りの言いなりになる時代はもう終わりだ、おれたちはおれたちの考えで手を組む相手を決める、おかげであんたは命拾いすることになる」

「まだ、よく訳がわからない」

「訳なんかわからなくていいんだ」そのときドアが開いて男が入ってきた。さきほど車から降りてきた男に違いなかった。若者は話にけりをつけた。「あんたみたいな他所者に聞かせる話じゃない」

窓際まで歩いてきた男はまず若者に会釈をした。

「すまない」

「予定通りかい？」

「ああ、迷惑をかけた」

「いいんだ、それよりおれが代わりにこの人にお仕置きしといたからさ、ほらこの顔、もう暴力はなしにしてくれよ、色男をだいなしにして姉さんに恨まれるのも辛《つら》いからな」

男は苦笑いを浮かべた。年齢は長髪の若者より五つ六つ年上の二十代なかば、やはり喪服に身をかためている。こいつも斎場のあの通夜の席にいたのかと彼は思った。この街の大物が一人死んで、これからは喪服を粋に着こなす若者の時代になる。男が彼のほうに向き直った。その目つきに明らかな敵意を読み取って、彼は視線をそらした。

「てみじかに話す」と男は始めた。「いいか小池、おれはおまえみたいな人間は虫が好かない、おまえが抱えてるトラブルのせいで誰に始末されようとおれの知ったことじゃない、あねきにもそう言ったんだ、どうせおまえみたいな男は、どこへ流れていっても腰が落ち着かない、きっとまた女の問題でしくじってどっかへ逃げ出すに決まってる、だからいまここで全部終わりにしてやったっていい、同じことだ、それがどこでだろうと、必ずどっかでおまえも行き止まりにぶち当たる、遅かれ早かれ終わりが来る、ただ一日でも早いほうが世の中の女のためになるんじゃないか？　なんならおれがこの手で息の根を止めてやってもいいくらいだ。ところが……、聞いてるのか」

男が彼の痛めたほうの足を蹴った。彼は呻き声をあげてその場にうずくまった。

「立て」男が命じた。「人の話は真面目に聞け、ところが、やっかいなことにあねきがおまえに惚《ほ》れてる、おまえみたいな男に惚れても一円の足しにもならない、そんなことはわかりきっててもおまえみたいな男に惚れる女はいくらでもいる、それでおまえみたいな男が世の中にのさばる、女を食い物にする男が」

立つには立っていたが、前に一度だけ彼女に紹介された記憶のある弟の顔をまともに見ることができず、彼は長髪の若者のほうへ視線を泳がせた。窓から下の様子をうかがっていた若者が、その視線に気づいたのか振り返って、

「待ちくたびれてるぜ」

と、どちらへともなく言った。

「わかってる」男が答えた。「こいつにひとこと言ってやらないと気がすまないんだ」

「この人だってわかってるさ」若者がおだやかに言った。「女に惚れられたおかげで命拾いした、おまけに姉思いの弟がいたおかげで、今回はなんとか生きのびることができる、でもその姉と弟を落胆させるようなまねをすれば、今度こそもうどこにも逃げる場所はない、そのくらいこの人だってわかってるさ、年はもう三十だ、分別のある大人だ、そうだろ？」

彼は大きく一つうなずいた。

「あねきは三十二だ」男がなおも言った。「弟のおれも仕事も何もかも捨てておまえを選んだ、おまえとこの街を出て所帯を持つ気でいる、それがどういう意味かわかっ

てるんだろうな？」

「もう六時を過ぎた」若者が間に入った。「そろそろじじいが痺《しび》れをきらしてる頃だ」

「いいか、あねきには携帯を持たせてる、いつでも連絡が取れるようにしてある」

「行けよ」若者が顎をしゃくった。

彼は左足をひきずりながら歩きだした。その背中に男の声が飛んだ。

「あねきを捨てたら殺すぞ、どこへ逃げようと探し出しておれの手で殺すぞ」

彼は止まらずに歩きつづけた。ドアのところで眠たげな目の若者を一人やりすごし外へ出た。廊下にも喪服姿の若者がたむろしているかと予想していたが一人も見あたらなかった。

彼は早足になって人気のない廊下を歩き、エレベーターの前に立った。そこまで歩いてきて、挫いた左足首の具合が思ったほど悪くないことに気づいた。ドアはじきに開いた。乗り込んで一階のボタンを押した。扉が閉まりエレベーターの箱が動き出すと彼は思わず吐息を洩《も》らした。結局、いままで監禁されていた空き事務所は四階だったのか五階だったのか確かめずじまいだった。

「ひどい顔ね」

と女が言った。車の助手席に乗り込んできた彼を見て、女が最初に口にした言葉がそれだった。

ひどい顔はお互いさまだ、と言い返したいのを彼は我慢した。この朝方の時刻に化粧もしていない三十過ぎの女の顔は見られたものじゃない。もともと目のまわりに隈《くま》のできやすいたちなのだが、今朝は（おそらく夜中に弟にたたき起こされたせいか）その隈がいっそう黒ずんでいる。

彼はこれみよがしに血のついたハンカチを取り出して唇の脇にあてた。まるで自分の傷が痛んだかのように女が顔をしかめた。

「可哀想《かわいそう》に」

「きみの弟の仲間にやられたんだ」

そう言って、車の助手席から彼はビルを振り仰いだ。二階のあたりまでしか視界に入らなかった。たとえもっと上まで視界に入ったとしても、いまあいつらが窓際に立っている空き事務所が四階にあるのか五階にあるのか区別はつかないのだが。

彼は運転席の女に目を戻した。そしてその服装（よそ行きのスーツ）と睡眠不足の素顔とのちぐはぐさに改めてうんざりした。

「早く車を出せよ」

「どこへ行けばいいの？」

「いいから出せって」

彼女の運転する車が早朝の国道を走り出した。が、十秒も走らぬうちに信号につかまって止まった。

「一人で行くつもりだったの？」と彼女が尋ねた。

電話を二回かけた、合わせて二十回もコールした、と女を喜ばせるために答えるのが億劫《おっくう》だった。

「着替えの服も、お金も持たずに電車で逃げるつもりだったの？」

と彼女がさらに尋ねた。

「そんな話はあとでいい」彼は焦《じ》れて舌打ちをした。「長い信号だな」

「弟が生意気にあたしに説教するのよ、別れ際に餞別《せんべつ》だってお金までくれた」

「携帯電話もだろ」彼は鼻を鳴らした。「なぜ弟のことを隠してたんだ」

「隠してなんかいないわよ、いちど挨拶させたじゃない、お鮨屋《すしや》さんで会ったとき」

「僕が言ってるのは仲間のことだ、きみの弟にあんな上品な仲間がいるとは知らなかったぞ、くそ」

「まだ痛むの？」

「言っとくけど、当分きみとはキスはできないからな、恨むなら弟を恨め」

信号が変わった。車がまた走りだした。

「ねえ、どこまで走ればいいの？」女が聞いた。「電車でどこに行くつもりだったの？」

「遠くだ」

「遠くって？」

「好きにしろ」彼はやけで答えた。「行きたいところに行け、どうせ僕は一生きみとは離れられないんだ、どこまでも一緒について行ってやる、そうしないときみの弟に山に埋められるからな」

とたんに女が笑い声をあげた。陽気な笑い声はすぐに止《や》んだが、その名残の表情はいつまでも女の顔にはりついていた。次の信号を黄色で突っ切ると、彼女は笑顔のままアクセルペダルを踏み込み前の車を二台追い越した。

彼は女の横顔を見守りながら思った。トラブルのもと、ねじれのもと、それが女だ。ねじれて収拾のつかなくなったサランラップのような状況に必ず追い込まれる、女のせいで。

だが頼りになるのは女だ。これから行き着く先ではきっと女が頼りになる。どんな見知らぬ土地であろうと、女さえいれば何とかやってゆける。そのことは経験から身にしみている。たとえ目のまわりに隈をこしらえた三十女であろうと、女は頼りになる。

「地図が必要ね」女が言った。「どこかで地図を買って、行きたい所を探すの、きれいな名前の所がいい」

「遠くてきれいな名前の所だろ」

「そうね、でもその前にあなたの顔の手当てをしないと」

その通りだ、彼はうなずいてみせた。なによりもまず顔の手当てをしなければならない。どこへ逃げのびるか考えるのはそれからだ。

彼は助手席の窓へ目をやって、なんとかなる、と自分に言い聞かせた。とにかくおれは命拾いした。この顔の傷が癒える頃にはまた新しい街で一からやり直せる。そこでもこの三十女は頼りになるのか、あるいは足手まといになるのかはまだ判断がつかないが、それもあとでゆっくり考えればいい。

次の信号でつかまったとき、彼は助手席側の窓にぼんやりと映る自分の顔を点検しながら、女に言った。この街の境を越えたら適当な場所で車を止めるように、自分はとりあえず傷の手当てをするから、その間にきみは化粧をしろ、と命じた。

*「青春と読書」1997.4

叔父の計画

＊「西日本新聞」文化面に「新春掌編小説」として掲載された作品。

私の夫は銀行員なので、私が心の中で銀行強盗を応援していると知ったら、きっと頭が混乱して、嘆き悲しむだろうと思う。

年の暮れに、隣の県で現金輸送車が襲われて二億円が盗まれる事件があったときも、夫は苦虫をかみつぶしたような顔でテレビのニュースを見つめるばかりで、

「二億円もあったら人生は楽しいでしょうね」

と試しに私が言った言葉も聞こえないようだった。夫のあの顔を見ていたら、犯人が捕まらなければいいわね、などとは口が裂けても言えない。犯人は私の叔父さんかもしれないわよ、ともし言ったりしたら夫は卒倒するかもしれない。本当のところは、夫婦の間で隠し事などしたくないのだけれど、やはりこのことだけは、行方不明になっている叔父の話だけは私ひとりの胸に秘めておこう。

叔父が姿を消したのは、私が高校受験を控えた年の二月だった。そのころ片思いしていた同級生の男の子の分と叔父の分と、バレンタインのチョコレートを二つ用意し

ていて、結局二つとも渡せなかった思い出があるので間違いない。もっとも、叔父の姉にあたる私の母を含めて、親戚中が本気で叔父のことを心配しはじめたのはそれから一年も経った後のことだった。なにしろ叔父は若い頃から定職に就いたことがなかったのだし、どこでどうお金を工面するのか、普段はどこで何をしているのかという点が謎の人で、それまでにも二カ月や三カ月くらいぷいといなくなるのは珍しくなかったのだ。だから私の母などは、十年経った今でも、弟のことだからどこかでどうにかやってるわよ、そのうちまたひょっこり顔を出すわよ、と楽観的な（あまりに楽観的な）予測を口にすることさえある。

でも私に言わせれば半分間違っている。叔父さんはどこかでどうにか元気にやっているだろう、そのことは私にも容易に想像がつく。ひとことで言えば叔父はそういう人物なのだ。ただ、賭けてもいいけれど、叔父が私たちの前に現れることは今後二度とあり得ない。なぜなら十年前、バレンタインのチョコレートが二個とも無駄になった年の正月に、私は叔父と最後に会った。そのとき本人の口から銀行強盗の計画を聞かされたのだから。

「金を盗まれた銀行が、恐れ入りました、そこまで周到な計画を練られては仕方がない、お見事です、またのお越しを、そう言って頭を下げたくなる、それくらいの銀行強盗をやらないと意味がない」

叔父はそんなことを喋った。もちろん私は冗談だと思っていた。正月だというのに高校受験と片思いの相手のことでふさいでいる私を元気づけるための冗談だと。私は幼い頃から、両親には隠しておきたいような話でも不思議と叔父にならば話せたし、一年にほんの何度かふたりで会える時間を楽しみにしていた。会うのはいつもフルーツパーラーといった感じの店で、そしていつも叔父は私に対しては気前が良かった。

「お年玉をこんなにありがとう」

「そんな金はなんでもないよ」叔父は胸を張った。「周到な計画を練って、銀行の金を一億も二億もいただくんだ、そんな金で遠慮することはない」

「二億円もあったら人生は楽しいでしょうね」

「ああ、その通りだ。でも二億円を手に入れたときには、残念ながらきみとこうやって会うわけにはいかない、チョコレートパフェをおごるのもこれが最後になると思う、お代わりを頼むならいまのうちだ」

「どうして最後なの？」

「銀行強盗は立派な犯罪だからね、犯罪者が大手をふって、可愛《かわい》い姪っ子と会うわけにはいかないだろう？　計画を成し遂げた人間は孤独になる、それが宿命だよ」

　私は笑って見せるしかなかった。別れ際に、店の扉の前で、叔父の大きな掌《てのひら》が私の手を包みこみ（それはいつもの、今度会うときまでの別れの握手に思えたのだけれど）、叔父はこんなふうに言った。受験の心配は春になれば跡形もなく消えている。片思いの悩みなど十年も経てば笑い話だ。そして叔父の温かい大きな掌が私の手から離れ、叔父の背中が正月のアーケード街の人込みの中にまぎれるのを私は見送った。それ以来、叔父とは会っていない。

あるいは、何か別に理由があって、何かこの街を出なければならない経緯があって叔父は私たちの前から姿を消したのかもしれない。けれどあれから十年が過ぎて、中学時代の片思いの悩みなど笑い話にできるような年齢になった今、私はあのときの銀行強盗の話がひょっとして冗談ではなかったのかもしれないと、そう思ってみることがある。叔父はすでに計画を実行に移したのだろうか。いまだにどこかで周到な計画を練り続けているのだろうか。いずれにしても、銀行員の妻である私としては、心の片隅で（いけないこととは思いつつも）叔父の計画が失敗しないように、そしてできれば、叔父の襲う銀行が夫の勤め先ではないようにと日々祈るばかりだ。

＊「西日本新聞」1995.1.11

ホームバンク

競輪選手にホームバンクがあるように、競輪ファンにもそれはある。僕の場合は佐世保競輪場である。

一九八〇年に初めて五十円の入場料を払って競輪を見たのが佐世保競輪場のホームスタンドで、初めて車券を買ったのが、あの中野浩一が本命の佐世保記念の優勝戦だった。

その日以来、いったい何度、佐世保競輪場までの道のりを往復したか分からない。いまでこそテレビのCS中継で全国の記念競輪や特別競輪が見られるけれど、当時はなにしろ競輪が見たければ競輪場へ行かなければならない時代だった。もちろん電話投票のシステムなどなかったので、電話で車券を買う、と言えばそれはただちに違法行為を意味した時代だった。ほんの十五年前なのに、何だか嘘みたいな話である。

ＪＲ佐世保駅に近い踏み切りを渡り、道なりにしばらく歩くと潮の香りが嗅げるだろう。右手が海だ。あとはただ、建物で見え隠れする海を右手に見ながら、まっすぐに行けば佐世保競輪場にたどり着ける。僕はその道を、競輪の初心者だった頃に何度となく歩いたし、十五年経った今でも時折り歩く。当然、歩いたぶんだけ思い出は増えてゆく。

　中野浩一の顔も井上茂徳の顔も、僕はテレビで見るより先に佐世保競輪場で金網越しに見た。吉岡稔真が新人リーグで優勝したレースも、雨の日に佐世保競輪場の特観席で見ていた。A級時代の加倉正義が澤田義和の番手を取り切って差したレースは、日差しの明るい第4コーナーのスタンドで見た。

　まだまだ他にもある。ここには書き切れないくらいある。競輪ファンなら誰もがそうであるように、ホームバンクには通いつめたぶんだけ思い出が残る。だがその中でも、いちばん忘れがたいのは、やはり初めて車券を買ったレースだろう。

　一九八〇年の一月、僕が生まれて初めて車券を買った佐世保記念の優勝戦は、中野浩一が3着に敗れて大穴になった。1着が荒川秀之助で、2着が藤巻清志、連勝単式1-3、払い戻しが八七九〇円。ここまでは個人的な思い出のためにデビュー作の小説にそのまま書き残したし、いまだにはっきり記憶もしている。たぶん死ぬまで忘れないんじゃないかと思う。

　僕はその当たり車券を千円持っていた。わけも分からず買ってしまっていた、と言ったほうが早いかもしれない。いわゆるビギナーズラックだ。いま思えば、わけの分からぬ初心者の頃が競輪はよほど当たりやすかった。

そのとき儲けた金で僕は欲しかった大型のラジカセを買った。とっくの昔に壊れてしまったが、十五年後の今も捨て切れずに押し入れにしまってある。言ってみれば佐世保競輪場との、そして競輪との出会いの唯一の記念品である。

＊「ザ・ホットライン」1995.11.30

最終回

あなたにとってギャンブルとは何ですか？　とインタビューアーから質問をうけて、

「それはゆで卵につける塩だ」

とヘミングウェイは答えた。

その話を僕はヘミングウェイの全集でもインタビュー集でもなくて、他ならぬ『プロスポーツ』の「プロスポさろん」で読んだ。もう二十年近く前のことになるが、いまだに憶えている。筆者は川上信定だった。

当時の僕は競輪のことはまだ何も知らなかった。知っているのは中野浩一の名前と、それから阿佐田哲也の作品くらいだったんじゃないかと思う。ただ『プロスポーツ』は父が毎週購読していたので、その気になればいつでも読むことはできた。たぶん「プロスポさろん」だけ、ときおり拾い読みしていたのだろう。それから二十年近い時が流れて後に、まさか僕自身がそれを書くことになるとは夢にも思わずに。

この連載の依頼があったときに、僕はまずそんな思い出にふけった。二十代前半のまったく競輪に縁のなかった青年時代から、競輪と深い縁でつながっている中年の小説家としての現在まで、思えば遠く来たものだ、という表現がぴったりの個人的な感慨にふけった。そしてこの仕事は特別なのだという意識をおさえるのに、かなり苦労した。なにしろ「プロスポさろん」には競輪の神様・阿佐田哲也をはじめとしてソウソウたる書き手たちが名を連ねている。その一番新しいバトンを僕が渡されたわけである。最終回だからといって本誌をヨイショするわけではないけれど、この連載の仕事は僕にとってそういう性質のものだった。

小説家としてデビューして、競輪に関する文章を書くようになったきっかけはもう思い出せない。でもかなり初期の段階で、自転車振興会からのある仕事の依頼の場に立ち会ってくれたのは、そのころはまだ長崎所属のS級選手だった木庭賢也である。彼が、競輪場以外で僕の目にした初めての競輪選手ということになる。

いまはテレビの解説でおなじみの木庭賢也について、エピソードを一つか二つ「交遊記」風に読者に紹介することができる、ような気も連載中にはしていた。が、結局それをやめたのは、その種の文章を書くには僕以外に適任者がいると思い直したからである。競輪について、できるだけ大勢の人がものを言い、文章を書くのが望ましい。でも、それら大勢の人が、みな似たような内容の同じような書き方をするのは望ましくない。

同様の理由から、当初はくわしく書く予定でいたのを取りやめたことはいくつかある。たとえば、いま僕が住んでいる部屋の前の廊下には自転車が二台置いてある。そのうち一台は競輪用の本物のレーサーで、経緯は省くが、地元の選手・工藤浩介が古い部品を組み立てて（特別にブレーキをつけて）わざわざ運んで来てくれたものである。また、たとえば、いま僕の部屋には児玉広志が熊本オールスターのセレモニーで履いた靴と、豊岡弘が寛仁親王牌《はい》の決勝で着たユニホームが置いてあるが、そうなった経緯についても書くチャンスを逃した。

最後に、たとえば一度でも個人的に会ったことのある地元の選手たち、別府俊明、永田学、福田泰弘、野口誠一郎、貝賀良太郎といった面々のことも今回は何も書けないまま終わる。

いずれのエピソードについても、もしいつか僕なりの書き方で書く機会があれば、という課題を残して、次の新しい書き手にバトンを渡したいと思います。

＊「日刊プロスポーツ」1998.2

hi-lite

43-48

1999-2003

いつのまにかまわりの編集者は自分より年下ばかりになっていた。学生の頃に『永遠の1/2』を読んだんですよという編集者と、極端に言えばそれを生原稿で、ずぶの素人の書いた作品として当時読んだ編集者とでは、それはやはり、佐藤正午という作家を見る目線の角度に差があるだろう。あって当然、というか幸いである。新人を守り立ててくれる編集者なしではここまでの作家人生はなかったし、年長の作家を鼓舞する編集者が現れなければその後がなかったかもしれない。なかでもエッセイ集『ありのすさび』の刊行に勇気づけられた。この本のおかげで、作家としての寿命が延びたのは間違いないと思う。

1999

1 『カップルズ』刊行（集英社）

『彼女について知ることのすべて』刊行（集英社文庫／解説：関口苑生）

●ジャンプ　連載開始（〜00・8）「Gainer」→『ジャンプ』

◎わが心の町　「別冊文藝春秋」

→『ありのすさび』『つまらないものですが。エッセイ・コレクションⅢ』

2 ◎新年の挨拶　「長崎新聞」→『正午派』『正午派2025』

◎街の噂　「青春と読書」→『象を洗う』『つまらないものですが。エッセイ・コレクションⅢ』

◎噂から生まれた小説　「SPUR」→『正午派』『正午派2025』

◎待望の「ふるさとダービー佐世保」　「ライフさせぼ」→『正午派』『正午派2025』

3 ◎小説のヒント　連載開始（〜02・9）「BRIGHT」

→『ありのすさび』『豚を盗む』『小説家の四季1988―2002』

※『ありのすさび』『小説家の四季1988―2002』では「小説家の四季」に改題

◎上には上がいる　「週刊文春」→『正午派』『正午派2025』

6 ◎書評：『湾岸ラプソディ』（盛田隆二・著）「日刊ゲンダイ」

→『豚を盗む』『つまらないものですが。エッセイ・コレクションⅢ』

◎映画評：『スウィート・ヒアアフター』「小説すばる」

→『豚を盗む』『つまらないものですが。エッセイ・コレクションⅢ』

8 ◎またひとつおりこうさんになった　連載開始（〜00・3）「西日本新聞」

→『正午派』『正午派2025』

◎夏の夜の記憶　「西日本新聞」

→『ありのすさび』『つまらないものですが。エッセイ・コレクションⅢ』

◎長く不利な戦い　「小説すばる」→『豚を盗む』『つまらないものですが。エッセイ・コレクションⅢ』

9 ◎二十年目　「PR+S」→『side B』

10 『本屋でぼくの本を見た』刊行（共著／角川文庫）※「勤勉への道」所収

11 ◎「ふるさとダービー佐世保」ふたたび　「ライフさせぼ」→『正午派』『正午派2025』

◎リベンジ　「ザ・ホットライン」

12 ◎映画評：『きのうの夜は……』「PHP」→『豚を盗む』『つまらないものですが。エッセイ・コレクションⅢ』

彼女について知ることのすべて

カップルズ

2000

1 ◎郵便箱の中身「北海道新聞」→『象を洗う』『つまらないものですが。エッセイ・コレクションⅢ』

2 『バニシングポイント』刊行（集英社文庫／解説：谷村志穂）

5 『きみは誤解している』刊行（岩波書店）※書き下ろし「人間の屑」を追加

6 ●ホテル物語　連載開始（〜00・12）「風のスタシヨン」→『正午派』『正午派2025』

9 『ジャンプ』刊行（光文社）

バニシングポイント

きみは誤解している

ジャンプ

2001

1 『ありのすさび』刊行（岩波書店）

◎憧れのトランシーバー「小説すばる」

↓『豚を盗む』『つまらないものですが。エッセイ・コレクションⅢ』

☆『ジャンプ』が「本の雑誌」2000年度ベスト1に選出

2 ◎金魚の運「PHPスペシャル」

↓『象を洗う』『つまらないものですが。エッセイ・コレクションⅢ』

◎映画評：「見知らぬ乗客」「ダ・ヴィンチ」

↓『豚を盗む』『つまらないものですが。エッセイ・コレクションⅢ』

3 ◎子供の名前「図書」↓『象を洗う』『つまらないものですが。エッセイ・コレクションⅢ』

◎わが師の恩——マスダ先生「小説新潮」

↓『豚を盗む』『つまらないものですが。エッセイ・コレクションⅢ』

◎草枕椀「マミークラン」↓『豚を盗む』『つまらないものですが。エッセイ・コレクションⅢ』

Y

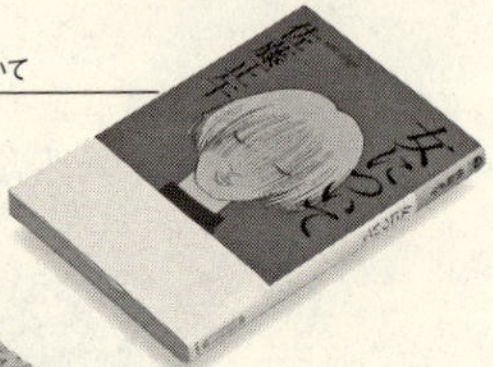

女について

取り扱い注意

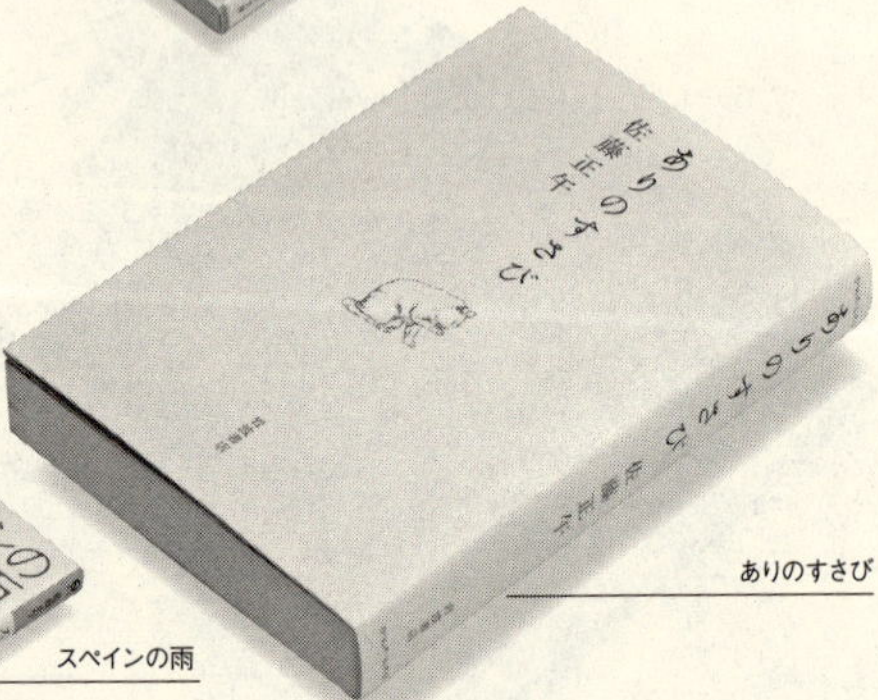

ありのすさび

スペインの雨

4
『女について』刊行（光文社文庫／解説：吉田伸子）※『恋売ります』を改題
◎じわじわとはじまる「an・an」
→『象を洗う』『つまらないものですが。エッセイ・コレクションⅢ』

5
◎大学時代「北海道新聞」→『象を洗う』『つまらないものですが。エッセイ・コレクションⅢ』
『Y』刊行（ハルキ文庫／解説：香山二三郎）
◎光に満ちあふれた日々「卒業アルバム」（全日本学校アルバム印刷組合編）
→『象を洗う』『つまらないものですが。エッセイ・コレクションⅢ』

7
『取り扱い注意』刊行（角川文庫／解説：北上次郎）
『New History 人の物語』刊行（共著／角川書店）
※書き下ろし「愛の力を敬え」所収
◎時のかたち　連載開始（全4回）「朝日新聞」
→『豚を盗む』『つまらないものですが。エッセイ・コレクションⅢ』

9
『スペインの雨』刊行（光文社文庫／解説：竹下昌男）※「クラスメイト」を追加
☆メトロ書店本店（長崎市）で初のサイン会開催

10
◎この空のした　連載開始（〜02・9）「WEBダ・ヴィンチ」
→『豚を盗む』『つまらないものですが。エッセイ・コレクションⅢ』※「つまらないものですが。」に改題
◎文庫解説：『なんて遠い海』（谷村志穂・著／集英社文庫）
→『豚を盗む』『つまらないものですが。エッセイ・コレクションⅢ』
◎賭ける「図書」
→『象を洗う』『つまらないものですが。エッセイ・コレクションⅢ』

11
『恋を数えて』刊行（角川文庫／解説：池上冬樹）

12
『象を洗う』刊行（岩波書店）
◎書評：『本読みの虫干し』（関川夏央・著）「日刊ゲンダイ」
→『豚を盗む』『つまらないものですが。エッセイ・コレクションⅢ』
☆『Y』が『おすすめ文庫王国2001年度版』（本の雑誌社）で第1位に選出

最初で最後のサイン会（本人談）

象を洗う

恋を数えて

2002

1 『カップルズ』刊行（集英社文庫／解説：奥田英朗）

●空も飛べるはず「小説新潮」→『ダンスホール』文庫版

3 『個人教授』再刊行（角川文庫／解説：石原正康）

●花のようなひと 連載開始（～04・12）「PHPカラット」→『花のようなひと』

◎植物の「気」「小説すばる」

→『豚を盗む』『つまらないものですが。エッセイ・コレクションⅢ』

◎映画評：「トゥルー・ロマンス」「小説推理」

→『豚を盗む』『つまらないものですが。エッセイ・コレクションⅢ』

10 『ジャンプ』刊行（光文社文庫／解説：山本文緒）

『こころの羅針盤』刊行（共著／光文社）※「四十歳」所収

12 『ｓｉｄｅ Ｂ』刊行（小学館）※平成14年競輪広報大賞活字賞受賞

カップルズ

個人教授

ジャンプ

インタビュー中。
退屈な質問も我慢（本人談）

毎年1度は海水浴に行かないと気がすまなかった（本人談）

2003

2 ◎巻末エッセイ：『桃色浪漫 2』（名香智子・画／小学館文庫）
→『豚を盗む』『つまらないものですが。エッセイ・コレクションⅢ』

4 ◎転居「小説すばる」
→『豚を盗む』『つまらないものですが。エッセイ・コレクションⅢ』

5 ◎しみじみ賭ける「ウィニングラン」→『side B』文庫版に追加

7 ●ピーチメルバ「小説新潮」→『ダンスホール』文庫版
◎外出その1「小説宝石」→『正午派』『正午派2025』

10 『きみは誤解している』刊行（集英社文庫／解説：坂本政謙）

11 ◎長生きはしてみるもの「小説宝石」
→『正午派』『正午派2025』※「外出その2」に改題
◎親不孝「文藝春秋」→『豚を盗む』『つまらないものですが。エッセイ・コレクションⅢ』

12 『動詞的人生』刊行（共著／岩波書店）※「賭ける」所収
◎台所のシェリー酒「小説すばる」
→『豚を盗む』『つまらないものですが。エッセイ・コレクションⅢ』

きみは誤解している

side B

カクテル物語

＊ハウステンボスＪＲ全日空ホテル（当時）の広報誌に連載。
一杯のカクテルにまつわるワンシーンを切り取った短文。連載時はカクテルの写真とレシピ付き。

ガルフストリーム

待ち合わせの時刻よりも十分も早めに、彼女はその店に着いた。

注文したカクテルをひとくちだけ飲み、期待通りの味に満足すると、あとはその色合いを楽しんで待ち人が現れた。よく日焼けした顔の青年だった。

まもなく待ち人が現れた。よく日焼けした顔の青年だった。

隣に腰かけた青年は腕時計を見て、ちょっとだけ彼女を気遣う表情になった。それから一息で、グラスの生ビールをほとんど飲みほしてみせた。

「さて。急になにが不安になったのか、話をきこうか」

「べつに話なんてない」彼女は答えた。「ただ、あなたの島へ行ってご両親に挨拶する前に、最後にここで飲みたかったの」

「最後?」

「だって、あなたの島にはレンガ造りの古い天主堂はあっても、こんな居心地のいいお店はない。それに、あたしはお嫁さんになったら、漁に出るあなたを待って、ご飯の支度をしたり洗濯や掃除や生れてくる子供の世話や……」

「そうだ」と青年は悪びれずにうなずいた。

「あたしにつとまるかしら」

「きみは海が好きなんだろ？」と少し考えてから青年は答えた。「海の見える土地にいつか家を構える。よく話し合ってふたりで決めたことだ。きみの不安は僕が半分受け持つ、僕の留守中も海がなぐさめてくれる」

それから青年は、彼女の前に置かれたグラスへ顎をしゃくった。彼女にだけ届く声で、

「ほら、それが僕たちの島の、海の色だ」と囁《ささや》いた。

＊「風のスタシヨン」1998.6

ミモザ

行きつけのバーのカウンターで彼が飲んでいると、女の客がひとり入ってきた。彼と同世代の中年の婦人だった。

どこか別の場所で人と会う約束があって、そのために時間を調整しているという感じで、婦人はカクテルを一杯だけ飲むと時計に目をやり席を立った。

彼女がいなくなると店の空気が変わった。ほんの十分ほどの間、張りつめていたものがふっと緩んで、あとに名残惜しさのような微妙な気配が残った。彼は高校時代のある同級生の顔を思い出した。いまの婦人がその同級生だったのかもしれないし、ぜんぜん別人なのかもしれない。でもいずれにしても、彼は不意に懐かしく思い出していた。当時はさほど親しかった記憶もない同級生の顔。そばに来ても目を合わせずに、彼の学生服のボタンを見て喋《しやべ》った女生徒の伏し目がちの顔。

あの女の子が、ストゥールで背筋をのばして、時間つぶしのカクテルを一杯だけ飲みほす。そしてまた次の用事のためにきびきびと席を立って出てゆく。そんな婦人になったとはとても思えないのだが。

「いまの女性が飲んでいたのは何?」と彼は訊《たず》ねてみた。

「ミモザ」と顔見知りのバーテンダーが答えた。「花の名前です」

その名前にピンとくるものはなかった。だからこの話は結局ここまでになる。もちろん彼はミモザの花のことは何も知らない。その花言葉が、感じやすいこころ、であることも知らない。

＊「風のスタシヨン」1998.9

ホットバタードラム

順風満帆で人生を送っている人には判《わか》らない話かもしれないけれど、悪いことというのはときとして重なるものだ。

仕事がうまくいかない、そのせいで心に余裕がなくなる、ユーモアのセンスも忘れてしまう、些細《ささい》なことで恋人や友人と口喧嘩《くちげんか》になる、世界から自分だけ見放されたような気分におちいる。

ドミノ倒しみたいに悪いことが立て続けに起こって、彼はただでさえ寂しい冬の夜に、独りきりでバーで飲んでいた。周りはカップルの客ばかり。こんな夜は、孤独な人間はひたすら酔って寝てしまうしかない。

でも実のところ、彼の孤独は他人のほんの一言、一つの笑顔、で癒される場合もある。

店が看板になってカップルの客はすべて引き上げた。カウンターに顔をうつ伏せて最後まで残った彼の前に、控えめな感じでバーテンダーが立った。

ふと彼が目を上げるとグラスがひとつ置いてあった。湯気の立ち上がっているグラスだ。

「こんなもの注文してないよ」

「よろしかったらどうぞ」と相手が言った。「今夜は冷えます」

いままでうたた寝していたせいで彼は寒気を覚えてひとつくしゃみをした。それを見て相手が微笑《ほほえ》んだ。蝶《ちょう》ネクタイをした若い女性のバーテンダーだった。

「どうぞ。ひと口飲むとポカポカ暖まりますよ」

「べつに風邪を引いているわけじゃないさ」と呟《つぶや》きつつも彼がグラスに手をかけると、彼女がもういちど微笑んで答えた。

「心まで」

＊「風のスタシヨン」1998.12

チェリーブロッサム

「これは佐世保では売ってないのよ」と彼女は言った。

ライターの話だった。普段は口数の少ないマスターが、彼女の持ち物に目をとめて、自分もそういうのが欲しいと話しかけたのだ。彼女の答え方は、別に自慢げではなかった。欲しいのならあげてもいい、でも、残念だけどそういうわけにもいかない、そんな感じだった。

行きつけの『B』という名のバーで、何度か彼女を見かけたことがあった。いつも決った男と現れて静かにカクテルを飲んだ。とても好感の持てるカップルだった。ところが、その晩の彼女は独りで、とうとう最後まで男は姿を見せなかった。

彼女が帰ると、カウンターの上に小ぶりの空のグラスが一つぽつんと残った。同じものを、と僕は注文し、ありきたりのライターで煙草《タバコ》を点《つ》けて訊ねた。

「別れたのかな、あのふたり」

だが口の堅いマスターは聞こえぬふりをしてシェーカーを振った。じきに淡い桜色のカクテルが出来上がった。

「甘いね」僕は一口飲んで指摘した。「でも彼女が飲んでいたものはもっと色が濃かった」

「同じものです、チェリーブロッサム。二通りレシピがあります」

「味はどう違うの」

「さっき作ったほうが」とマスターは空のグラスを示した。「苦みが強いかな。まあ、本物といえば本物ですね」

その台詞《せりふ》はなぜか、僕の耳には、いましがた彼女は本物の恋の味を飲みほして帰っていったのだというふうに聞こえた。

＊「風のスタシヨン」1999.3

トロピカルクィーン

カウンター席に腰をおろすとすぐに携帯電話が鳴った。待ち合わせに遅れる、というガールフレンドからの電話だった。珍しくもない事なのだが、その晩は、彼のほうが苛《いら》ついていたので口喧嘩になった。電話を終えたところでバーテンダーが現れて、いつもの飲物を置いた。

「おひさしぶりですね」

「仕事、仕事、仕事」と彼はぼやいて上着を脱いだ。「この暑いのにうんざりする。今夜は酒でも飲んで明日の休日は家で骨休めしようと思ってたのに、彼女は出かけたがってる」

「どこへ？」

「さあね」と言い終えて、彼はウィスキーを一息に飲み、何か、気の晴れるような飲物でも作ってくれないかと頼んだ。

出来上がってきたのは、クラッシュドアイスを詰めた大ぶりのグラスにストローの二本付いた飲物だった。全体がオレンジ色で底のほうに濃い赤が沈んでいる。「これは？」と彼が訊ね、「夏のビーチに似合うカクテルです」とバーテンダーが答えた。

確かに、背景に、真っ白な陽差《ひざ》しと青い海が見えてくるようなカクテルだった。波の音や、陽気な音楽まで聞こえてきそうだ。ひとくち味わい、色合いをしばらく眺めた。それから目を閉じて、波の音を聞き続けた。

やがてガールフレンドが姿を見せた。隣りに座るなり、さきほどの口喧嘩の続きをはじめようとするので、手のひらで彼女の膝を軽く叩《たた》いた。提案があるんだ、と彼は言った。

「明日、ふたりで海に行こう」

＊「風のスタシヨン」1999.6

夢一夜

二杯目のウィスキーを飲み終えて、彼は腕時計を見た。待ち合わせの時刻をだいぶ過ぎている。舌打ちをして、ふと目をあげると、テーブルの向かいの席に若い女がすわっていた。

「こんばんは」その女がにっこり笑った。「一杯だけご一緒してもいいですか?」

とても感じのいい娘《こ》だと思いながらも、彼は首を振った。

「妻を待っているんです」

「知っています」と答えて彼女は飲物を注文した。きれいなイチゴ色のカクテルだった。

それを飲みながら彼女は話した。が、彼は話の内容を憶《おぼ》えていない。憶えているのは彼女の声と、居心地のいい雰囲気だけだった。彼女の喋る言葉の一つ一つを、まるで聞きなじんだ音楽のように彼は聴き、心をなごませた。自分でも適確な言葉を返して、相手を微笑ませることができた。二人でこんな時間を持てたのは久しぶりだった。

昔、僕はどこかで、こんなふうに話したことがある、この娘と……。

そのとき突然、携帯電話が鳴り響いて、彼は我に返った。電話は妻からだった。

「ごめん、あと十分で着くから」

その電話が切れた後で、彼は、あっ、と叫んだ。妻の声だ。たったいま自分が話し込んだ娘は若いときの、出会った頃の妻に違いない。彼は目をこすった。娘の姿は消えている。居眠りして夢でも見ていたのだろうか？

でも夢ではない証拠に、テーブルの上には彼女のカクテルグラスが残っている。ふちに青いミントチェリーを飾ったまま。

＊「風のスタシヨン」1999.9

X・Y・Z

Xで始まる英単語は少ない。辞書でも一頁《ページ》に収まるくらいだし、三つ憶えていれば事は足りる。Ｘ-ｒａｙｓ（レントゲン）と、Ｘｅｒｏｘ（ゼロックス）と、そしてもう一つはＸｍａｓだ。

ちなみにクリスマスの語源は「キリストのミサ」ということだが、それをXｍａｓと表記するのは、Xがギリシア語でキリストの頭文字だからである。

「高校の英語の授業でそう習ったんだ。ちょうどいまの季節に」

と言って彼は苦笑いした。

「なんでこんなことをいつまでも憶えているんだろう」

クリスマスシーズンの夜。看板間際の時刻で、カウンター席に残っている客は彼一人だった。話相手をつとめていた女性のバーテンダーが訊ねた。

「そんなに昔なんですか？」

「大昔だよ、高校時代なんて」

「記憶力がいいんですね」

「年をとるとね、どうでもいい記憶だけ残っている。誰かと過ごしたクリスマスの思い出なんか、もうぜんぜん憶えてない」

「じゃあ、今夜のことも？」

「うん。きっと来年になったら忘れてると思う」

ラストオーダーの時刻になった。ＢＧＭのクリスマスソングをぼんやり聞いていると、バーテンダーが脚付きのグラスを差し出した。

「今夜を記憶に残すために」

それはほのかに白濁したカクテルだった。まるでクリスマスに降る雪を溶かし込んだように。

「Xで始まる言葉がもう一つあります」と彼女は言った。「このカクテルの名前です」

＊「風のスタシヨン」1999.12

スカーレットオハラ

長い冬が終わって春になる。良くないことが起こり続けていた時期が過ぎ去って幸運が向いてくる。そういう意味の言葉がありますよね？と彼女が訊ねた。

「あるね」とだけ僕は答えた。

行きつけのSというバーのカウンターでたまたま彼女と隣り合わせた。大学の卒業パーティーの流れなのか、店内はスーツ姿の若者のグループで混んでいた。グループ以外の客は彼女と僕のふたりだけだった。うるさくてすみません、とバーテンダーが彼女と僕のどちらへともなく謝り、それがきっかけで僕たちはぽつりぽつり話し始めた。

「四月から新しい仕事に変わるんです」と彼女は話した。「前の職場ではいろいろなことがあって、落ち込んだりもしたんですが、ようやく新しい人生を始める決心がつきました。ちょっと時間はかかったけど。それで今夜は独りでお祝いしてるんです」

おめでとうと言って僕はグラスを合わせた。そしてしばらく黙った。前の職場で彼女に（まだ二十代後半に見える若い女性に）起こった「いろいろなこと」についてあれこれ想像をめぐらせていたからだ。そこへ彼女が冒頭の質問をした。確かにそういう意味の言葉がある。漢字四文字で表す古い言葉が。でも酔っているせいか思い出せない。

困っていると、ふいに彼女の前に赤い色の飲物が置かれた。

「古い言葉の代わりにどうぞ」彼女と同世代のバーテンダーが言った。「明日からの新しい人生のためにそういう意味のこめられたカクテルです」

＊「風のスタシヨン」2000.3

ホテル物語

＊「カクテル物語」に続き「風のスタシヨン」に連載。
ホテルを舞台にした三つの短文。

ホテルの花嫁

　窓辺に立つと海が見えた。柔らかなグリーンの布を敷きつめたように凪《な》いだ海が。

　彼はホテルの最上階にいた。開店前のスカイラウンジから外を眺めるのが毎朝の習慣だった。視線を手前に移すと、ホテルの敷地内にあるチャペルの屋根が見降ろせる。そこで今日結婚式をあげるカップルが三組。午前中から夕方まで披露宴が三つ重なるので宴会係の彼としては忙しい一日になりそうだ。

　ふいに、横で話しかける声が聞こえた。素晴らしいパノラマですね、とその女は言った。ホテル宿泊客のようだった。旅立つ前に、この土地の景観を思い出にするために最上階まで上がってきた、そんな印象だった。

「毎日見てると、慣れますよ」

　と彼は答えた。

「でも見飽きない。本音でしょ？」彼女が言った。「後ろ姿がそんな感じだわ」

「そうですか」

「ええ。失礼だけど後ろから見てたんです。そのうちに、あたしもこの土地で暮らしてみたいと思えてきた、このパノラマを眺めながら。心からそう思った」

彼は笑顔で礼を言った。宿泊客のお世辞だとしても、とにかくこのホテルを気に入ってくれたのだ。そう思って、会釈をして仕事場へ戻った。

午後からの披露宴で、彼は再びその女と出会った。いちどだけ目があったとき、ウエディングドレス姿の彼女は微笑み、小さくうなずいて見せた。会場の誰もが気づかなかったけれど、彼だけにはそれが判った。

＊「風のスタシヨン」2000.6

九月の恋

窓際のテーブルからは夕闇に沈んだ庭が見えた。つい先週まで、そこはビアガーデンとして賑《にぎ》わい、周囲の木立に飾られたイルミネーションが夜をいろどっていたのだが、いまは人影もなく、庭の片隅にほの白い常夜灯だけがともっている。

ホテルの一階のラウンジで、彼女はいま仕事の打ち合わせをすませたばかりだった。

これからまた車を運転して会社へ戻らなければならない。それが億劫《おっくう》で、すぐには席を立たず、紅茶の残りをゆっくりと味わっていた。

そのとき耳についたピアノの音色に彼女は顔をあげた。向かいの席で、仕事相手が笑顔をみせた。

「聞き覚えがありますか？」

と彼が訊ねた。不意の質問に彼女は首を振った。

「アンシーズナブル・ショアというタイトルの曲です。直訳すれば、季節はずれの海岸。つまり夏の盛りを過ぎた、いまの海のことです」

「音楽にお詳しいんですね」

「いいえ」彼は照れ笑いを浮かべた。「これは僕がリクエストしたんです」

彼女はいったん振り返るとピアノのほうへ視線を投げ、次にまた相手の顔を見つめた。

「夏じゅう仕事仕事で海に行く暇もなかったし」と男が言った。「たまには息抜きも必要じゃないかと思ったんです。仕事相手と一緒に音楽を聴くくらいのね。飲物のお代わりはいかがですか？」

少しだけ迷ったあとで彼女は肩の力を抜いた。椅子の背にもたれて、しばらくのあいだ音楽に耳をすましました。

＊「風のスタシヨン」2000.9

十二月の雨

ホテルの敷地内に入ってまもなく、駐車場のほうへハンドルを切ろうとすると、雨合羽を着た係員に前を遮られた。満車のようだ。彼は軽く舌打ちをして別の駐車場へむかった。

車を徐行させながら時計を見ると、すでに待ち合わせ時刻ぴったりを指していた。駐車スペースに車を止め、外に出ようとして彼は苛立った。冷たい冬の雨は小止《おや》みなく降り続いている。待ち合わせに遅れた上に、ずぶ濡《ぬ》れでホテルへ駆け込まなければならない。ドアを開けて、外へ踏み出すのを躊躇《ちゅうちょ》していると、ふいに傘が差しかけられた。

見知らぬ婦人だった。彼は車を降り、黄色の傘をさした婦人のそばに立った。自然と相合い傘の格好になった。

「私もいまさっき、知らない人からこれを借りたんですよ、どうぞ使ってください」

婦人の手から彼の手へと傘が渡り、婦人は隣に止めていた車に乗り込んで去った。

その車を見送ったあとで、彼はホテルの入口まで歩いた。屋根の下にひとり若い女性が立っていた。片手に車のキーを持ち、雨空を恨めしそうに仰いでいる。彼はさきほどまでの苛立ちを忘れて、笑顔を浮かべた。ひとつの雨傘が、誰かの好意で婦人の手へ、婦人から自分へ、そして自分からまた別の人間へと順ぐりに手渡しされてゆく。ホテルの敷地内を一日じゅう黄色い傘が行ったり来たりする。そんな様子を想像しながら彼は、見知らぬ女のそばに立った。

「よかったら、この傘をどうぞ」

＊「風のスタシヨン」2000.12

またひとつ
おりこうさんになった

＊ひとには言えない「おりこうさんになった」秘話に、独自の見解を述べる連載。
収録にあたり、投稿部分は再構成しました。

高校三年のマユミ（18）は学生や社会人がメンバーのバンドに入っていて、そのなかのおじさん（37）にいきなり前から両腕をつかまれて「肉付きがいいね」と笑顔で言われてしまった。「ショックでした、とても」

学校の食堂で食後のプリンを買うのをやめた。ぎちぎちに詰めていた弁当のご飯もスカスカにしてもらった。すると数日後、友達と昼ご飯を食べにいって注文したホタテグラタンを、苦しくて食べ切れなかった。

「よく胃が小さくなるっていうけど、入らなくなるって本当なんですね。でもおじさんは言ったことを全然覚えてないんですよ。ひどい」

【正午の見解】

まあいろんな考え方があるから、少し食べただけでおなかがいっぱいになるというアイデアに賛同する人が中にはいるかもしれない。でも何はさておき、「肉付きがいいね」と言って両腕をつかむようなバンドのおじさんにはもっと別の意味で、女性としてショックをうけるべきだと主張する人もいるだろうし、また、自分で注文したホタテグラタンを食べ残してしまうのをおりこうさんと言えるのか？　と首をかしげる人もいると思います。だから今回のケースは、どこに出しても恥ずかしくないおりこうさんかどうか、その点疑問ですね。

＊「西日本新聞」1999.8.6

居酒屋で飲み会をした時のこと。乾杯の後、専門学校に通うマリコ（20）も品書きを見て、店員を呼び止め「何とかのヤツー」と大声で注文していた。

しばらくして、料理の皿が次々と運ばれてきた時、マリコの声が店内に響く。「なんだ、『冷めたヤツ』って、ふつうのひややっこじゃん」

その瞬間、居合わせた仲間の目は、壁の「冷奴　三五〇円」という品書きの文字に釘付《くぎづ》けとなった。

「初めての料理は、ひそかに注文しなければならない」マリコの隣に座っていたオサム（19）は、またひとつおりこうさんになった気がした。

【正午の見解】

すごいですねえ。「冷めたヤツー」と大声で注文する方もする方だけど、「あいよー」って冷奴を出してくる方もくる方だと思います。マリコさんにも、お店のお兄さんにも実践派のすごみを感じますね。実は僕、若いころに天ぷら屋さんの品書きに「あおやぎ」とあるのが何のことか判らず、食べてみたいのに注文をためらった思い出があります。後で調べると「ばか貝」のことでした。恥をかかない代わりに、食べたい物も食べられないのが書斎派の弱みなんですね。で、僕としては今回は、大胆不敵なマリコさんの肩を持ちたいです。

＊「西日本新聞」1999.8.13

「きゃあぁぁー」大学生のサトミ（22）はボーイフレンドのミツアキ（22）の車の助手席で絶叫した。彼があれを押したのだ。緊急事態でもないのに！
幼いころから、どの車にもあるあのボタンが気になっていた。目立つところにあるのに誰も使わない。父や母が使うのを見たこともない。目立つのに使われないボタン↓非常用？↓まちがいない！　という図式が成立していた。けれども、カチャとボタンが飛び出しただけで何も起こらない。するとミツアキは、それを引き抜き、おもむろにタバコに火をつけた。知らなかった。正体はライターだったのか……。目からウロコって、こういう事だったんだ。

【正午の見解】

これだけ禁煙のスペースが広がっている時代に、いまだに車の中にライターが備え付けてあり、しかもそれを使って火をつける大学生がいるとは、そのほうが僕には目からウロコでした。勉強になりました。でもサトミさん、冷静に考えて、人があのライターを使ってる姿はあんまりカッコ良くないし、また運転席での喫煙も良い習慣ではないと思います。その点にサトミさんの関心がぜんぜん向かないというのは、たぶん、いまは彼との幸せな恋にはまってる時期なんだろうな、とどうでもいい事まで想像してしまいました。

＊「西日本新聞」1999.8.27

いつも野菜サラダを注文していた短大二年の仁美（20）が、生野菜を口にしなくなった。喫茶店のマスター秀治（39）は、ランチタイムのお得意さんの好みがなぜ変わったのか気になり、彼女に訊ねてみた。

「だってサラダ虫がいたら恐《こわ》いでしょ。お腹《なか》に入ると病気になっちゃうし」

「サラダ虫じゃなくて、サ・ナ・ダ・ムシ。真田紐《さなだひも》に似てるからついた名前だよ」秀治は苦笑しながら説明した。

語呂が似ている言葉は聞き違いに気をつけなくっちゃ。仁美は、ひとつおりこうさんになると同時に、疑問もまた増えた。真田紐ってどんなひも？


【正午の見解】

先日、ある所で楽しく飲んでいたら、仁美さんと同じ年頃の女性から「いいなあ小説家って、自由コンポウで」と羨ましがられました。小説家が羨ましがられる商売かどうかは別にして、自由を「梱包《こんぽう》」しちゃまずいだろうと思っていると、そばにいた見知らぬおじさんが、たまりかねたのか、「あのね、それを言うなら自由奔放」と話に割り込んできて、楽しい雰囲気がだいなしになりました。言葉の間違いは、お節介なおじさんのえじきになります。十分気を付けてください。真田紐については、めいめい国語辞典を引きましょうね。

＊「西日本新聞」1999.9.3

「それもおざなりにできないし」

会社員のマコト（26）は同僚が「おざなり」という単語を使うのを聞いて、なおざりにしておけなかった。「おまえ、それなおざりだよ。『ふんいき』を『ふいんき』とか言い間違えるやつがよくいるんだよなあ」

「何言ってんの。おざなりだよ」と相手も譲らない。そこで辞書を引いてみた。「お座（ざ）なり＝その場限りのまにあわせ、いいかげん」「等閑（なおざり）＝いいかげんにしてほうっておく様子」ほとんど同じ意味で両方とも使える。日本語って本当に難しい、とマコトはあらためて思った。

【正午の見解】

「ふんいき」を「ふいんき」とか言い間違えるやつがよくいるんだよなあ、って何を隠そうそれは僕のことです。二十代で小説を書き始めたとき、「ふいんき」を辞書で見つけられず愕然《がくぜん》とした記憶があります。それに比べれば、同じ二十代で「おざなり」と「なおざり」に着目して辞書を引くというのは見上げたものです。願わくばそのまま言葉に関心を持ち続けてください。そうすればいつの日か、その二つの言葉が「ほとんど同じ意味で両方とも使える」わけではない、という日本語の真の難しさに気づくときが来ると思います。

＊「西日本新聞」1999.9.10

大手コンピュータ会社のプログラマーでありながら、トシノリ（41）は、ワープロやパソコンで文章を書くとき、小さな「つ」（たとえば「きっぷ」の「っ」）の出し方がわからなかった。そこで、まず「L」を打って「TU」を打つという独自の手法を編み出し、十三年間この打ち方で仕事をしていた。最近、後輩がパソコンを打つのを見ていて、目からウロコが落ちた。ローマ字式に「KIPPU」と次の子音を重ねて打てばいいだけだ。「『々』の出し方なら知ってるんだけどね」後輩に対して妙な自慢でトシノリはみずからをフォローしていた。

【正午の見解】

ふーんと感心して、暇なので、試しに「L」を打って「TU」を打つというトシノリさん独自の方法で入力してみましたが、僕の使っているパソコンおよびワープロのキーボードでは小さな「つ」には変換されません。キーボードもいろいろなんですね。みなさんもちょっと実験してみてください。トシノリさん方式でうまくいかない場合は、Lの代わりにまず「X」を打って「TU」を打つといいようです。うまく変換されましたか？　変換されるのを見届けたら、あとは電源を切り、こんなややこしい方法は忘れてしまいましょう。

＊「西日本新聞」1999.9.17

大学生のユウジ（21）は不満だった。確かにドライブ中はユカリ（23）の助手席に座っているばかりだが、ガソリンスタンドの店員がいつも運転席の彼女にだけおしぼりを渡すのだ。額の汗をぬぐい、優越感に満ちたユカリの態度にも腹が立つ。「ユウちゃんも使う？」とおしぼりを渡される屈辱……。

ところがある日、ユウジは知ってしまった。隣で給油する車を見ると、ドライバーは受け取った「おしぼり」で車内のほこりをふいているではないか！あれは車内清掃用のぞうきんなのだ。「ユウちゃんも使う？」とユカリの声がした。ユウジはほほえんで答えた。「いや、ぼくはそう汚れてないから」

＊「西日本新聞」1999.10.8

【正午の見解】

おしぼりと間違えるくらいだから、車内清掃用のぞうきんというのは見た目にかなり清潔なぞうきんなのでしょう。で、考え方によっては、清潔なぞうきんというのは、冷たい炎とかと同じで一種の撞着《どうちゃく》語法と言えます。普通はそんな物は存在しないわけです。清潔なぞうきんとは多少強引に普通の表現に直せばおしぼりのことです。ユカリさんが額の汗をぬぐうのは間違いのようで間違いとは言い切れないのです。歯磨きクリームと間違えて洗顔クリームで歯を磨くのとは次元が違いますね。僕の知り合いの女性に一人いましたけど。

私が中学生のころ、外で遊ぶときはいつも友達数人と一緒だった。その日は仲間の一人Mと同じ屋号の店を見つけては冷やかしていた。M材木店、M小児科、M引っ越しセンター……。私と同じ名前の店は近所に一軒もないのに、商売に縁起のいい名前なのか、Mだけが大はやりだった。

そこで友人のTが思いついたように言った。「げっきょくさんも多いて思わん？」聞いたこともない名前だった。みんなの反応の冷たさに、Tが憤然と指差した看板は「月極《つきぎめ》駐車場」だった。

大笑いしてはいたが、実は私も駐車場のチェーン店か何かと思っていた。

＊「西日本新聞」1999.10.15

【正午の見解】

「私が中学生のころ」と今回は一人称のリポートなのでまず面食らいました。みなさんも疑問を持たれたはずです。この「私」とはいったい誰なのでしょう？　年齢性別ともによく判りませんね。謎です。でもその謎を解明するのが僕の仕事ではないので、月極の話をします。駐車場以外にも、家賃とか電話の基本料金とか愛人のお手当てとか月極契約は世の中に様々あります。新聞の購読料もそうです。月極のおかげで、今月は大きなニュースがたくさん載ったから値段が高い、というような事はないわけです。もちろん割引もありません。

厚子（22）はずっと気になっていた。警察はどうして「あっこ」という女性の呼び名を凶悪犯の代名詞として使っているのだろう。こんなに公然と差別的用語を使って、全国のあきこさん、あさこさん、あやこさんから苦情はこないのだろうか。そこで友人に訴えた。

「交番によく、あっこのかおだ！と思ったらすぐ110番、ってあるよね。あれ絶対おかしぃよ。なんで指名手配中の凶悪犯があっこやねん！」

友人はしばらくぽかんとしていた。「厚子、それ、『あっ、このかおだ』だよ。でもまあそうね、警察も句読点ぐらいつけててくれたらいいのにね」

*「西日本新聞」1999.10.22

【正午の見解】

厚子さんの言い分はよく判ります。確かに「あっ、この顔だ」と警察は読点くらいつけてくれてもいいのにと思います。僕もこないだミステリー小説を読んでいて「その間男はじっと待っていた」という一行が出てきたので、ああ、これは「間男」が不倫相手の人妻を待っている場面だな、あとでたぶんどっちかがどっちかに殺されるんだろうな、とざっと読み飛ばしていたら、実はぜんぜんそんな話ではなくて、要するに「その間、男はじっと待っていた」という意味に過ぎないのでした。点があるとないとでは大違いですよね。

「立ち会い出産お疲れ様でした。これからが大変よ。沐浴《もくよく》もしてあげてね」モーレツに感動していた会社員のマサル（27）は、看護師の言葉でわれに返った。「えっ、沐浴させていいんですか」「ええマメにね」

一週間後、ユミ（29）が赤ちゃんを連れて帰宅すると、家にはアウトドア関連の本が。外出の準備を始めたマサルが、赤ちゃんを連れて山に行くという。「何しに？」とユミが尋ねると「沐浴」という言葉が返ってきた。彼女は一瞬固まり、「それは森林浴やん！」と叫んだ。沐浴とは髪や体を洗い清めること。マサルは「緑の中で新鮮な空気を吸うこと」と信じていたのだ。

【正午の見解】

面白い話です。笑えます。この手の思い違いはめったにありません。めったになくて面白いことは面白いけれど、とぼけたパパを持つママも、それから当の赤ちゃんも大変ですね。沐浴と森林浴の思い違いだからまだ笑い話ですみます。でもそのうち赤ちゃんの歯がはえはじめて、ある日、こんな危ない場面にぶつかるかもしれません。「パパ、何を赤ちゃんの口に入れてるの？」「うん？　乾パンだけど」「カ、カンパン？　なんてことするのっ」「えっ、だってそろそろ離乳食を……」「乾パンは非常食やん！」まさかそれはないか。

＊「西日本新聞」1999.10.29

大学生のミホ（18）は満面の笑みを浮かべて、「これでよろしいでしょうか」と居酒屋の客たちに言った。一瞬の沈黙の後、大爆笑がおこった。

一週間前にファストフード店のアルバイトを辞め、この店でのバイト初日も閉店に近づいたとき声をかけられたのだ。「おあいそ、お願いします」

おあいそ？　聞き慣れない言葉に、彼女の頭はフル回転。お品書きにそんなメニューあったっけ？　前のバイト先にはスマイル0円ってあったけれど、居酒屋だと表現が古いのかも……。彼女の精いっぱいの笑顔を見て、親切な客が教えてくれた。「おあいそって勘定のことだよ」

【正午の見解】

おあいそを漢字で書くと、お愛想となります。愛想とは、ある辞書によると「客に心からサービスしようとする応対の仕方や顔つき」のことです。だから「おあいそ、お願いします」と声をかけられて、満面に笑みを浮かべるというのは、言葉の意味を知らない人にできる芸当ではないわけです。逆にむしろ言葉の意味に深くこだわる人に起こりがちな失敗というべきではないでしょうか。ちなみに、愛想がないことは無愛想といいます。でもこれは勘定がいらない、無料だという意味にはならないので、その点、気をつけてください。

＊「西日本新聞」1999.11.5

米国人留学生のジョン（21）は最近、急速に日本語が上達しはじめていて、周囲の日本人があるものをよく注文することに気づいた。きっと日本でポピュラーな食べ物なのだろう。鳥がつくから鳥料理かな。さっそく日本人の友人と居酒屋にいったときに頼んでみた。「とりざら一つ」「かしこまりました」簡単に通じた。ところが、店員は何も上にのっていないプレートを持ってきた。彼は戸惑った。これがあの、禅の「無の境地」か？　友人は、注文した料理をそのプレートによそってくれた。どうも、「とりざら」はそういうふうに使うらしい。おりこうさんになる毎日である。

【正午の見解】

ひとくちに日本人といっても、みんながみんな同じ言葉を使って暮らしているわけではないので、たとえば取り皿のことを小皿と呼ぶ人もなかにはいます。それから同じ意味で銘々皿という言葉もあります。これは初めて耳にするとたぶん「メーメー皿」と聞こえるはずですが羊や山羊《やぎ》とは関係ありません。あと念のために言うと、頭に鳥の付くもっと料理っぽい言葉に「鳥もち」があります。でもこれは食べられません。意味は辞書を引くか、日本人の友人に聞いて勉強してください。

*「西日本新聞」1999.12.3

ふだん滅多に料理をしない会社員の裕子（26）は、彼氏のタクヤ（28）の誕生日を手料理で祝う約束をした。好物のポテトグラタンをリクエストされたが、慣れない包丁でジャガイモの皮をむくのは一苦労。そこで皮むき器を買った。自宅で使い勝手を確かめ、タクヤの部屋のキッチンで本番に臨んだ。皮むきはうまくいったが、ジャガイモの芽がくりぬけない。仕方なく包丁の角を使ったら、えぐりすぎてジャガイモは穴だらけ。

「なんで包丁使ったの？」彼は首を傾《かし》げた。芽を簡単にえぐるため、皮むき器に付いたU字形の突起を、彼女は何かに引っかける部分だと信じていた。

【正午の見解】

滅多に料理をしない人が、皮むき器のU字形の突起でジャガイモの芽のくりぬき方を覚えて、それでひとつおりこうさんになってもあんまり意味はないと思うんです。滅多に料理をしないんだから。僕の知人の女性は、彼氏から手作りのクッキーをリクエストされて、作れないし作る暇もないので、どこかの店の手作りのクッキーをそれらしく包装してプレゼントしました。相手の男性は他愛《たわい》なく喜んで、うまいうまいと全部食べたそうです。その種のおりこうさんな方法もありですね。頭の隅においといて損はないのじゃないでしょうか。

＊「西日本新聞」1999.12.10

新幹線に乗るなり、グリーン車の中をのぞき込み、グリーン席に座る男の子。会社員の真一郎（32）が小学生のころの姿だ。よく小倉の親類宅に遊びに行っていた真一郎は、帰りに一人で新幹線に乗ることも多かった。

「下りの新幹線ご利用の方はグリーン車をのぞいて空いてる席にお座りください」駅で流れたアナウンス通りに当時は行動しているつもりだった。両親と乗車して初めて「覗いて」ではなく「除いて」であると知った。小倉↓博多の最終区間では指定席が自由席と同じ扱いになったが、グリーン車は別だったのだ。「でも注意されなかったんです。乗務員さんも行き来していたのに」

【正午の見解】

この件に関して当時の乗務員さんに取材したところ、次のような談話を得ました。

「真一郎くんですか？　ええ、よく憶えていますよ。可愛《かわい》らしい小学生でした。彼がグリーン車の中を覗きこんでいる姿を思い出すと、いまでも笑みがこぼれます。私はね、小倉から彼が乗ってくる時には特別に『グリーン車を覗いて』という意味でアナウンスしたものです。大人の乗客は気づきませんでしたけどね。でも発想の自由な子供には伝わったと思います。だからもともと注意するつもりはなかったんです。この秘密、もう時効ですよね？」

＊「西日本新聞」1999.12.17

おふろ上がりに足のつめをプチプチ。これが早紀（30）の至福のとき。でも「夜につめを切ると親の死に目に会えない」という言い伝えがいつも気になる。しょせん根拠がない言い伝え、と考えようとしても頭から離れない。物知りの友人によると「暗くて見えにくいから深づめをして、そこからばい菌が入って早死にしてしまうんだよ」と。なるほど、やっぱり根拠があるんだ。ところが、ほかの友人いわく「切ったつめが飛んだとき暗いと目に入ってしまうから」早紀はそこでも納得した。諸説紛々。とにかく電気をつけて明るくすれば大丈夫なのね、と妙におりこうさんになった気分だ。

【正午の見解】

今回の話は僕自身、目からウロコでした。僕はこれまで問題の言い伝えを「夜につめを切ると、切った当人がその親の死に目にそばにいてやれない」という意味に解釈していたのですが、早紀さんの友人の説によれば「夜につめを切ると、切った当人が親より早死にしたり、または目を痛めて失明する危険があるから親の死に目に会えない」という意味なのですね。だから夜でも電気をつけて明るくすれば大丈夫という理屈になる。これはかなり説得力があります。今後は僕も深づめや飛んだつめには充分注意を払おうと思います。

＊「西日本新聞」1999.12.24

ヒロユキ（25）は、ユミコ（24）とデートの待ち合わせの約束をした。「六時にデパートのシルバーアクセサリーの売り場でね」電話を切ってから彼は考えた。シルバーアクセサリーだなんて、お父さんの誕生日が近いのかな？

売り場には、「シルバー」といいながら、三、四十代の男性客もいた。ユミコがやってきた。「さあ、好きなの選んで」「でもここはお年寄りの……」戸惑うヒロユキにユミコが言う。「プレゼントが銀のライターじゃ不満？」「シルバー」がてっきりシルバーシート、シルバー人材センターと同じ、高齢者のことを指すと思っていたヒロユキは、そこで赤面するしかなかった。

【正午の見解】

シルバーといえば銀のことだ、ゆえにシルバーシートは当然「銀色の」もしくは「銀製の」座席のことだ、と勘違いして恥をかいたのであれば、ではなぜ世間ではシルバーがたまに「高齢者の」という意味で使われるのか？　その疑問へ話を向けられるのですが、ヒロユキさんの場合は逆なんですね。だから僕のコメントはこうなります。他にもシルバーフォックスという言葉がありますが、これは年老いた狐《きつね》ではなく銀狐のことです。またシルバーウエディングとは高齢者同士の結婚ではなく、銀婚式のことです。赤面にご注意ください。

＊「西日本新聞」2000.1.7

対向車がライトをカチカチ光らせた。「ライト消し忘れてない？」と助手席の雅美に聞かれ、初心者マークの麻子（20）はライトを調べたが消えている。「じゃ、警察かも」と雅美。そのあと本当に取り締まりに出くわした。

別の日、麻子は高速道路を走行中に兄から「左によけろ。後ろがパッシングしてる」と言われた。バックミラーで確認すると、後続車がカチカチしている。「あれ、警察がいる、じゃないの？」「トロい、どけ、って意味だ」

カチカチに複数の意味があることを麻子は知った。むずかしい。兄によるとその意味は「まだまだある」らしい。いつか自分もカチカチしてみたい。


【正午の見解】

僕は車の運転ができないので、カチカチの複数の意味のことは何も知りません。でも、こんな話を知り合いの女性ドライバーから聞いたことがあります。あるとき信号待ちで隣に並んだ車から、外国人ドライバーが彼女にサインを送ってきたそうです。そのサインは、まずすぼめた手の指先のほうを口元にあてて、次にその手を彼女に向けてぱっと開いてみせるという投げキッスの一種でした。「素敵なお嬢さん、ちょっとつきあわない？」との意味らしいです。自動車学校では習わない規則やマナーは世の中にいくらでもあるんですね。

＊「西日本新聞」2000.1.14

「欧米人の鼻ってだてに高いんじゃないんですねぇー」

冬休みを利用してロシア人の彼とアメリカ旅行を楽しんだアイコ（22）は、旅先で彼の鼻の高さに改めて感心した。内陸にあるラスベガスの乾燥した空気で鼻が乾いてさんざん悩まされたのに、彼は平気だったからだ。

アジア人のペシャンコの鼻はだめ。すぐにピリピリしてべちゃーっとなる。でも、彼は「全然、ダイジョーブだよ」とすました顔で話していた。厳しい冬を過ごす欧米人の高い鼻には、乾いた空気を和らげる働きがあるという。

「鼻の高さって自然や風土にもかかわりがあるのね」彼女は一人うなずいた。

【正午の見解】

今回は一見、おりこうさんの報告のようで、意地悪く一言で要約すればおのろけですね。なぜ意地悪く取ってしまうのかと言えば、欧米人の高い鼻の彼と「アジア人のペシャンコの鼻」の私、とまるでアイコさんと彼がアジア人と欧米人を代表する唯一無二のカップルであるかのような表現が基本にあるからです。そんな訳ないだろ、と反感を買うわけです。話自体は面白くないわけでもないので、もう少し表現に気を配りましょう。アジア人とかあんまり話を大きくしないで、「あたしのペシャンコの鼻」あたりが穏当だと思います。

＊「西日本新聞」2000.1.21

蝶採集に凝っている高校一年生の武は、アルバイトでためたお金で、台湾に一人旅をすることになった。四百種ちかい蝶がいる「蝶の王国」だ。

その機内で、武は出張らしいビジネスマンの会話を聞いた。「何にする、おみやげ」「オレ、先輩にチョウヅメ買ってくるように言われてるんだよ」

蝶爪? 頭の中が蝶観察のことでいっぱいになっていた武は、敏感に反応した。蚊の目が入った宮廷料理もあるらしいけど、さすが台湾。「よし、僕も」と意気込んだが、さんざん探しても蝶爪は見つからないまま帰国。母に尋ねると、あっさりこう言われた。「バカね、それはソーセージのことよ」


【正午の見解】

奇遇ですが、いま蝶の採集家を主人公にした小説を構想中で、先日も図書館へ行って蝶に関する本を調べてみたところ、台湾にはアゲハ蝶だけでも何十種類も生息していて、中には花の蜜を吸わずに草を食べる蝶もいるという話でした。だから爪のある蝶だっていないとは限らない、とも思うのですが、武君がさんざん探しても見つからなかったのだから、やっぱりいないのでしょう、現実の世界には。でも小説は自由だから、僕は主人公を台湾に旅行させて新種の蝶を発見させる事ができます。貴重なヒントを有り難うございました。

＊「西日本新聞」2000.1.28

文学部のナオコ(20)は「これぐらいは大学生の教養」と、夏目漱石の『三四郎』を読み始めた。この小説は、三四郎が大学に入学するところから始まる。「なるほど、大学に入ってから柔道部に入部するんだな」ところが予想に反して、三四郎はなかなか柔道部に入らない。道場へも行かない。知り合った女性を巡る三四郎の心の揺れ動きがつづられるだけである。それはそれで面白いのだが……。「何か変だなあ」と思ううち、物語は残り数十ページ。ここへきてナオコは気づいた。『三四郎』って、姿三四郎の話じゃなかったんだ。このことは文学部の友達には絶対しゃべらずにおこう。

【正午の見解】

漱石の『三四郎』とは別の小説、『姿三四郎』を書いたのは富田常雄という作家です。その小説に目をつけたのが若き日の黒澤明。映画『姿三四郎』は記念すべき第一回監督作品になりました。一九四三年のことです。おかげで以後、姿三四郎の名前は漱石の主人公・小川三四郎を圧倒して日本中に知れ渡ったわけです。いまだに、しかも大学の文学部に学ぶナオコさんが勘違いするくらいだから、同じ動機で『三四郎』を読んだ人は少なくないはずです。そこに実は漱石の本が読みつがれる秘密があるのでは、と僕は睨《にら》んでいます。

＊「西日本新聞」2000.2.4

アルバイトの陽子（20）はファクスの前で困っていた。台湾の台北《タイペイ》に送って、と社員から書類と電話番号を渡されたのはいいけれど、何度やっても送れない。いつもアメリカには送っているんだけどなあ。陽子は社員に言った。

「どうしても紙がいかないんですよ。番号通り送ってるんですけど……」

社員が見ると番号は886から始まっていた。「001とか押した？」

確かアメリカへの番号にはそれが付いていたはずだ。「001ってアメリカだからじゃないんですか？」陽子の言葉に社員たちは呆然《ぼうぜん》。001とか国際電話をするときの番号の存在を教えてもらい、陽子はホーッと納得した。

【正午の見解】

国際電話をかけるときにはまず頭に「001」という番号を付けて、それから次に先方の国番号（カントリーコード）、市外局番（エリアコード）、電話番号の順で押してゆきます。で、その国番号が台湾の場合は「886」なわけです。ちなみにアメリカは「1」です。というようなことはちょっと調べればすぐに判ります。すぐに判ることを調べもせずにアルバイトが勤まることが第一、第二にファクスを送るというアルバイトが世の中に存在することにも僕は少なからず驚きました。ファクスくらい社員が自分で送ればいいのに。

＊「西日本新聞」2000.2.11

原稿に「カメラのシャッターを」とタイプを叩いたところでライターの道子（32）の手が止まった。「シャッターを切る」だと玄人っぽい。でも日ごろは「シャッター押して」などと使う。シャッターは、押すのか、切るのか？　これはなんだか、月下の門を推すか敲《たた》くかで悩むお坊さんと似てるかも。「あのボタンのこと、シャッターと勘違いしてるだろ。シャッターは、レンズとフィルムの間にある幕面。シャッターボタンを押して幕面を開閉することを、シャッターを切る、って言うんだよ」と先輩が教えてくれた。「シャッターを切って」と道子は文章を続け、これも一種の推敲よねと思った。

【正午の見解】

道子さんと同じ年齢の頃に書いた小説『童貞物語』の中で、「シャッターを押す」という表現を僕も使っています。小説が本になるまでの間には校正と呼ばれる過程があり、言葉遣いを細かくチェックされるのですが、そこで見逃されたのはこの表現が日本語として一般に認められている証拠です。先輩なら「カメラのシャッターボタンを押してシャッターを切る」とでも書くでしょうが、それではプロのライターとして通用しません。意地を張らずに、シャッターはシャッターボタンの省略形、と考えるくらいの柔軟性を身につけるべきです。

＊「西日本新聞」2000.2.25

「キヨシがさあ、五月にユカと式を挙げるんだって」

会社員のジロウ（27）は、帰宅するなり妻のノリコ（23）にそう話した。

「へえ、よかったじゃん。あの二人お互い『好き者同士』だしぴったりね」

あの二人「好き者同士」なのか？　なぜそれをノリコが知っているんだ。

「だって付き合ってもう五年よ。よっぽど好きなんでしょ？」

「それを言うなら『好きな者同士』。好き者ってスケベなヤツのことだぞ」

妻の顔に影が落ちている。人前でもずっと同じ使い方をしてきたらしい。

「私たち好き者同士だから」とか。すぐにジロウの顔にも影が落ちた。


【正午の見解】

辞書を引くと「好き者」にはスケベなヤツのほかに物好きなヤツという意味もあるので、「私たち好き者同士だから」という台詞を聞かされたノリコさんの周りの人たちは、たぶん家に帰ってから僕と同じように辞書で調べて、ああ、そうか、ノリコさんはこっちの意味で好き者という言葉を使ったんだな、つまりあの台詞は「私たちふたりとも物好きだから」という謙遜だったんだな、と思ったのではないでしょうか。それとあと、「好きな者同士」よりも「好き者同士」のカップルのほうがかえって長続きするかも、と僕はふと思いました。

＊「西日本新聞」2000.3.3

宗教学の講義中、うとうとしていた大学二年生のマサエ（20）の耳が、ピクリと動いた。「……カミノミソシル、デスネ」外国人教授のたどたどしい日本語の中で、料理好きのマサエはこの言葉に鋭く反応した。『神のみそ汁』っていうけど、きっと聖書か何かに出てくる『神様のスープ』の和訳のはず。栄養いっぱいに違いない。そう思って料理の本を探したが、そんなスープはどこにもなかった。そこで思い切って教授の部屋を訪ねてみた。「神様のスープの作り方を教えてください」

教授は苦笑いしながら教えてくれた。「ソレハネ、神ノミゾ知ル、ダヨ」

【正午の見解】

「神のみぞ知る」を「神のみそ汁」と聞き違えるのは納得できます。僕の知り合いの女性は、海外旅行に行くパパに「シャネルの香水」をおねだりしたところ、「猿のコシカケ？」と聞き返されたことがあるくらいだし、言葉の聞き違いは比較的簡単に起こります。でもその逆はたぶん暗号の解読みたいに難しいと思うのです。だから神様のスープの作り方を学生に聞かれて、教授が「神のみぞ知る」と答えたのは、暗号を解いたわけではなく、文字通り、神様のスープの作り方は神様しか知らないという意味の返事ではなかったのでしょうか？

＊「西日本新聞」2000.3.10

恭子（29）が長男の太郎を出産して一週間になる。妹が病室に見舞いに来てこう言った。「姉さん、すだちはどう？」

巣立ち？　太郎が親離れしたかって言ってるの。「バカねえ。生まれて一週間よ」妹は一瞬けげんな表情をしたが、その場はそのまま会話はつながった。

ところが、その後もいろんな人から「すだちはどう？」「産後のすだちは」と聞かれるのだ。一カ月過ぎてもいろんな人に言われる。そこで夫に訊ねると、「巣立ちじゃなくて『肥立ち』だよ。回復したのかって聞いてんだよ」。

恥ずかしい。でも、勘違いしても案外、会話って通じるのね。

【正午の見解】

肥立ちを巣立ちと聞き違えたからまだ良かったのだと思います。これがもし柑橘《かんきつ》類のスダチと勘違いしていたら、見舞いに来た妹さんとの会話もおそらく、「姉さん、すだちはどう？」「バカねえ。すっぱいものがほしいのは妊娠してるときじゃないの」「違うわよ、あたしが言ってるのは産後のすだちのことよ」「丹後《たんご》のスダチ？　スダチは確か徳島の名産じゃなかった？　丹後で有名なのはちりめんでしょ？」「丹後じゃなくて産後」「ああ、端午《たんご》ね。でもお節句はまだ早すぎるわよ」といった感じでぜんぜんかみ合わなかったことでしょう。

＊「西日本新聞」2000.3.17

「あのさあ、『学生時代』って歌があるじゃない」

「『ツタのからまるチャペルで』って歌詞のやつだろ」

「あれ、勘違いしてたんだよな。『蔦野《つたの》』から『マルチャペル』に引っ越していった人が、再び恋人に会えますように、って祈っている歌かと思ってた」

「『マルチャペル』ってどこなんだよ！」

「……どこか外国。じゃあお前わかってたの」

「『ツタノカラマルチャペル』って呪文かと思ってた。『祈りをささげ』って続くし。田舎育ちだから『チャペル』って聞いたことなかったからかな」

【正午の見解】

『学生時代』は一九六〇年代にペギー葉山という人が歌ったヒット曲です。チャペルというのはキリスト教の礼拝堂のことで、チャペルのあるキリスト教系の学校は都会にも田舎にもあります。だからふたりの勘違いを田舎育ちのせいにするわけにはゆかないと思います。ほかの田舎育ちの人たちが迷惑します。ちなみに僕は問題になっている歌詞に続く「夢多かりしあの頃の思い出をたどれば」の夢多かりしの部分を「夢を借りし」と勘違いして、夢を借りるって誰にどう借りるんだろう？　と子供心に不思議に思った記憶があります。

＊「西日本新聞」2000.3.24

新年の挨拶

一九九九年が明けて、僕は小説家としてデビュー以来まる十五年をむかえる。最初の本『永遠の1／2』が出版されたのがちょうど十五年前の一月だった。当時の僕はまだ二十代の青年で、小説は万年筆で原稿用紙に書いていたし、個人用のファクスもコンピューターも持たず、書き上げた原稿は郵便で東京の出版社に送っていた。状況はいま一変している。

もちろん一気にではなく、歳月とともに世の中のいろんなことが徐々に変わっていった結果の話なのだが、いまと、十五年前とでは何もかもが違う。

僕は四十代の中年小説家になり、もう万年筆を使うことはない。原稿用紙に小説を書くこともない。「筆一本で生計を立てる」とかいった身軽で経費のかからない時代はすでに遠くへ去り、二十世紀末の小説家に必要なのはワープロもしくはパソコンにファクスといった通信機器である。

小説の読者からの反応も昔は郵便で届いた。でもいまはEメールで届く。昨年の夏にはインターネット上に佐藤正午のホームページも開設され、地元佐世保をはじめとして日本中の見知らぬ読者から（あるいは国外に住む日本人読者からも）新刊を読んだ感想が送信されてくる。それがいまの状況だ。

もう昔には戻れない。

二十代の若さを取り戻すのが不可能であるのと同様に、万年筆で原稿用紙の升目を一つずつ文字で埋めてゆくあの感触はもうよみがえらない。いまの状況を自然に受け入れて、来《きた》るべき二十一世紀に備えるしかないだろう。

だが、一方で、歳月とともに変わらないものも当然ある。たとえば小説家が、小説を書く、書き続ける人間の呼称であることはいまも昔もまったく同じだ。

書く道具がどう変わろうと、独りで部屋にこもり、机にむかって毎日こつこつと小説を書き続ける。書き上げて、背伸びをして、ひとときの達成感を味わう。僕がやっていることはこの十五年間、少しも変わらなかった。

だからきっと、この新しい年にも、僕は相変わらず毎日かたかたとキーボードの文字を拾いながら小説を書くだろう。そしていつか見知らぬ読者からの「素敵な小説をありがとう」といったEメールが届くのを心待ちにするだろう。それが新年にあたって、僕のささやかな希望でもあるのだが。

希望がみなさんの心に届きますように。

＊「長崎新聞」1999.1.1

噂から生まれた小説

『カップルズ』には噂《うわさ》をもとに書いた小説が七つ収められています。

どんな噂がもとになっているかというと、たとえば、離婚まぢかの夫婦の噂、駆け落ちした若いカップルの噂、傷害事件に巻き込まれて命を落としたヒーローの噂、ある地方出身の女優の噂、手袋を片方だけはめている娼婦《しょうふ》の噂、町内のやっかいものの素人画家の噂、などです。

それらは噂をされる側の人たちですが、『カップルズ』には、当然、噂をする側の人間も登場します。

それから、実は噂をする側の人間が、逆に（というか同時に）噂をされる側にもなり得るのだという皮肉な作品もひとつ収められています。

つまり、いままで他人の噂を聞いたり喋ったりするだけだった人間が、ある日、どこかで自分に関する噂が囁かれていることに気づいてひどく戸惑う、といった話です。

で、噂をする側がどれほど無責任にその噂を伝えているのか、噂をされる側はおかげでどれほど傷ついているのか、あるいは無責任な噂とどう折り合いをつけて暮らしているのか、結局のところ、噂と真実との間にはどのくらい落差があるのか、ないのか、そのあたりの事情が『カップルズ』を読めばいくらか想像できることになります。

でも、それらは敢《あ》えて言えばということで、別に小難しいことを想像していただくために七つの小説を書いたわけでもありません。

ここにひとつの噂がある。

その噂を小説家がどう料理したのか？　ではなくて、ただおなかのすいている読者に料理を堪能していただければ本望なわけです。

書店でご覧になればお判りかと思いますが、装丁も素晴らしい出来です。うつわに料理も負けていない、と自負できる腕によりをかけた一冊です。

＊「SPUR」1999.2

上には上がいる

ちょくちょくやってくる訪問販売の人がいるけれど、絶対甘い顔を見せちゃだめよ、と休日で家にいる夫に釘をさすと、「まかせとけ、来たら俺がガツンと言ってやる」とえらく頼もしいので、安心して出かけて、夜帰ってみたらなんと判をついた契約書が置いてあり、「いや、でも、悪い人じゃなさそうだし」と夫はしどろもどろで言い訳した。という話を最近知りあいの女性から聞いて笑った。ふだん家にいない夫は未知の訪問者の応対に慣れていないんじゃないかと思う。その点、僕なんかは独り暮らしなので、誰に言われなくても、誰に対しても絶対甘い顔は見せないし、実際その手のエピソードもいくつかある。

朝のうちは寝ているので午後にしてください、と何べんも断っているのに毎月まいつき午前八時台にチャイムを鳴らして、おまけにドアを叩き続ける公共料金の集金の人が以前いて、その人は中年の女性だったのだが、あるとき、もういいかげんにしてほしいと思い、でも顔を見ていきなり怒鳴るのも僕の持ち味じゃないので、ドアをそ

っと開けてひと言、

「手、痛くないですか？」

と、ひょっとしたら笑ってくれるかもと期待しつつ言ってみたところ、

「はっ？」

と薄気味悪そうに問い返されただけだった。ちなみにその集金の担当は翌月から別の人に替わった。

もう一つ。ある新聞の勧誘の人達が、その人達は全員中年の男性だったのだが、入れ替わり立ち替わりうんざりするほどチャイムを鳴らしてやってくるので、あるとき、もういいかげんにしてほしいと思い、

「わかりました。一カ月だけ新聞はとります。購読料は払います。でも配達はしないで下さい。読まないしゴミになるだけだから、うちには入れないで下さい」

と、ひょっとしたら「いやあ、まいりました」と笑って引き上げてくれるかもと期待しつつ言ってみたところ、

「そうですか」

と相手は表情も変えずに契約書を取り出してみせた。で、本当に一カ月分の購読料を僕は支払い、新聞は一日も配達されなかった。思い出すたびに、なんか、上には上がいる、という感じで笑ってしまう。

＊「週刊文春」1999.3.18

外出その1

ひと月を三一日とすると、七四四時間ということになるが、そのうち七二三時間を僕は自宅で過ごしている。いま五月の日記を読み返して、電卓で計算してみてこの数値を得た。

つまり自宅以外の場所へ靴をはいて月に二一時間ほど出かけている。内訳をいうと、コンビニ、スーパー、映画館、図書館、以上である。さっぱりしている。

あと酒を飲みに二回出た。うち一回は、博多で『ジャンプ』の撮影を終えた竹下昌男監督が佐世保に来たので一緒に出た。飲みに出るとたいてい写真の店に寄る。自宅への帰り道にあるので最後はここに顔を出す。店の名前のナッシュアップは、英和辞典には「ごちそう」と説明してある。でも別に英和辞典に忠実に生きているわけではないので、ドアを開けて、

カウンターに焼酎のボトルやスナック菓子が並んでいるのを見ても気にはならない。

＊「小説宝石」2003.7

外出その2

もう大昔の話、佐世保市鹿子前町《かしまえちょう》には伝馬船を貸し出してくれる店が何軒かあり、夏休みになると、友人たちと櫓《ろ》をこいで近くの無人島へ海水浴に出かけた。

そのうちの一軒が沼本《ぬもと》商店として現在も営業している。伝馬船はこの世から消滅したが、頼めば魚釣りでも海水浴でもエンジン付きの船でさっと連れていってくれる。看板にある瀬渡しとはそういうことである。

店をきりもりしている僕と同世代の店主は、伝馬船の時代に、たまに親を手伝って店番をつとめることがあった。あったはずで、当時青年だった僕の目には、美しく物憂い感じをただよわせる女の子として映った。親しく口をきいたおぼえもないのに、

そういう少女のイメージだけはいまも不思議と記憶に残っている。

時代が変わって彼女は二十歳の娘の母親になり、今度はその娘がときどき店の手伝いをする。つまり僕は二世代にわたってひとつの店の看板娘をこの目にしているわけだ。長生きはしてみるものだな、というのが素直な感慨である。

*「小説宝石」2003.11

外出その3

今年最初のGIレース小倉競輪祭を走り終えたその日の夜、児玉広志君と斉藤正剛君が骨休めに佐世保に寄り道してくれた。ふたりとも、競輪ファンなら誰もが知っている一流選手だから、骨休めといってものんびりできる時間は少ない。夜が明けると斉藤君は冬季練習地である宮崎へ、児玉君は修善寺の競輪学校へそれぞれ旅立たなければならない。

飛行機の中で仮眠をとるというふたりを、佐世保の朝市に案内した。正確にいうと、案内してくれた人は別にいて、実は僕も朝市を覗くのは久々である。午前四時。いつもならその時刻には歯をみがいて寝ようとしている。

写真は二枚とも僕が撮った。ナマコやカキや野菜や果物や朝市らしい写真も撮るには撮ったのだが、二枚にしぼるとなると、やはりその日の記念に、そこに一緒にいた人たちのスナップを選んだ。

人物がだぶって写っているのは僕の考えなしの撮影のせいで、つまりその頃には僕もかなり酔っていたわけで、今後こういうことがないように気をつけたいと思う。

＊「小説宝石」2004.3

待望の「ふるさとダービー佐世保」

競輪選手の総数は約四五〇〇名。

その四五〇〇名の選手が成績上位から順に、S級、A級、B級と三つにランク付けされている。

普通、佐世保競輪場で開催されるレースを走るのは、A級とB級の選手である。年に一度、記念競輪と呼ばれる大会が前・後節あわせて六日間開催され、そのレースを走るのはS級とA級の選手である。

といったことは基本中の基本なので、競輪を少しでもかじったことのある人なら誰もが知っているわけだし、もともと佐世保には、僕なんかよりも年季の入った、筋金入りの競輪ファンが大勢いらして、その人たちにとっては、これはたとえば地球は丸い、とか、消費税は5パーセント、とか、おくんちは十一月、佐世保市長は光武顕、スナックにはセット料金がある、なにをいまさら、というくらいの常識なわけである。

でも、中には、佐世保に住んでいながら競輪とぜんぜん縁がない、競輪場にも行ったことがない、という（僕の）想像を絶する方がいらっしゃるかもしれない。できればそういう方々にも知って頂きたいので、一応、基本中の基本を押さえたうえで、先へ進みます。

さて。

いよいよ今月二〇日から四日間、「ふるさとダービー佐世保」が開催される。

このレースに出場するのはすべてS級の選手である。四五〇〇名の競輪選手のうち、大ざっぱに言えばほんの一割弱がトップクラスのS級に在籍している。つまり全員が一流の選手たちだ。その中の九十九名が佐世保に集結し、「ふるさとダービー佐世保」の栄冠をかけて、一流の名にふさわしいレースをわれわれの目の前で見せてくれる。

これが競輪ファンにとってどんなに大きな意味を持つイベントなのか、競輪を知らない人に正確に伝えるのはむずかしい。仮に、あなたのそばに競輪にくわしいお父さんやお兄さんがいたとして、試しに聞いてみるといい。彼らはたぶん、声が詰まって何も答えられないと思う。感無量だからである。出場選手の全員がS級で行われるレースなど佐世保では前代未聞、と言っていいからである。

僕なんかこのときを待って、待って、待ち続けて、一九八〇年代からずっと競輪とつきあってきたようなものだ。当然もっと前から、ひょっとしたら一九五〇年に佐世保競輪が誕生して以来待ち望んでいた方もいらっしゃるだろう。つまり「ふるさとダービー佐世保」は競輪ファンにとっての一つの大きな夢、だったと言っていい。その夢がもうまもなく実現する。

四五〇〇名から選ばれたベスト・ナイン、昨年のグランプリ出場選手である吉岡稔真、山田裕仁、小橋正義が佐世保のバンクを走る。オリンピックで一躍名をあげた十文字貴信の先行も間近に見ることができる。滝澤正光、佐々木昭彦といったベテラン勢も元気な姿を見せてくれるはずだし、それからもちろん地元佐世保を代表するS級選手、黒田義高、豊岡弘、縁谷孝春といったところも勢揃《せいぞろ》いする。

だからとにかく今回のレースは見逃せない。

二月二〇日からの四日間は、何よりも競輪を優先することになる。日ごろは仕事熱心で競輪仲間から「堅物」と評されている僕も、今回ばかりは心を入れ替える。担当の編集者から原稿催促の電話がかかってきても、締め切りをずらしてもらう。たとえ(ほんとにたとえ話ですが)最愛の妻の誕生日と重なっても誕生日のほうを先にのばしてもらう。読みたい本も、見たい映画も、聞きたいCDもみんな後回し。そのくらいの気持で「ふるさとダービー佐世保」の開催を待ち焦がれている。

で、最後に、くどいようですが、ここまで書いたことは僕ひとりではなく、佐世保の競輪ファンならみんなが同じように思っているはずです。競輪ファンの誰もが二月二〇日を心待ちにしています。

できれば、いままで競輪に縁のなかった方も、今度の週末には一度競輪場をのぞいてご覧になるといいと思います。そこで行われているレースが、いま佐世保で、生で見ることのできる最高水準の競輪です。

要するに「ふるさとダービー佐世保」を見ておけば、それはとりもなおさず本物中の本物の競輪を見た、という自慢の種にもなり得るわけです。

＊「ライフさせぼ」1999.2.19

「ふるさとダービー佐世保」ふたたび

記念すべき第一回の「ふるさとダービー佐世保」が開催されたのは二月のことでした。

真冬の競輪と呼ぶにふさわしく、初日、二日目と雪が降ったのを憶えています。なにしろ寒かったですね、あのときは。

特に、初日のメイン・レースで吉岡稔真があっさりと負けてしまったときは凍えるほど寒かった。第2センター付近の金網越しに（第2センターが判らない人は、周りにいる競輪にくわしいお父さんやお兄さんに聞いてみて下さい）、バンクに舞う雪を眺めながら、このまま世界の終わりが来るんじゃないかと震えて立ちつくしていました。隣で見知らぬおじさんが、こら吉岡、おまえにいくら賭けたと思ってるんだ！と野次っておられましたが、まったく同感でした。

まあそんな個人的な思い出はどうでもいいですが、それから時が経ち、あっという間に（まるでジャンが鳴ったあとの競輪のようにめまぐるしく）春と、夏と、秋が過ぎ去って、一九九九年も残すところあと一カ月あまりです。

　みなさまいかがお暮らしでしょうか？

　僕のほうは相変わらずです。相も変わらず、地道にワープロのキーを叩いています。もちろん、過ぎ去った三つの季節を振り返ってみると、身のまわりにはそれなりに様々な出来事があったのですが、結果的に大きな変化は何一つなく、いまは二月とほぼ同じ状態です。こうやって机に向かい原稿を書いていると、何だか、全部がふりだしに戻った、という感じさえします。

　で、また新たな気分で、ここから二回目のふるさとダービーの話になります。「ふるさとダービー佐世保」ふたたび、というわけです。

「ふるさとダービー佐世保」が競輪ファンにとって（なかでも地元のファンにとって）、どんなに大きな意味を持つイベントであるかは前回にも書きました。だからもうくどくだと説明するのはやめておきます。

　要点だけ繰り返すと、今回は十二月二日から五日の日曜日までの開催ですが、その四日間に佐世保競輪場で行われるレースが、いま佐世保で、つまり今世紀末に、生で見ることのできる最高水準の競輪です。

　この「ふるさとダービー佐世保」は当然、競輪界全体の歴史に刻まれることになるのですが、同時に、佐世保の文化史の一頁にも（もしくはサブカルチャー史の一頁にも）書き込まれることになります。堅苦しい表現をやめて普通の言い方に直せば、要するに、佐世保に暮らす人々、これからも暮らし続ける人々の記憶に残ることになります。夏のアメリカン・フェスティバルや、秋のサンセット99ライブと同じように。たとえば前回の「ふるさとダービー佐世保」の初日、地元の縁谷孝春選手は1着になったとき、ファンの喝采に応えて金網越しにヘルメットを投げ入れました。また二日目には豊岡弘選手が吉岡を抜いて1着になり、同様のパフォーマンスでスタンドのファンを沸かせました。あのときの競輪場の大きな大きなどよめきはいまでも耳にこびりついています。たぶんあれほどの盛り上がりは、佐世保では他にアメフェスとサンセットライブのステージくらいしかないんじゃないか？　どっちも見たことないけど（すいません）、とつい言ってみたくなるほどです。

十二月にふたたび、あのときの盛り上がりが帰って来ます。前回は途中欠場してファンをがっかりさせた吉岡稔真も、ふたたび佐世保競輪場のバンクに戻って来ます。あの雪の日のレースでの、見知らぬおじさんの野次が効いていると思うので、きっと今度は初日から強いところを見せてくれるでしょう。

地元勢も今回は黒田義高、豊岡弘、平尾昌也、阪本正和の四選手が出場予定で、おのおの予備のヘルメットを用意しての参加になるはずです。そのうち幾つがスタンドに投げ入れられることになるのか？　と想像してみるだけでも興味はつきません。

最後に、念のために付け加えておきますが、二月の「ふるさとダービー佐世保」が一回目で、今回が二回目、すると来年には三回目と四回目が開催されるのだろうと予想される方がいらっしゃるかもしれませんが、それは間違いです。次回はありません。少なくとも二十世紀中の開催はありません。

今回をお見逃しのないように。

＊「ライフさせぼ」1999.11.26

48-53

2004-2008

2008年の春からパソコンで仕事を始めた。原稿はすべてメールで送信するので、編集者への短い手紙に手書きの署名を添える必要もなくなり、万年筆の出番も完全に消えた。それより前、2004年から2006年にかけてはワープロで連載仕事を立て続けにこなしていた。時代物のワープロ機なので、果たしていつまで酷使に耐えられるかなと心配していたのだが、壊れたのは僕のほうが先だった。『5』の連載を終え、『小説の読み書き』が刊行され、すべてが予定表に従って進行していたある日、突然変調をきたし、病院通いが始まった。その頃は深刻に、『アンダーリポート』も『身の上話』も書きかけのまま終わってしまう人生を想像していた。それからほんの2年後にiMacで続きを書いているとは考えもしなかった。

2004

1 ◎書く読書　連載開始（～05・12）「図書」→『小説の読み書き』
2 『Love Stories』刊行（共著／水曜社）※「イアリング」所収
◎文庫解説：『夜の果てまで』（盛田隆二・著／角川文庫）
→『小説家の四季』『つまらないものですが。エッセイ・コレクションⅢ』
3 ●ニラタマA「ダ・ヴィンチ」→『秘密。私と私のあいだの十二話』
●ニラタマB「心をつなぐ言葉たち」（ODNサイト）
→『秘密。私と私のあいだの十二話』
◎午前四時、朝市「小説宝石」
→『正午派』『正午派2025』※「外出その3」に改題
◎こぼれ話「WEBダ・ヴィンチ」
5 『ただならぬ午睡』刊行（共著／光文社文庫）※「夏の情婦」所収
◎約束　映画「ジャンプ」パンフレット
→『豚を盗む』『つまらないものですが。エッセイ・コレクションⅢ』
◎お国自慢「小説すばる」
→『豚を盗む』『つまらないものですが。エッセイ・コレクションⅢ』
☆映画「ジャンプ」公開（出演：原田泰造、牧瀬里穂ほか／監督：竹下昌男）
6 ☆「きらら」携帯メール小説大賞の選考委員に（～09・7）
7 ●月曜日の愛人「きらら」→『正午派』『正午派2025』
◎エアロスミス効果「エアロスミス・ファイル」
→『豚を盗む』『つまらないものですが。エッセイ・コレクションⅢ』
9 ●友人に離婚を知らせる手紙「野性時代」→『作家の手紙』
●火曜日の愛人「きらら」→『正午派』『正午派2025』
11 ●水曜日の愛人「きらら」→『正午派』『正午派2025』

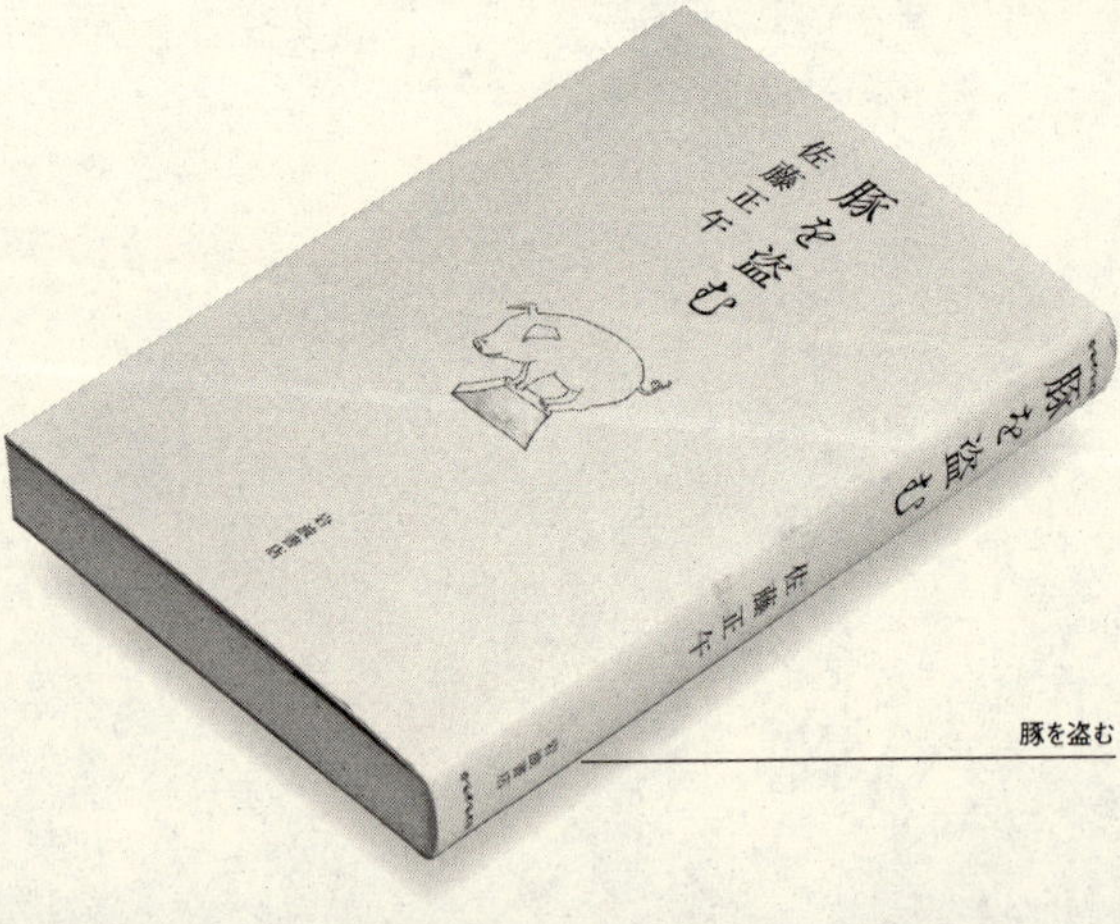

豚を盗む

2005

1 ●5 連載開始(~06・4)「野性時代」→『5』
●木曜日の愛人「きらら」→『正午派』『正午派2025』
2 『豚を盗む』刊行(岩波書店)
『特別な一日』刊行(共著/徳間文庫)※「学生食堂のテレビで見た男」所収
3 『秘密。私と私のあいだの十二話』刊行(共著/メディアファクトリー)
※「ニラタマA」「ニラタマB」所収
●金曜日の愛人「きらら」→『正午派』『正午派2025』
◎僕の一日「小説すばる」
→『小説家の四季』『つまらないものですが。エッセイ・コレクションⅢ』
5 ●土曜日の愛人「きらら」→『正午派』『正午派2025』
◎印象に残るロボット「小説すばる」
7 ●日曜日のひと「きらら」→『正午派』『正午派2025』
◎目覚まし「小説すばる」
→『小説家の四季』『つまらないものですが。エッセイ・コレクションⅢ』
9 『花のようなひと』刊行(岩波書店)※未発表の「ペットボトル」を追加
●しのぶもぢずり「きらら」→『正午派』『正午派2025』
10 『こころの羅針盤』刊行(共著/光文社文庫)※「四十歳」所収
●アンダーリポート 連載開始「青春と読書」
→『アンダーリポート』『アンダーリポート/ブルー』
11 ●赤い月「きらら」→『正午派』『正午派2025』

花のようなひと

2006

1 ●見えない人「きらら」→『正午派』『正午派2025』
◎パイナップル「小説すばる」
◎夢へのいざない　牛尾篤展リーフレット
→『小説家の四季』『つまらないものですが。エッセイ・コレクションⅢ』
3 ●焦げ跡「きらら」→『正午派』『正午派2025』
◎二戦二敗「小説すばる」
→『小説家の四季』『つまらないものですが。エッセイ・コレクションⅢ』
4 『絶体絶命』刊行（共著／ハヤカワ文庫）※「遠くへ」所収
5 ●予感「きらら」→『正午派』『正午派2025』
6 『小説の読み書き』刊行（岩波新書）
◎解説：『愛についてのデッサン 佐古啓介の旅』（野呂邦暢・著／みすず書房）
→『小説家の四季』『つまらないものですが。エッセイ・コレクションⅢ』
7 ●俗信「きらら」→『正午派』『正午派2025』
◎忍者「オール讀物」
→『小説家の四季』『つまらないものですが。エッセイ・コレクションⅢ』
8 『携帯メール小説』刊行（共著／小学館）※「月曜日の愛人」～「予感」所収
9 ●真心「料理通信」→『オトナの片思い』『ダンスホール』文庫版
●正夢「きらら」→『正午派』『正午派2025』
10 ●身の上話　連載開始「本が好き！」→『身の上話』
☆アンダーリポート　連載中断　※のちに書き下ろしで加筆し上梓
11 ●別居「きらら」→『正午派』『正午派2025』
12 ☆身の上話　連載中断

小説の読み書き

最後まで使っていたワープロの1台

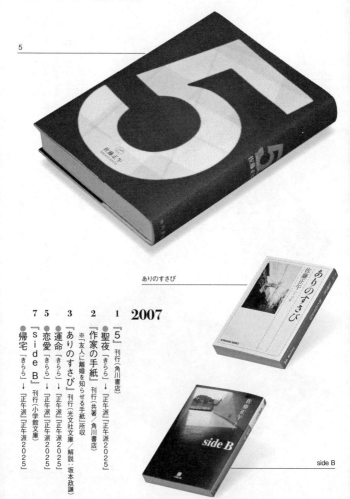

5

ありのすさび

2007

1 『5』刊行(角川書店)
●聖夜「きらら」→『正午派』『正午派2025』

2 『作家の手紙』刊行(共著/角川書店)
※「友人に離婚を知らせる手紙」所収

3 『ありのすさび』刊行(光文社文庫/解説:坂本政謙)
●運命「きらら」→『正午派』『正午派2025』

5 ●恋愛「きらら」→『正午派』『正午派2025』
『side B』刊行(小学館文庫)

7 ●帰宅「きらら」→『正午派』『正午派2025』

side B

2007

8 『オトナの片思い』刊行（共著／角川春樹事務所）※「真心」所収
9 ●提案「きらら」→『正午派』『正午派2025』
11 『彼女について知ることのすべて』刊行（光文社文庫／解説：池上冬樹）
●同居「きらら」→『正午派』『正午派2025』
12 『アンダーリポート』刊行（集英社）
『リボルバー』刊行（光文社文庫／解説：重里徹也）

リボルバー

彼女について知ることのすべて

アンダーリポート

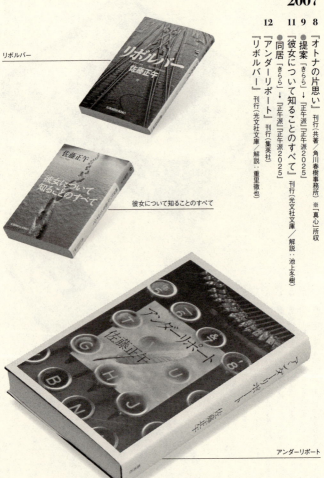

2008

1 ◎小説家の四季　連載開始（年4回）「世界」、（13・7〜）岩波書店HP
↓『小説家の四季』『小説家の四季2007−2015』
●就職「きらら」↓『正午派』『正午派2025』
☆『永遠の1／2』（集英社文庫）新カバーに

2 ☆身の上話　連載再開（〜09・7）「本が好き！」

3 ●現実「きらら」↓『正午派』『正午派2025』

4 『象を洗う』刊行（光文社文庫）

5 ●別れ「きらら」↓『正午派』『正午派2025』

6 ◎〝結婚〟と書いて〝ゴミ袋まであさる〟と読む。「小説すばる」
↓『小説家の四季』『つまらないものですが。エッセイ・コレクションⅢ』

7 ●離婚「きらら」↓『正午派』『正午派2025』

10 『放蕩記』刊行（光文社文庫）

朝昼用の仕事机

奥に見える椅子はパソコンよりも値段が高かった。減価償却中（本人談）

夜用の仕事机。ここでメシも食う（本人談）

象を洗う

永遠の1/2

放蕩記

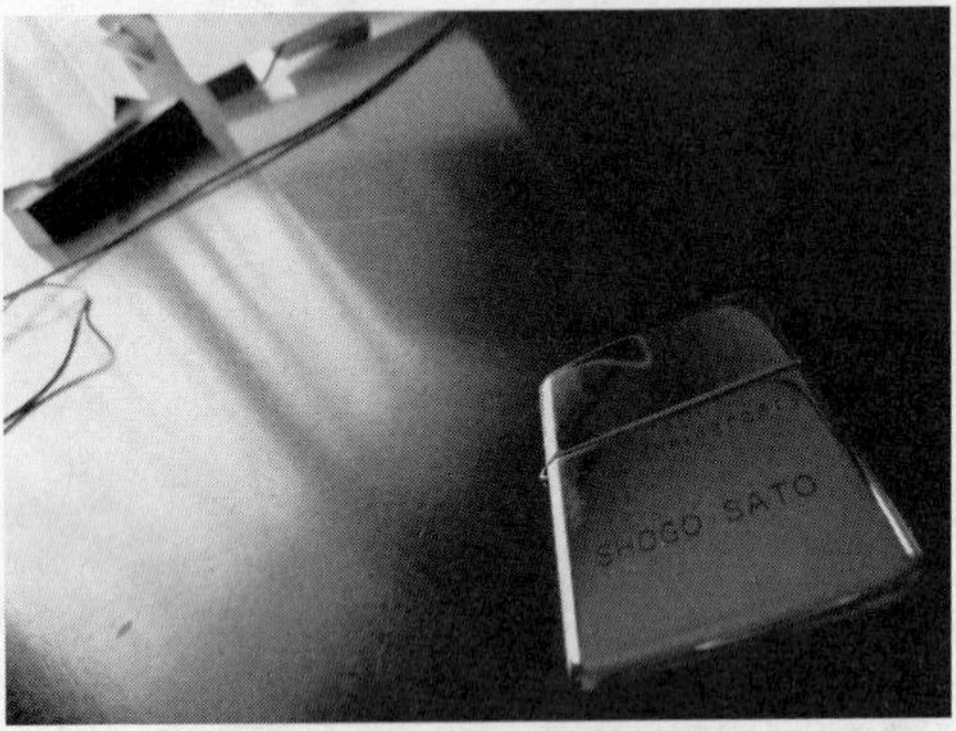
SHOGO SATO

携帯メール小説

＊携帯電話から投稿された千文字の掌編小説を選考しながら、
小学館発行のＰＲ誌「きらら」に隔月で発表された作品。

月曜日の愛人

彼女は無口だ。

自分から喋《しゃべ》ろうとはしない。女にありがちなつまらない質問もしない。こっちから話しかければ答えてくれるけれど、それ以外はだまっている。

黙ってそばにいてくれる。僕の部屋のテーブルや椅子や本棚のように。だから彼女の印象はそばに「いる」というよりも、そっちに視線をむければそこに「ある」という感じだ。彼女は毎週月曜の夜に僕の部屋にある。

彼女の無口はもとからの性質かもしれないし、もしかしたら職業病の症状のひとつかもしれない。彼女はスーパーでレジをたたいている。彼女が毎日客にする質問はただひとつ。ポイントカードはお持ちですか？　それ以外の質問はしない。あとは買物の金額を告げるだけ。客から何か聞かれないかぎり、彼女は黙ってレジをたたき続ける。そんな毎日のくり返しが、もともと寡黙だった彼女の性質にみがきをかけたのかもしれない。

まあそんな詮索はどうでもいい。理由は何にしろ、彼女は無口だ。月曜の夜には静かに僕の部屋にある。そこにあるべき電気スタンドのように。部屋の主によってそこに配置された「物」のように。

でも気をつけて見ると、ときどき、彼女は物に話しかける。膝をぶつけた椅子や、裏返しになったスリッパや、踏んでしまったコードにむかって謝っている。ごめんなさい、と囁《ささや》き声で言う。そばにいる僕に言ってるようにも聞こえるが、そうじゃない。彼女は僕を見ていない。僕の返事も待っていない。自分自身がそこにある物として、物どうし、対話している。いてっ、とコードが言う。あ、ごめん、としゃがみこんで彼女が囁く。触るなよ、くすぐったいから、とコードが答える。

答えるはずだ。彼女は物たちに謝る。物たちの一員として、自分が室内の静寂をみだしたことを謝罪する。

毎週月曜、僕は無口な彼女とともに過ごす。そしてその静かな時間の流れの中のどこかで、僕はいつも、いつもふいに、まわりの物たちを見る自分の目が変わってしまうのを感じる。彼らも、僕も、全員が沈黙のルールに従い、ひとつの部屋の中にいま置かれているのだと感じている自分に気づく。

＊「きらら」2004.7

火曜日の愛人

ある程度のつらい時間というか鍛練は必要だったが、彼女といっしょにいることで僕は諦めることを学んだ。

その口を閉じろ、と何回言ったかわからない。春に夏に秋に冬に、朝に昼に夜に、何万回も注意するうち僕は徐々にそのことに気づいていった。無駄だ。女のお喋りは死ぬまでやまない。この女はこういう女なのだ。そして同時に僕はこういう男なのだ。一秒もだまっていることのできない女と、数秒でいいからだまっていろと言いつづける男。どっちかが死ぬまで関係は終わらない。

この諦めは世界の認識に似ている。それはそれとしてそこにあること。日はのぼり、また沈むこと。月は欠け、また必ず満ちること。どんな無意味な質問にも意味があり、またどんな意味ありげな質問にも意味などないこと。ねえねえ、野球のライトとレフトってどっちから見てライトとレフトなの、バッターのほうから？　それともピッチャーのほうから？　どんな質問にも意味があり、また同時に意味などない。だってイチローが左バッターボックスに入りましたってピッチャー側から見てるのよね？　そうよね？　あとライトとレフトのあいだはバックスクリーンでしょ、違う？　質問は単なる言葉のつながりであり、連続する音であり、鍛練次第ではそばにいる女の心臓の鼓動のようなものだ。

　僕は彼女とのつきあいから諦めることを学んだ。僕はときどき自分が先に死んでゆくときのことさえ考える。そのときも彼女がそばにいて、一秒も休まず喋りつづけるだろう。すると僕はこの世界への未練に悩まされることなく、子守歌でも聞くように、安らかに、長い長い眠りにつけそうな気がする。諦めるとはそういうことだ。明かりを消した部屋で、ソファにすわってテレビを見たまま僕は意識を失ってゆく。やっと終わりにできる、と感じながら。横では彼女が喋っている。

　あたしバックスクリーンて聞くとお風呂連想しちゃう、なんでかわかる？　野球終わったらお風呂入るでしょ、お湯ためてこようか、ひとりのほうがいい？　いっしょ？　お湯ためてくるね。僕はもう死んでいる。彼女は喋りつづける。とっくに死んでしまった僕の横で、一秒も休まず、喋りつづけるはずだ。

＊「きらら」2004.9

水曜日の愛人

彼女の歌声は僕を癒す。

いやす。この言葉は、病気をなおす、悪いものを悪くないもとの状態にもどすという意味だ。水曜日、僕は彼女の歌を聴く。そして病気をなおしてもらう。悪い自分から立ち直り、スタートラインにつき直す。

そうなる前、つまり彼女と知り合う前の話、僕は癒すという言葉から、何か固いものが柔らかくほぐれていくような、その結果としてのやすらかな眠りのようなイメージを受け取っていた。でもそれは間違っていた。僕は彼女によって癒されるようになってはっきりそのことに気づいた。逆だ。

癒すというのは、形のくずれかかったものを、おにぎりをつくるときのようにぎゅっと固め直す、ゆるんだネジや、紐《ひも》をきつく締め直す、むしろそういうことだ。人は癒されるとやすらかに眠ってなどいられない。立ち上がって、周回遅れのコースに戻り、とにかく走ろう、もう一周走ってみようと思う。

なぜ彼女の歌が僕をそういう気にさせるのかわからない。とりたてて美しい声ではない。澄みきってもいないし、よく通る声でもない。低く、細く、ときにひびわれるような不安定な声で彼女は歌う。歌いつづける。洗い物をしながら、雑誌のページをめくりながら。ソファにすわり僕の肩に頭をもたせかけて、ひとりバスタブに横たわり水音をたてながら。

僕は歯みがきの途中で浴室から聞こえる歌に耳をすます。すると、彼女のかぼそい歌声が僕の悪い身体《からだ》の中にしみこむように入ってくる。歌声が僕の身体に浸透して、ゆきわたり、内側からそれをはじめるのを感じる。ゆるんだネジを締め、ほどけた紐をしばり、くずれかけたおにぎりをぎゅっとにぎる。最悪の手前で僕は踏みとどまる。コースアウト寸前で僕はトラックに目を戻す。まだ走れる。

僕は年々、悪くなる。肉体の健康状態という意味にかぎらず、僕という人間の何もかもがゆるみ、ほどけ、くずれやすくなってゆく。だから僕は水曜日を待つ。水曜日の晩、彼女は合鍵を使って歌いながら部屋の中に入ってくる。僕を見て、照れ笑いを浮かべる。僕はソファの背にもたれて彼女を迎え、横のクッションをぽんとたたいてみせる。そして心の中で、さあ、ここにすわって、いまの歌の続きを歌ってくれ、と彼女に言う。

＊「きらら」2004.11

木曜日の愛人

彼女の美しさを何にたとえればいいだろうか。

顔の美しさでなくて、うなじ、手や腕や肩や、背中、背中のくぼみ、そこから足のかかとまで。くび、手や腕や肩や、胸、平らな腹、そこから足のつまさきまで。もういちど、うしろをむいて見せてくれ、と僕は想像のなかで彼女に言う。

木曜日、彼女はタートルネックのセーターに細みのパンツで僕のまえに現れる。ほぼ完璧に、一ミリの誤差もなく、生身のラインを浮きあがらせて。セーターもパンツも薄手の、皮膚にぴったりと吸いつくような生地だ。

僕は知っている。タートルネックのセーターに細みのパンツ姿で、肩から腕のライン、腰から脚のラインを美しくみせる女なら何人も知っている。でも彼女たちはうわべをつくろっている。すべてを脱ぎ去ってしまうと変わる。脱ぎ去ったとたんに、いままで内に隠していたものを露見させる。余りものの肉。まるで手品師がシルクハットの中から兎《うさぎ》を取り出すように、あり得ない、外見とはかけはなれた本来のからだをさらけ出す。明かりを暗くして、と彼女たちは言う。

ところが彼女は違う。

彼女は手品をしない。彼女の生身のからだはいかさまではない。衣服を身につけた彼女と、生まれたままの彼女の肉体とは一ミリの狂いもない。彼女は正真正銘、美しい。

顔ではなくて、彼女のからだ。からだの描く曲線とかたち。キャラメルを連想させる色の皮膚。キャラメル色の皮膚に、真っ白い肌着。明かりを暗くして、と彼女は訴える。囁き声で。でもそれは本心ではない。そのことを僕は知っている。彼女は目をつむる。僕はキャラメル色のなめらかな肩に、理想のカーブを描いた肩のまるみに唇をあてる。彼女の唇から満足の息が洩《も》れる。

木曜日。僕は自分の手で、彼女の身につけているものを時間をかけて脱がせる。明かりはつけたまま。彼女のこの全身の美しさをいったい何にたとえればいいのだろうか。僕は考え、唇を這《は》わせ、僕は考え、白い肌着の紐を肩からはずし、僕は考え、彼女のかぼそい声を聞き、そして僕は言葉をうしなう。

＊「きらら」2005.1

金曜日の愛人

彼女が産まれたとき、彼女の首には臍《へそ》の緒が巻きついていた。当時はまだ看護婦と呼ばれていた看護師さんがあわてて赤ん坊の首に絡んだ臍の緒をはずしてやり、しばらくしてようやく彼女は産声をあげた。この話を、彼女は出会ったその日に僕に打ち明けた。笑い話かと思ったので僕は気軽に笑ってみせたのだが、後々そうではないことがわかった。

彼女は一言でいえば、災難につきまとわれている。災難と呼ぶのもはばかられるくらいの、ごくごく小さな災難には違いないが、彼女のまわりにはそれがたえず持ち上がる。もうひっきりなしに起こる。しかも本人にではなく、そばにいる人に降りかかる。

一例をあげれば、彼女がうちに来るたびに開くべきものが開かなくなる。彼女が大声で僕を呼ぶ。何事かと思って行ってみると、トイレのドアが開かない。外側からノブを回してもびくともしない。原因不明。四苦八苦して、ドライバーだの何だのを使ってこじあけ、戻ってみると吸いかけのタバコがテーブルに焼け焦げを作っている。またあるべきものが紛失する。栓抜きがない。おろし金がない。癇癪《かんしゃく》を起こして（僕がだ）歯で王冠を開けようとして下の前歯が欠ける。どうにか見つけても苛々《いらいら》しているので大根と一緒に指までおろして血が滲《にじ》む。バンドエイドがない。

金曜日、彼女が車を運転してやって来る。僕はマンションの駐車場まで降りて彼女を待つ。いちど隣の駐車スペースに彼女が堂々と軽自動車を止めていたせいで、あとで平謝りに謝った苦い経験があるからだ。隣人はベンツに乗っている。

僕は彼女が止めるべき位置に車を止めるのを腕組して見守る。まだ夜は始まったばかりだし、何が起こるかわからない。へたに車のドアを開けてやると指を（僕の指だ）閉めるときにはさむ危険があるから、彼女が自分で車を降りて、そばへ歩いて来るのを待ち、手を引いて部屋まで連れていく。

そのとき、奇妙な感覚が僕に来る。手と手をつないだときという意味だが、僕はなまの現実とつながっている気がする。そのときだけ、生きている、と感じる。テレビと本と音楽だけの安穏な人生の中へ、外の現実を連れ込もうとしている自分。今夜もまた何か、災難が起こる。ひと騒ぎある。そう確信しながら、後悔する自分を知りながらも、僕は彼女の手をつかんで部屋への階段を上っていく。

＊「きらら」2005.3

土曜日の愛人

あたしのどこが好きなのよ、と彼女は訊《き》く。

そう訊いたときが彼女の限界点である。それ以上酔うと使いものにならない。

顔だ、と僕は答える。

それから、と彼女が言う。

それだけだ。

両手で顔を覆って彼女は短い笑い声をあげる。頃合いだな、と僕は思い、ベッドのそばまで歩く。しばらく待つと、彼女は追いかけてくる。顔を覆った両手を鼻のあたりまで下げて、笑顔を作ってみせる。その顔だ、と僕は言う。彼女の鼻はいわゆる獅《し》子鼻《ばな》で、ふたつの小さな穴が正面を向いている。だから愛嬌《あいきよう》がある。僕が彼女の顔が好きだというのはかならずしも嘘《うそ》ではない。

土曜日、彼女はワインを二本持参で現れる。

一本を彼女がひとりで空け、残りの一本の半分ほどを僕が飲む。そう都合よく土曜の夜にワインを飲む気分になれないときがあり、僕が手をつけないでいると、彼女は限界点を超えて二本目をラッパ飲みに飲み始める。それをやらせると、陽気な話がどこをどう曲がって進んでも必ず悲しい終着駅にたどり着き、彼女はそこで泣く。あたしのどこが好きなのよ、と訊かれて僕が知恵をしぼってどう答えようと、いつのまにか彼女の不幸な生い立ち、いまも生きている片親、借金だらけの兄弟たち、将来への不安の告白、といった独演会になって、二本目のワインはボトルの口から彼女の口に直接注《つ》がれ、入れ替わりに目から大粒の涙がぽたぽた落ち始める。せっかくの土曜の晩がだいなしになる。

　そんな失敗が何度かくり返されたので、土曜日、たとえ飲む気分でなくても僕はワインをボトル半分ほどつきあう。すると飲んでいる途中で恒例の質問が来る。顔だ、と僕が答えると、限界まで酔った彼女は（なぜか）喜ぶ。

　ベッドでうまい具合に時間が流れると、そのうち彼女の顔は変わる。上気してピンクがかり、たっぷりした餅のように湿り気と柔らかみをおび、両目がひとまわり大きくなり、見開かれると、獅子鼻が消滅したように目立たなくなる。この顔だ、と僕は思い、真上から見おろす。見開かれた目が、僕を見返し、微《かす》かに疑問の表情を浮かべる。この顔がいちばん見たい顔だ、と僕は思い、その思いが確かに彼女につたわるまで、彼女の見開かれた目を見つめつづける。

＊「きらら」2005.5

日曜日のひと

日曜の朝、通いのひとが来る。

僕がまだ眠っているあいだに、自分で車を運転してやってきて、マンションの駐車場の来客用の位置に止める。僕の部屋番号のスペースは土曜日の愛人の車でふさがっているからだ。

通いのひとがドアチャイムを鳴らす前に、土曜日の愛人は起きて帰り支度を終えている。合鍵を渡してるから起きなくてもいいと言ってあるのだが、愛人には愛人の考えがある。起きぬけの顔を見られたくないとか、そういう理由かもしれない。ふたりは玄関ですれ違う。ご苦労さま、と一方が言い、おはようございます、と一方が答える。そして部屋には、彼女と僕とふたりだけ残る。

正午過ぎ、僕が起きだす頃には彼女はバスルームと洗面台とトイレを磨きあげ、リビングに散らかった雑誌や新聞やワインのボトルやワイングラスを片づけ、掃除機をかけ始めている。おはよう、と僕が言い、彼女の返事はない。掃除機の騒音で聞こえないのかもしれない。一週間溜《た》まった埃《ほこり》、六人の愛人たちの床に抜け落ちた髪の毛、それらを吸い取るために彼女は眉を寄せ両腕に力をこめる。

それから彼女はキッチンで洗い物をし、米をとぎ、自分の裁量で買ってきた食材で料理に取り掛かる。そのあたりで僕は天気が良ければ散歩に出る。濃いコーヒーを飲ませてくれる店で文庫本を読みながら時間をつぶして、夕方戻ってみると、彼女は微《み》塵切《じんぎ》りの玉葱《たまねぎ》と挽肉《ひきにく》を炒《いた》めてオムレツを作っている。同じ材料でハンバーグとミートソースを作り、それは冷凍庫に保存してある、と彼女は言う。ジャガイモの味噌汁《みそしる》とキャベツの千切りとプチトマト添えのオムレツが出来あがり、彼女はエプロンを脱ぎ手早く折りたたんで椅子の背に掛け、その椅子に腰をおろして後ろで髪をまとめていたゴムをはずす。

僕たちはテーブル越しに向かい合う。双子は元気？　と彼女がいっしょに暮らしている娘たちのことを僕は訊《たず》ねる。あなたが口をはさむ問題じゃない、みたいな答え方を彼女はする。それより今月分をください。

僕は今月分の札の入った封筒を彼女のほうへ滑らせる。彼女はそれを取り、バッグの中に放り込み、無言で椅子を立つ。僕は椅子にすわったまま、彼女が部屋を出て行く物音を聞いている。まあいいだろう。いまさらこの契約、というか習慣はどう変えようもない。もう固まっている。これが僕の妻だ。日曜の朝、愛人とすれ違いざま、ご苦労さま、と声をかけるのが僕の妻だ。

＊「きらら」2005.7

しのぶもぢずり

普通という言葉が嫌いで、何をするにしても喋るにしても、きみはフツーだね、と人に言われるのがいちばん怖い。ほかの人の顔と見分けのつかないあたしがいるようで鳥肌が立つ。はたちまえの女の子が昼休みの雑談でそんな話をしていて、彼は女の子の上司だし、人生も倍近く生きているのだから、何か助言してやるべきだと思ったのだが言葉にならず黙って聞いていた。すると女の子は笑って、

「主任、そんなに真剣な顔しないでください。お弁当食べながらでいいですから」

と言った。

西《にし》主任はその日いちんち、あるひとのことを思い出していた。思い出すまいと努めて、汗を流しながら、開きかける記憶の鍵に逆らう力をこめていた、と言うべきかもしれない。

夜空に目をやった。赤い月も、星のひとつも見えなかった。

ふたたび机に戻り、パソコンのモニターにむかいキーボードに両手を置いた。その姿勢のまま、何十秒かぼんやり考え事をして、われに返るとまた窓のほうへ顔をむけた。そのとき考えていたのは妻のことではなく、中学時代に何度かデートをしたことのある女の子のことだった。自分がなぜ今頃になってその少女のことを思い出しているのか、西主任は片手で口もとを覆い（人差指を鼻の下に添え、親指の腹で頬を押さえ）記憶をたどった。

何度目かのデートのとき、彼女は気を失いかけた。薄目をあいた彼女の顔からみるみる血の気がひき、からだごと西主任に倒れかかった。蒼白《そうはく》になった顔の、額にこまかい汗の粒がびっしり滲み出ているのを西主任は見た。ものの五分で症状は消え、コップの水を飲ませてやると彼女は復活した。低い声で、痛ましいものを見る目つきで西主任を見て、こう言った。何か悪い事が起きる。

「だれに」

「わからない。でもこんなとき、いつも悪い事が起きる」

むろん西主任はそんな予言を信じはしなかった。妻が赤い月を見て、本気で地震を心配しているはずもないのと同様に、まるごと信じ込みはしなかった。女の子が次の学期に転校してしまったときにも、翌年、西主任の両親が離婚したときにも、その予言のせいだとは思わなかった。ただ、記憶は生きている、記憶はふだん眠っているだけで死んだりはしないのだ、と西主任はいまも考えているだけだった。そうやって、ぼんやり考え事をしていた自分の心の揺れを分析しおえると、彼はまた机にむかって残りの仕事を片づけにかかった。

＊「きらら」2005.11

見えない人

隣家の八十いくつかになる老人はしばしば独り言を話す。近ごろあまりに頻繁に話し声が洩れてくるので、同居している嫁が心配して部屋を覗《のぞ》くと、老人は電源の落ちたテレビと対座して笑い声をあげていた。何がそんなにおかしいんですか、おかあさん、と嫁は訊ねた。老人はすぐに嫁のほうへ顔をむけ、年に似合わない若い仕草で肩をすくめてみせて、テレビにむき直り、リモコンをつかむとスイッチを入れた。二時間もののサスペンスドラマが流れ始めた。結局、何がおかしくて笑っていたのか理由は聞けないままだった。

気味が悪いよね、と西主任に言ったのはその話を昼間、隣家の主婦から聞いていた妻で、残業帰りの西主任は一杯だけお酌してもらったビールを飲みながらあまり気にもとめなかった。そのあと、西主任の夕食の途中で妻は風呂に入った。台所の食卓でひとりになって食事をすませ、椅子に腰かけたまま夕バコを吸った。台所と続きの居間のテレビはいつもならつけっぱなしなのだが、その晩は電源が落とされていて、おかげで外の道を走り去る車の音さえ聞き取ることができた。車が一台走り去ると台所に静寂が降りた。指先で、パチッと爆《は》ぜる音がした。小枝が折れるような音をたててタバコの葉が燃え、その音を聞いてまもなく、西主任は自分が高校時代の記憶をたどっていることに気づいた。

彼女は、教室で西主任の右隣の席にすわっていて、常にうつむき加減の横顔を見せていた。彼女の横顔をおもに記憶にとどめているのは、授業中に低くおさえた笑い声が聞こえてくることがあり、気になってそちらを見る癖があったからだ。一度だけ、振り向いた彼女と目を合わせたことがあり、その日だったかその翌日だったかの放課後、校門を出たところでふたりは自然にいっしょになって、別れ道まで歩いた。そのときの彼女の告白を西主任はいまも思い出すことができる。あたしにだけ見える人がいる。その人がときどき現れて、おかしなことを言ってあたしを笑わせる。その人は誰？　と西主任は質問した。わからない、知らない男の人なの、と彼女は答えた。

「西君には信じてもらえるかしら」

「信じるよ」

妻が風呂場から出てくる気配があり、西主任は瞬時に頭を切り替えた。あのとき信じると答えた自分は、実はいまの自分よりも、彼女の言うことを信じてはいなかった、と結論をくだしながら短くなったタバコを消した。

＊「きらら」2006.1

焦げ跡

西主任はその晩も事務室で仕事をしていた。パソコンのモニターに向かい、キーボードで幾つかの数字を入力して、机の上の資料と見くらべていると、誰かが、

「ねえ、今年は平成何年？」

誰にともなく訊ねる声が聞こえた。時刻はまだ七時前で、事務室内には（帰り支度を始めた者もふくめて）数人の部下がいた。西主任は液晶モニターから目をそらさなかった。十八年、と誰かが答え、じゃあ、平成って西暦何年から始まったんだっけ、

と誰かが言った。引き算してみろよ、今年は二〇〇六年だから、十七を引くと何年になる？

　西主任はパソコンにいま自分が打ち込んだばかりの六桁《けた》の数字を見ていた。その数字の頭から四番目までの並びは1・9・8・9だった。西主任は声のしたほうを振返った。お疲れさまです、と女の声と男の声がまじり合い、事務室の扉が閉まった。

　しばらくして、居残った部下のひとりが西主任の机にコーヒーを置いてくれた。

「どうかしました？」

「うん？」

「何か、ぼんやりされてたみたいだから」

　何でもないんだ、と答えて西主任は液晶モニターに目を戻した。だが彼の目はもう数字を見ていなかった。大学時代に短いつきあいのあった同級生、その女性の真剣なまなざしのことを考えていた。

　何回か彼女の部屋を訪れたことがある。たぶんその最後のときだっただろう、彼女が夜食にサンドイッチを作ってくれているあいだ、西主任は本を読んでいた。読んでいる途中でタバコの灰が落ち、ページに小さな焼け焦げを作った。彼女の本棚から抜き出して読んでいた本だったので、西主任は謝った。彼女は別段、怒りもしなかった。ただ、ふたりでサンドイッチを食べていると電話が鳴り、その電話に出たあとで顔色を変えた。青ざめた、というくらいの変わり様だった。

理由をその場で聞いたのかどうかは思い出せない。でも改まった口調でいつか聞かされたのは確かだ。彼女は西主任を責めたわけではなかった。起きたことを起きたこととして真剣な目でこう話した。あなたが焦げ跡をつけたのは、小説の主人公の名前の一文字だった。

そしてその漢字一文字は彼女の、急死した身内の名前とまったく同じだった。それが直接のきっかけで、彼女との短いつきあいが終わってしまったのかどうかも、西主任にはもう思い出せない。

＊「きらら」2006.3

予感

西主任がいまの会社に勤めはじめて三年ばかりたった頃、福岡に出張する機会があった。営業部の部長とふたりで、一泊二日の日程だった。だがこれからするのはそのときの仕事の話ではない。福岡に立つ日の朝、空港で、西主任はのちに妻となる女と出会った、そういう話になる。

その日、羽田を立つ便は悪天のため、のきなみ遅れていた。彼らの乗る予定の飛行機も三十分ほど遅れ、搭乗口前のロビーで待たされることになった。三十分のあいだ、西主任は椅子にかけておとなしく待つことができた。しかし部長のほうはそうではなかった。最初から表情がさえなかったのだが、搭乗開始のアナウンスが流れる前にポケベルが鳴り、自宅へ電話をかけに立って戻ってくると明らかに態度がおかしくなった。そわそわして目つきが落ち着かない。貧血ではないかと思えるくらい顔から血の気がひいている。部長のこめかみにびっしり汗の粒が浮いているのを西主任は見た。

「西君、やめよう」

搭乗の受付が始まり、乗客の列に並んだ段になって部長が重い口をひらいた。

「この飛行機に乗るのはやめよう」

彼らは列のいちばん後尾についていた。部長はうわごとのように話した。今朝、出がけに妻がこの出張はやめてくれと言い出した。理由もなく悪い予感がするから福岡行きの飛行機に乗るのはやめてくれと。それを振り切って出てきたのだが、さっきまた電話で、泣きながら懇願された。普段の妻はそういう女じゃないんだ。そんな、馬鹿げた物言いをする女じゃない。それに対して西主任はまじめに何かを喋り、部長がより真剣な口調で何かを言い返した。そして踵《きびす》をかえすとその場から歩き去った。お客さま、と離れたところから係員が声をあげた。

いつのまにか搭乗口前は閑散としていた。

西主任はそのときになって初めて、すぐそばにひとり見知らぬ若い女が立っていることに気づいた。

「乗るんですか」と女は怯《おび》えた声で言った。

彼女も同じ飛行機の乗客なのだ。そして彼女はいまの自分たちの会話を聞いてしまったのだ、と西主任は悟った。むろん、そのとき乗ると答えたからいまの西夫妻がある。福岡までのフライトを、フライトの耐え難く長い時間を、ふたりは隣り合った席で乗り切った。

ふたりの結婚披露宴には部長夫妻も出席した。部長の妻はその席で、西主任にむかって、可愛いお嫁さんね、いったいどこで見つけてきたのよ？ と遠慮のない声で笑ってみせた。

*「きらら」2006.5

俗信

結婚した翌年だったかその次の年だったか、西主任の記憶はやや曖昧だが、とにかくふたりともまだぎりぎり二十代だった頃の話。

ある晩、残業を終えて電車に乗り、自宅のある駅に着くと雨が降っていた。かなりの雨だ。タクシー乗場まで、鞄《かばん》を頭上にかかげて早足になったところで、妻がすぐそこにいるのに気づいた。シャッターの降りた宝くじ売場の前に、傘をさして、ぼんやり立っている。西主任が二度、名前を呼ぶまで妻は振り向きもしなかった。

「迎えに来てくれたのか。車は？」

「その場で百万円当たるんだって」妻はインスタントくじのことを夫に言った。「もっと早く来て買えばよかった」

「車で来てるんだろ？」

「タクシーで来た。外でご飯食べて帰ろ、あたしのおごり」

西主任が黙っていると、妻がレインコートのポケットから二つ折りにした紙幣をつかみだして見せた。一万円札が十枚に千円札が八枚。今夜、初めてやったパチスロで儲《もう》けたお金だという。妻は早口で喋り続けた。聞いたことある？　妊婦はギャンブルに負けないって。叔母か誰かが前にそんなこと言ってたんだけど、お隣の奥さんに今日聞いたら、自分のときもそうだったって、妊娠してたとき万馬券当てたことあるんだって。ねえ、あたしの言いたいことわかるよね？

ふたりは駅前の通りを相合傘で歩き、居酒屋に入って二時間ほどを過ごした。つまりその夜は妊婦にまつわる俗信を真に受けていたわけだ。いまになってみればということだが、自分たちはまだ若く、自分たちは軽率で、しかしこのとき自分たちはいちばん未来への希望というものを信じていられたのではなかったかと西主任は思う。欲しいものは人と平等に手に入る。待っていれば、自然に、むこうからやってくる。

それ以降は、現実に直面しなければならなかった。夫婦で産婦人科医の意見を聞き、時間をかけて不平等な現実に慣れる必要があった。妻は一時期、パチスロにのめりこみ、そのことで何度か夫婦のあいだに揉《も》め事が起こった。やがて、終点のないギャンブルに倦《う》んだのか、揉め事のくり返しに疲れたのか、三十歳を過ぎて妻は結婚前の仕事に復帰した。いまは、西主任が雨の晩に残業しても彼女が駅まで迎えにくることはない。ふたりの口から、俗信であれ何であれ希望的な言葉が聞かれなくなって、もう何年にもなる。

＊「きらら」2006.7

正夢

さめぎわに見た夢のおかげで西主任はひどく若がえった気分だった。身体のすみずみに自信がみなぎっていた。自分は生きている、という幸福な手ごたえがあって、自分がどこの何者であるのかなどは気にならなかった。目覚める前、夢の中で西主任は恋の始まりを体験していたのだ。相手の顔や姿はよく思い出せないが、懇願されて、メモ用紙にたがいの名前と電話番号を書いて交換したことはありありと憶えていた。正方形のライトブルーのメモパッド。たまたま背広のポケットに入っていたのを一枚はぎ取って渡すと、彼女はうつむいて万年筆を走らせ、西主任に返した。恥じらいの色に頬を染めながら。それを見て、西主任は若い頃に感じたことのある胸のうずくような幸福感をひさかたぶりに覚えた。

しかし現実には何も起こらない、と目覚めたあと台所でひとり朝食をとりながら思った。妻は昨日から出張で九州に出かけている。今日戻るのか明日までの予定なのか、聞いているはずなのに思い出せなかった。妻の話はどうでもいい。それよりも夢の、幸福の余韻がしだいに消えていくのが惜しかった。朝食後、着替えるときに背広のポケットを探ってみたがメモパッドは入っていない。そんなもの買った覚えもないから当然である。メモパッドがなければ現実にはあのようなとっさの電話番号の交換は起こらないのだ、と西主任は思った。いや現実には、そもそもメモの交換などせずに、番号ならその場で携帯に入力すればすむ。どっちにしてもあり得ない。支度をして家を出て、いつもの通勤電車に乗った頃には、見た夢のことはもう忘れることができた。

電車を降りて、駅を出ると西主任は買物を思いつきドラッグストアに入った。パソコン用の目薬を買い、そのあと気まぐれで栄養ドリンクを飲むことにしてレジに並ぶと、代金が千円を超えたのでクジを一枚引いてくださいと言われ、三角クジのふちを破り取ってみると3等ということだった。渡された賞品を買った目薬といっしょに鞄に入れて店を出た。出たところで西主任は立ちどまって眉をひそめ、もういちど鞄の中からビニールの袋詰めにされた3等の賞品を取り出してみた。5センチ四方の正方形の、青いものが透けて見えた。指先で感触を確かめるまでもなくメモパッドのようだった。西主任は意味もなく店の奥を振り返り、それから背広のポケットに片手を差し込み、今朝、目覚めのとき感じた幸福感が強くよみがえるのを意識しながら会社へむかって歩きだした。

＊「きらら」2006.9

別居

　自分では疲れているつもりなどないのに、残業を終えて電車に乗り、いつもの駅で降りてバスに乗り換えると、窓際の席に腰かけたとたん毎晩のように眠気がやってくるのだった。それでも降りるべき停留所の直前で意識は戻る。測ったように我にかえって、窓の外を見ると見慣れた街の明りがあり、さあ、席を立って帰ろうという気になる。ところがその晩は違った。電車からバスに乗り換えてすぐにとろとろ浅い眠りに入ったようで、そこまでは同じだったが気がつくとあたりは妙に静かだった。バスのエンジンも止まっている。制帽を脱ぎ、片手で髪をかきあげながら、運転手が後部座席まで歩いてきた。

「すみません、お客さんがまだ乗ってるとは気づかなくて」

「ここはどこですか」と彼女は訊いた。

「終点の先です」言いづらそうに運転手が答えた。「車庫みたいなところです」

　バスを降りてみるとそこは車庫というよりもただの広っぱで、バス専用の屋根のない駐車場らしかった。広さに対して照明の数が足りなかったので暗く、鈴虫の鳴く声がしきりに耳についた。

そこまで話を聞いたとき、突然、胸が息苦しいほどの不安と寂しさとに彼女は襲われた。かなかった。深夜に、布団に入っているところを肩を揺すられ、起きて、話があるから、とせっぱつまった声で頼まれた。そのあと台所で食卓をはさんで向かい合うことになったのだが、時間も時間だし、妻の思い詰めた表情も怖かったので、これは浮気が露見したのだと西主任は覚悟した。だが浮気といっても冷静に考えると、まだ携帯電話の番号とメールアドレスを交換して、いちどこちらからメールを送り返信が届いたところなのだ。

「それで？」と西主任は先をうながした。

ひとりで夜道を歩き、本来降りるべき停留所から八つ先の終点の標識の前に立った。とっくに最終の時刻を過ぎているのでそこに立っていてもどうなるものでもない。携帯で助けを呼ぶことも思いつかず立ち往生していると、やがて車のライトが近づいてきて砂利を軋《きし》ませる音を立てた。さきほどのバスの運転手が自宅へ帰る途中に見かねて拾ってくれたのだ。それでその晩にその人とどうにかなったわけではない。ただ親切にいつも降りるバス停まで送ってもらう車中、これまでずっと心にあったことが形を持ったと思う。今日まで迷ってきたけれど、黙っていれば自分にも嘘をつくことになって苦しい。しばらくのあいだ別々に暮らしたい、と妻は言った。

＊「きらら」2006.11

聖夜

　バス停からいつもの道を歩いて帰宅すると玄関に子連れの女が立っていた。その後姿を見たとき、妻が戻って来たのだと西主任は錯覚し、束《つか》の間《ま》だが、これで今夜俺はまた気疲れすることになると思った。

　しかし子連れの女が妻であるわけがない。妻は自分から家を出て、いまは別の男と同棲《どうせい》しているのだ。女が振り返って、門の外にいる西主任に気づいた。顔に見覚えはなかった。対面だっこ用の吊り具で幼子を抱えているので、女のお辞儀は丁寧で、時間がかかった。そのそばでダッフルコートのフードを被った子供が両手でゲーム機をいじっている。西主任は門のなかへ入った。玄関先に旅行鞄ひとつと子供を残したまま、女が歩み寄り、さらに時間をかけて深いお辞儀をした。

　それから妻の元同僚だというその女が話し出して、だいたいの事情が知れたあとで、

「困りましたね」

と西主任は言った。女は目を伏せてうなずいて見せるだけだ。西主任は左手にケーキの入った箱を持ち、右手にシャンパンの入った袋を提げていた。もっと言えばコートの内ポケットには贈り物にするつもりのピアスを忍ばせていた。テレビで有馬記念を見たあと買い物に出て、それぞれの品選びに気をつかったあげく、今夜一緒に過ごす約束だった相手から断りのメールを貰《もら》った。どうにもならない急用ができました、お話は今度ゆっくりします、という文面なので何があったのかさっぱりわからなかった。

「困りましたね」と西主任は意味のない台詞《せりふ》を繰り返した。「今夜、妻がいれば話は別なんですけど」

「すみません」

と女がつぶやいてまた小さくうなずき、諦めをつけたようだった。旅行鞄を取りに戻ると、息子をうながして門の外へ出ていった。西主任はわきへ退いてだまってその親子連れを見ていた。今夜、妻がいれば話はどう別になるのだ？　と自分に問いかけながら。

しかし答えが出るまえに親子連れの姿は遠ざかった。借金まみれの夫のせいで、勤め先にまで催促が来て居場所をなくした女。西主任は妻から以前聞かされた話を思い出していた。玄関の鍵を取り出そうとして、両手をふさいでいる荷物に目をやり、首を振っていちど舌打ちをした。妻がいようといまいと同じだ。他人に一晩宿を提供して気疲れするのは同じことだろう。西主任は門のほうへ向き直った。走らなくても、まだあの親子には追いつけるだろうと思った。

＊「きらら」2007.1

運　命

はじめはとてもいい人に見えたのに、といったありきたりを予想していたのだが違った。当初から嫌な感じがあったのだという。そばにいると、いまにも悶着《もんちゃく》起きそうで、緊張に身体がこわばり指先から震えだしそうな強い不安があった。

ではなぜそんな男と結婚して、子供を産んだのか？　ふたりも、と西主任は訊ねた。言葉通りにすぐに質問したのではなく、そういう意味のことを（アルコールを口にしながら）もっとまわりくどく問いかけてみた。正直な答えは貰えなくてもかまわなかった。とにかく何か喋っていないと間がもてない。深夜。西家の台所で食卓をはさんでふたりは向かい合っていた。子供たちは客間で眠っている。妻の元同僚である女は、西主任と同じ飲み物を口にふくみ、目を伏せた。逃れられないからです。私の運命だから。

運命だから、という答えを聞いて、一拍置き、西主任は咳払《せきばら》いをした。どんな相槌《あいづち》を打てばよいのかわからなかったからだ。女は続けて、しるしの付いた千円札のように、と言った。一枚の千円札が人の手から手へとめぐりめぐってやがて再び自分の手に戻って来るように、逃れられない。

それは比喩ではなかった。あるとき男は彼女の財布から千円札を抜き取り、隅にイニシャルの印をつけて道端の自販機でタバコを買ってみせた。いま使った千円札が近いうちにおまえの手もとに戻って来る。かならず来る。そうしたらおまえの運命を信じるか？　気まぐれなゲームという感じでもあったので、彼女はにわかに挑戦的な気分になり、信じると答えた。で、そのあとしばらく男から離れた。男が千円札を使った渋谷近辺にも近寄らないようにして暮らした。

一カ月たち、彼女の心に平穏が戻ったころにそれは来た。職場の同僚と長野県のある町まで車で出張に行き、その帰り、彼女は油断した。あれだけ慎重に、千円札のお釣りが何枚も出るような買物は避けるように心掛けてやってきていたのに、その日、同僚が一万円札から高速料金を支払うのを止められなかった。週末に一緒に紅葉を見に行かないか？　といきなり車中で誘われて気がうわずっていたせいもある。料金所で釣銭を受け取ったのは助手席にいた彼女で、そのときにはすでに遅かった。

彼女は震える指でイニシャル入りの千円札を選《え》り分け、自分の財布の中の一枚と交換した。同僚に迷惑がおよぶのを恐れてのことだった。むろん紅葉狩りの誘いも断るしかなかった。その晩、のちに夫となる男から電話がかかってきた。

＊「きらら」2007.3

恋愛

週末の夜、西主任は駅のそばのコーヒーショップに女とふたりでいた。何日かまえにメールで待ち合わせの場所を決め、時間通りに落ち合い、和食の店で日本酒を飲みながら夕食をとったあと、駅まで歩いた。あとはおのおの電車に乗って帰宅するだけだが、それで終わりでは物足りない気がする。目についたコーヒーショップの前で足を止め、振り返ると、女も軽くうなずいて見せた。

西主任はできればこのまま帰りたくはなかった。虫がいい考えだとはわかっていたが、今夜、女の部屋に誘われることを期待していた。よかったら一緒の電車に乗って、うちに寄って行きません？　明日は休みだし、終電にはまだ時間がある。そうだね、じゃあちょっとだけ、と答える自分を西主任は想像していた。

「姉が猪《いのしし》を轢《ひ》いてしまって」

と女がふいに言ったので西主任の頭は現実に戻った。

「イノシシ？」

女が黙ってうなずき、話の先を続けた。いつのまに始まっていたのか西主任は気づかなかったが、それは昨年の言い訳だった。クリスマスイブに会う約束だったのが女の都合でだめになった。どうにもならない急用ができました、お話は今度ゆっくりします、と当日の夕方彼女はメールをよこした。そのお話が始まっているのだった。

それからしばらく女の話に耳を傾けて、西主任はようやく理解した。昨年のクリスマスイブの朝、道路を横切ろうとしていた猪を彼女の姉が車ではねて殺した。車は修理に出され、姉は幸いにも怪我《けが》はなかったがその日の夕方から熱を出して寝込んだ。そのせいで、姉の家で予定されていた恒例のいとこたちのクリスマス会が中止になった。その後、姉は年末に神社へゆき除霊をしてもらい、まだ気持が悪いので車も買い替えることになった。ちなみに姉は亥《い》年である。だがそんな話はどうでもよかった。西主任が理解したのは要するに、いとこたちと言うからには、むろん姉にも、彼女じしんにも子供がいるという事実だった。

今夜、彼女の家に誘われることはあり得ないだろう。もしあり得ても喜んでは行きたくない。娘か息子が留守番しているのだ。西主任は冷静をよそおい、すっかり冷めたコーヒーに口をつけてこう思った。さっきまで持続していた淡い恋愛のようなもの、ほの甘い期待はもう消えてしまった。そしてここから、彼女に子供がいることを知らされた今夜ここから、恋愛そのものが始まり、俺はやっかいごとに足を踏み入れることになるのかもしれないと思った。

＊「きらら」2007.5

帰宅

週末の夜、西主任は駅から自宅までの道のりを歩いた。時刻は十一時近い。普段ならそのくらい遅くなるとタクシーを使うところだが、少し時間をかけて考え事がしたかった。

初めてデートらしいデートをした相手の女に幼い娘がいることを告げられた。ふたりで食事をして、コーヒーを飲み、身の上話を聞かされる、起きたことはただそれだけなのに、今夜、突発的に、否応《いやおう》なしの人間関係に搦《から》め取られたようにも感じていた。今朝まではなかった結び目のようなものが心にある。自宅に着くまでにできればその気持をほぐしておきたかったし、途中のコンビニで焼酎も買いたかった。

コンビニで代金を支払い、財布をポケットに戻したとき西主任は贈り物のピアスのことを考えていた。その小さな包みは上着の内ポケットに入ったままだ。昨年のクリスマスプレゼント用に買ったのだが、相手の都合で年内には会えなくなった。では今夜、と思って持って出てはみたものの、クリスマスから時間が経過しているし、自然に渡すタイミングが見つからない。そのうちに女が娘の話をはじめたのだ。娘の話を聞いた晩に贈り物などしてしまえば、自分から好んでやっかいごとの中に飛びこむようなものだろう、と駅で別れる直前まで慎重になっていたような気がする。だが結局、渡さなくてもこうやってピアスのことで頭を悩ませているのだし、これがすでに恋愛のやっかいごとに飛びこんでしまっている証拠なのかもしれない、とも西主任は考え、ビニール袋を提げてコンビニの外へ出た。

外へ出たとたん目の前の歩道を自転車が横切った。ハンドルの前にカゴの付いたママチャリと呼ばれるような自転車。滑らかなスピードに髪をなびかせていたのは女だった。横顔に見覚えがあるな、と西主任は思い、自転車が走り去った方向へ自分も何歩か歩き出してから、妻に似ている、と気づいた。だが顔を見たのはたったの一秒で言い切る自信はない。だいいち別居中の妻がこんなところでこんな時間に何のために自転車に乗っているのだ。

五分ほどのちに判明したのだが、それはやはり妻だった。自宅前の街灯に照らされた無人の自転車が目に入り、西主任が身構えて立ち止まると同時に、携帯電話が鳴り出した。開くと妻の名前が表示されている。門の中からかけているのだろう。どんな理由での突然の帰宅なのか、わずかにだが好奇心が頭をもたげるのを感じながら、西主任は自宅の門へ歩いて行った。今夜、もうひとつ女の身の上話を聞かされることになる。

＊「きらら」2007.7

提案

別居してもうずいぶん時間がたつのに、いまだにその先の段階にあなたが進もうとしないのは、それはたぶん心の底では離婚を望んでいないからだろう、と妻は理屈をつけた。西主任はおとなしく聞いていた。本当のところは、書類を揃えたり文字を書き込んだりの事務手続きが自分では面倒なだけで、きみのほうからさっさと動いてくれるのを待っていただけだ、と言い返したかったのだが。

深夜零時を過ぎてふたりは台所の食卓にいた。妻は「シャット・ザ・ボックス」というゲームを進めるためにサイコロを振りながら喋っていた。そのゲームは別居後、西主任がネットで買い求めたものでいまは常に食卓の端に置いてある。木箱の内部に1から9までの数字を記した木片が取り付けてあり、二個のサイコロを振って出た目の数の木片を裏返していく。全部裏返しにできればあがり、でもそれが簡単ではないので、独りの夜の時間つぶしには最適である。久しぶりに帰宅した妻はまず、想像したよりも台所が片づいていると感想をつぶやき、それからゲームに目を止めて、手持ちぶさたにサイコロを握った。だが西主任に言わせれば、台所はむしろ妻が出ていったときよりも片づいているはずだった。休日の午後には流しまわりを磨くのが独り暮らしの習慣になっている。

正直な話、私もまだ離婚の決心はつかない、と妻が言い、またサイコロを振った。ふたりでローンを払い続けてきたこの家のこともあるしね。だからその話は今夜はよしましょう。そのかわり、一つお願いがあるの。表を見せて残った木片は1と7と8で、二個のサイコロの目の合計は9だった。妻は1と8を裏返してから、お願い事の内容を説明した。

「別にいいよね？」話を終えた妻はもう決めてかかっていた。「この家の権利は半分私にあるんだし。受け入れてくれるわね？」

いいわけがない。迷惑だ、と西主任は思ったが、すぐには返事をしなかった。

「だって去年のクリスマスには一晩泊めてあげたんでしょう？　私に黙って。一週間だって一カ月だって同じことじゃないの」

借金を背負って夫が行方不明になり、ふたりの子供を連れて行き場を失った女。妻の元同僚。一晩の宿を提供するのと一カ月同居するのが同じことであるわけがない。他に手段はないのか？　という質問を西主任は口にしようとして抑えた。質問すればこの話は断れなくなる、そんな気がしたからだ。妻がまた二つのサイコロを振り、3と4の目を出した。カタリと音をたてて7の木片が裏返った。あがりだ。妻が木箱の蓋を閉じた。ね、同じことよね？　と投げやりな口調でくり返した。

＊「きらら」2007.9

同居

その晩ふたりは一と月ぶりに会って食事をした。ほぼ毎日メールのやりとりをしているので、顔を見るのは一と月ぶりでもよそよそしい空気にはならない。むしろ相手との距離が以前よりずっとちぢまった感覚がある。メールを読み書きしながら次第に会いたさが募っていたのだと西主任は思った。たぶん、おたがいに。

その食事の席で、彼女の誕生日が来月だということを知った。西主任はすぐに贈り物のピアスのことを考えた。昨年のクリスマスイブに約束をすっぽかされて渡しそこね、先月のデートでは渡すタイミングを逃したピアス。とうとうあれの出番だ。あれをあのまま誕生日のプレゼントに流用できる。そんな都合の良いことを考えて密《ひそ》かに喜んでいたせいで、西主任の心に油断が生じ、大事な相手の発言を上の空で聞いてしまった。こんどおうちに遊びに行ってもいいですか？

「うちに？」と聞き返した西主任の表情がよほど間抜けに見えたのか、彼女は料理の皿に目をそらした。

女を相手にして聞き返すべきことと聞き返すべきではないことがある。西主任は悔やんだ。彼女は俺が離婚してひとり暮らしだと思っている。実際のところ妻とは別居中なのだが、すでに離婚が成立していると彼女は思い込んでいる。思い込ませたのは俺が書いた嘘のメールのせいだが、それはまあいい。いずれ離婚は成立するだろう。嘘は嘘でなくなる。だがいまはもう一つ、彼女に隠し事がある。うちに居候がいることだ。それも三十代の女性と幼い子供ふたり。

別居中の妻に頼まれて、というより押し切られて、赤の他人との同居が始まったといういきさつは説明すれば長くなる。またどう説明しても世間には通用しにくいだろう。幼い子供を抱えた母親はうちで寝起きしながら、借金取りに追われて逃亡中の夫からの連絡を待っている。必ず連絡が来ると信じている。もし連絡が来ればそのときが、親子三人がうちを出てゆき、俺が晴れてひとり暮らしに戻れるときなのだが。

「うちに来てくれるなら歓迎するよ」苦しまぎれに西主任は口走った。「よかったら来月、君の誕生祝いをうちでやらないか？」

親子三人が居ついて一と月近くになる。彼女の誕生日まではもう一と月。それまでに行方知れずの夫から妻に連絡が来ればいい。もし来なければ、そのときが、この件のいきさつを長々と説明し、まだ離婚していない妻のことも含めて、彼女に対して何もかもを正直に語るときだと西主任は思った。

*「きらら」2007.11

就職

日曜日の午後、西主任は自宅からほど近い公園にいた。日没までにはまだ時間があるが、空は薄い雲におおわれて光は差して来ない。ただ風がまったくないので寒さも感じなかった。

西主任がすわっているベンチの足もとには枯葉が溜まっていた。園内にはいたるところに枯葉が落ちていて、周囲に植わっている樹木はすでに裸も同然だった。だがその中に二本だけ、隣り合って立っている幹のまっすぐな木があり鮮やかな山吹色の葉を繁《しげ》らせている。まるでそこだけ人工的に着色をして飾り付けたような風景に見える。それが天然の黄葉した葉の色だということをそばへ行って確かめてみたいのだが、そちらのベンチには若い母親のグループがかたまっていて子供たちを遊ばせている。西主任は隣にちらりと目をやり、彼女たちのほうから見ればこちらも親子連れに見えるのだろうと思った。

西主任の隣では着ぶくれした男の子が両手でゲーム機をいじっていた。公園に来てずいぶん時間が経《た》つが、たがいに一言も喋らない。おそらく他人の目に自分はこの子供の無口な父親に映るだろう。別居中の妻の頼みを断りきれず、ふたりの子持ちの女友達を自宅に居候させてもう一と月以上になる。その女の無口な息子といまここにすわっているなどとは誰も想像しないだろう。

「おじさん」子供がゲーム機から顔をあげた。「いま何時」

西主任は腕時計を見て時刻を教えた。まもなくこの子供の母親はここに現れるはずだ。下の子の手を引いて。そしてうまくまとまった就職の報告をするだろう。今週まで週に二日の約束で手伝っていた居酒屋。そこの主人に懇願され、十二月からは店休日以外は毎日働くことになる。時給もあげてくれるし、夜間預かりの保育園も紹介して貰える。もともと金に困っている女だから、よかったですね、と温和な顔で応じるしかない。

別居中の妻との離婚話は進捗しない。交際をはじめた女との関係は停滞している。しかも赤の他人の親子三人が自宅に同居したままだ。こんな不自然な、出口の見えない窮屈な生活がいつまで続いていくのだろう？　西主任はベンチから腰をあげた。子供には声をかけずに山吹色の樹木のほうへ向かって歩きだした。ひとりで足早に歩いてくる男に気づくと、ベンチの女たちがにわかに身構え、顔を見合わせた。だが西主任は歩調を緩めなかった。子供の母親が現れて、来月からの仕事や今夜の夕飯の献立の話になる前に、ぜひともあの天然の黄葉の色を、樹木の下に立ってこの目で確かめたいと思った。

＊「きらら」2008.1

現実

近い将来じゅうぶんに起こり得ること、蓋然性の高い状況をシミュレーションするときに、わざわざその形をいびつにして、白昼夢のように見てしまう癖が西主任にはあって、その日の朝はこういう場面をひそかに恐れていた。

自宅の台所、食卓にふたりの女がついている。西主任が手のひらを向けて紹介する。「こちら中林《なかばやし》さん。妻の友人で、いま事情があってうちに同居している、子供ふたりと一緒に。こちらは正木《まさき》さん、僕の彼女、今日は誕生日なのでうちに招待した、おめでとう正木さん」「彼女？」と中林さんがすぐに言い、「別れた奥さんのお友達？」と正木さんが言う。「別れた奥さんはないでしょう、まだ離婚前だし。りっぱな不倫じゃない」と中林さん。「えっ？」と正木さんが驚く。「前の奥さんとは正式に離婚したんじゃなかったの？　ね、そう言ったよね？」「いや、そうは言ってない、君がそう思いこんだだけで」「なにそれ」「あなたは騙《だま》されてるのよ西さんに、ひどい男ね」「ひどい！」

その日の午後、西主任は正木さんを駅に出迎えた。予定通りである。誕生日のケーキはすでに手配済みで、夕食の鍋の材料は一緒に買物しようとメールで打ち合わせてある。正木さんが作る鶏肉《とりにく》のつみれ鍋。残る問題は、駅まで連れてきた中林さんの上の息子だった。この無口な少年をどう紹介すればいいのか決心がつかない。中林さんは居酒屋のバイトだし、下の子は保育園。話せば長くなる話を一から十まで正直に打ち明ける必要はないのかもしれない。親戚の子を今日だけ預かってるとか、おざなりの言い訳でよくはないか。

「こんにちは」正木さんが笑顔で腰をかがめ少年に声をかけた。「お名前は？」

返事はない。この子の話はあとで、と西主任が言いかけたときいきなり少年が口をひらいて、パパ、と声をあげた。腰をかがめた正木さんの身体はかたまったようだった。西主任は少年の視線を追い、駅出口の人込みに目をやって、一瞬にして事情を理解した。少年の呼び声に立ち止まる人は誰もいない。おそらく通行人に父親の面影を見て、よく似た顔を人違いして思わず声をあげたのだろう。パパじゃない、パパはここにはいない、と西主任は少年に言い聞かせた。

それから腹をくくり、正木さんの目を見て、つみれ鍋の買物の前に話があると言った。少々こみいった話で、長くなる。その真剣な表情に何か感じるものがあったのか、正木さんはさきほど子供にむけたのと同じ笑顔で、素直にうなずいてみせた。

＊「きらら」2008.3

別れ

独身だと思ってつきあっていた男に妻がいて、その妻とは別居中だが、男の家には妻の元同僚だとかいう得体の知れない女が幼い子供をふたり連れて同居している。初めて男の家に招待された日に、降り立った駅で、突然そんな複雑な事実をつきつけられれば頭が混乱してとうぜんだろう。もし逆の立場に置かれたら自分だってそうすると西主任は思ったので、帰りの電車に乗る正木さんを引き止めることはできなかった。

悪いことをしたという思いよりも、この複雑な状況を打開できないでいる自分への苛立《いらだ》ちがさきにある。駅で別れたあと西主任はしぶしぶファミレスに入り、同居している中林さんの息子にそこで食事をさせてから帰宅した。途中、コンビニに寄って焼酎の五合ビンを調達し、子供にはアイスクリームを買い与えた。

帰ってみると中林さんが台所の食卓にいて、下の子と一緒に卵かけご飯を食べていた。即席の豆腐のみそ汁を溶いたお椀《わん》があるだけでほかにおかずは一品もない。居酒屋のバイトは早退したのだという。すいません、帰るまえに連絡しようと思ったんだけど、と中林さんは言い訳し、食卓の上の携帯電話に目をやった。「いつかかってくるかもしれないから」

その台詞を聞き流して西主任は自分の部屋にこもり、しばらくして風呂に入った。長めに湯船につかり、瞑想《めいそう》して苛立ちをしずめ、台所に行くと中林さんがまだいた。ひとりで食卓についている。食器は片づけられて食卓には携帯電話だけが載っている。焼酎の水割りを作っているときに西主任はふいに気づいた。

「旦那さんから電話がかかってくる？」

中林さんは直接質問には答えずに片手で携帯電話に触れ、僅かに位置をずらした。その指先が震えているのが明らかに見て取れた。この女は夫からの連絡を待ち望んでいるのか、恐れているのか？

「西さん、お世話になりました」

「どうして今夜電話がかかってくるとわかるのかな？」

「わかるんです」

その夜遅くに電話はかかってきた。食卓をはさんで中林さんと向かい合い、水割りを飲みながら西主任は着信音を聞いた。借金取りから逃げ回っている夫が妻子を迎えに来る。真夜中に。家族四人でどこへ行くあてがあるのだろう？　電話のやりとりは短かった。

「行くんですか」と西主任は言った。それだけしか言えなかった。

「子供を起こさないと」

中林さんが立ちあがったが、西主任はグラスを握ったまま椅子を動かなかった。

＊「きらら」2008.5

離婚

五月の連休中に妻が訪ねてきて離婚話になった。法的な手続きの話だ。前もって携帯電話にメールが入っていたので西主任はいささかも慌てなかった。

以前ふたりで暮らしていたときの習慣に従い、台所で向かい合って話をした。テーブルの上に、妻は持参した封筒を二つ置き、西主任はその中身をあらためた。一つは離婚届の用紙で、すでに妻の名前が記入済みだった。もう一つの封筒にも同じ書式の離婚届が入っていて、そちらには見知らぬ男の名前が記されている。つまりどちらも離婚相手の署名欄が空白のままだ。西主任はすこし考えて、きみがいま同棲しているバスの運転手には妻がいたのか？　という驚きをのみこんだ。いまさらそんな質問をしてどうなるものでもない。

「必要な手続きは全部あたしがやった。この家の売却だってあたしが掛け合って決めた。あなたも離婚を望んでるんでしょう？　だったら一つくらい、面倒を引き受けるべきだと思わない？」

「彼が自分で行くべきだ」

「連休が取れないの、あなたと違って」

「じゃあ郵送しろ」

「だめ。直接会って判をついて貰わないと。誰か信用できる人間にむこうへ行って持ち帰って貰わないと」

「まともじゃない」

西主任は椅子を立ち、冷蔵庫の氷をグラスに放り込んで焼酎のオンザロックを作り、ふたたび定位置に戻った。

「憶えてる？　あたしたちが出会ったときのこと」

　いきなり妻は何を言い出すのだろう？　と西主任は思った。

「あたしたちはいつ落ちるかわからない飛行機に乗っていた」

　そうだ、誰かがわけのわからぬ不吉な予言をした飛行機にふたりは乗り合わせた。もとをたどればこの話はそこから始まっている。

「でもあなたは絶対に落ちないと言い切った。あたしの気をそらすために百人一首を暗唱できると言ってほんとうにやってみせた。福岡に着くまでに百首、ゆっくりと、飛行機が揺れても眉ひとつ動かさずに。いま思えばまともじゃなかった。とても頼もしく思えたけど、あのときから、あなたはまともな人間じゃなかった」

　西主任は冷えた焼酎を口にふくみ、またすこし考えた。

「福岡行きの便をもう予約してある」と妻が追い討ちをかけた。「あのひとの奥さんはいま九州にいるの」

　妻が帰ったあと、西主任はもう考えるのをやめた。何がまともで何がまともではないのかという難問のことだ。

　翌朝、電車で羽田へむかった。

＊「きらら」2008.7

単行本『正午派』あとがき

二〇〇七年の初夏、刷り上がったばかりの文庫版『side B』の見本を土産に、小学館の若手編集者がふたり佐世保を訪れた。喜んで迎えるべきところだが、僕は病み上がりで元気がなかった。出版祝いの小宴も盛り上がりに欠け、二軒目の店でそろそろお開きかなという頃になって、編集者のひとりがこう言った。正午さん、来年の秋で二十五年ですね。うん？　と聞き返すと、『永遠の1／2』が新人賞を貰ってから二十五年目だという話だった。二十五年といえばひとつの節目ですよと彼は言った。どんな節目なのかよくわからないけれど、そうか、時が経つのは早いね、と僕は平凡な感想を述べた。するともうひとりの編集者が言った。じゃあその節目の年にムック本を作りませんか。これも聞き返してみると、写真入りで二十五年の足跡をまとめた本を作りませんかとの提案だった。いいね、と僕は答えた。佐藤正午写真集か。いや写真集じゃなくてムックですよ。どっちにしてもこの話に現実味はなかった。年長の作家を励ますためにふたりで未来にむけた話をしてくれている、そんな気配が濃厚だった。前年の秋、こちらの勝手で連載小説を二つ中断したまま時間が経っていた。体調と相談して、一つ一つ修復していくしかないので、まず『アンダーリポート』から取りかかる予定だった。続きを書きたい気持ちは戻っていたけれど、果たして書き続けられるのか、また途中で投げ出してしまうのではないかと微《かす》かな不安が残っていた。書き続けないことには、作家として二十五年目があるのかどうかすら疑問だった。

翌年、ふたりが再び佐世保にやって来たとき、『アンダーリポート』はすでに刊行され、連載を再開した『身の上話』も順調に書き進んでいた。彼らは挨拶もそこそこに、去年の話を蒸し返した。ところで例のムックの件ですが。まだ憶えてたのか、とちょっと意外な気はしたものの、この時点でも現実味はあまり感じられなかった。ああ、例の写真集の件ね、と僕は答えた。でも今年が二十五年目だったよね、年内の出版は無理なんじゃないの？　いいえ、その点はだいじょうぶです、と編集者は屁理屈《へりくつ》を用意していた。『永遠の1／2』の単行本の出版から数えれば、来年二〇〇九年こそが二十五年目になります。ああそう、と言うしかなかった。写真のほかに、年譜を作成し、これまで本になっていない原稿を洗い出し、巻末にロングインタビューを収録するという案が出された。佐藤正午のロングインタビューなんて誰が読みたいと思うだろう？　と僕はいちおう謙虚な姿勢に出た。そうですね、じゃあ、そこを一緒に考えましょう、と言い返されて、その晩考えることになった。ああでもない、こうでもない、と考えを出し合いながら午前三時過ぎまでかかって『正午派』のタイトルが決まり、あとはロングインタビューの大まかな案が固まった。インタビューアーと僕は顔を合わせず、最初から最後までメールで質問・回答のやりとりをする。ちょっといままでにないインタビューになりますよと編集者が口を揃え、もし実現すればね、と僕は心の中で思った。

二〇〇九年に入り、そのインタビューが開始された。メールを書くのに質問する側も回答する側もひどく手間がかかり、そもそも頭にロングの付いたインタビューだから一ヶ月や二ヶ月で片づく仕事ではないのだとじきに判明した。すったもんだあった挙句、これはこれで『ロングインタビュー』と題して別の本を作りませんかと編集者が言い出した。文句はなかった。ただ未決の仕事が増えるだけだ。その頃には『身の上話』の連載も無事終了していた。二年前には、この小説さえ書き上げれば思い残しはないと考えていた。未決箱のなかは空になって、もう楽になれる。ところがそうはいかないのだ。まもなく『正午派』の年譜が出来あがってきた。編集者の本気が伝わる年譜だった。これを作成中に感じたんですけど、と電話で彼は言った。正午さん、働き者ですね、もっと怠けてる作家かと思ってたんですけど、ほんとにいろんなものいろんなとこに書かれてますね。働き者でなければ、二十五年も物書きを生業《なりわい》にしてやって来られるわけがないと僕は思った。そう思いながら立派な年譜を読み返し、プロローグを含めて6つの章に分けられた時代、万年筆からiMacまでの記憶をたどり、それぞれの扉に文章を書いた。書いているうちに、感謝と恨みと入り混じった編集者への思いが渦を巻いた。自分からなりたくて働き者の作家になったわけじゃない。こんどこそ楽になれる、という期待は、ことごとく彼らによって裏切られてきた。年がら年中、来年の話をしているのが編集者だ。この本の年譜は二〇〇九年で終わっても、まだその先がある。傍らにはロングインタビューの連載が控えている。気がつくと僕はすでに年譜の現在を通り過ぎて仕事に精を出している。思えば二十五年前、最初の編集者と向かい合ったときからそれはおなじだった。いつどんなときでも、まだ書かれていない次作の話をしたがるのが編集者だ。新人に年譜の未来をもたらす編集者がいて、時が経ち、年長の作家にさらに先の未来をせっせと運んでくる編集者がいて、そのようにして働き者の人生は続いていく。いま二〇〇九年、十月。佐藤正午

53-58

2009-2013

2004年に創刊された月刊誌『きらら』で、「携帯メール小説大賞」なるものの選考委員を５年務め、それが終わるとすぐ「ロングインタビュー」の連載に入り、そして次はそれを中断して『鳩の撃退法』を書き始めた。さながら『きらら』専属作家のような仕事ぶりで、特に『鳩の撃退法』の連載開始から終了までまる３年はこの雑誌のおかげで食べていけた。３年ものあいだ、生活に困らぬ原稿料が支払われ、心ゆくまで長編小説を書かせてもらえる、そんな場所が『きらら』以外にあったとは思えない。有り難みは、執筆中にも実感していた。いまも心にとどめている。

2009

2 『幼なじみ』刊行（岩波書店／画：牛尾篤）※書き下ろし

3 『豚を盗む』刊行（光文社文庫）

5 『オトナの片思い』刊行（共著／ハルキ文庫）※「真心」所収

7 『身の上話』刊行（光文社）

8 ◎ロングインタビュー 小説のつくり方 連載開始（〜11・7）「きらら」

→『書くインタビュー 1〜2』

11 『正午派』刊行（小学館）

●ブルー

→『正午派』※カバー裏書き下ろし、『アンダーリポート／ブルー』

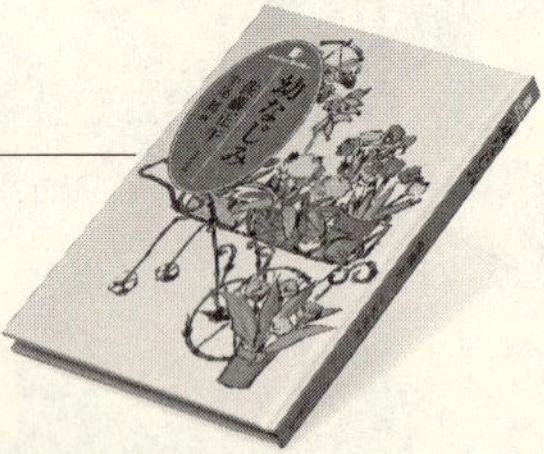

幼なじみ

豚を盗む

正午派

身の上話

2010

1　『5』刊行（角川文庫）

6　●ダンスホール（前編）「小説宝石」→『ダンスホール』

8　●ダンスホール（後編）「小説宝石」→『ダンスホール』

11　『作家の手紙』刊行（共著／角川文庫）※「友人に離婚を知らせる手紙」所収

5

2010年の年末、雪が降る佐世保の繁華街を歩く（写真左、後姿）

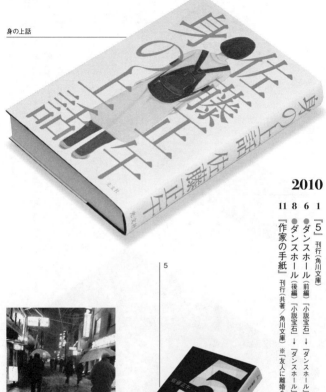

2011

1　『アンダーリポート』刊行（集英社文庫）
6　『ダンスホール』刊行（光文社）
8　●鳩の撃退法　連載開始（〜14・7）「きらら」→『鳩の撃退法』
9　『事の次第』刊行（小学館文庫／解説：東根ユミ）
11　『身の上話』刊行（光文社文庫／解説：池上冬樹）

アンダーリポート

事の次第

身の上話

ダンスホール

2012

3　『きみは誤解している』刊行（小学館文庫／解説：坂本政謙／新装版解説：三橋暁）

5　☆映画「彼女について知ることのすべて」公開（出演：笹峯愛、三浦誠己ほか／監督：井土紀州）

12　『人参倶楽部』刊行（光文社文庫／解説：重里徹也）

◎文芸的読書「yomyom」

↓「小説家の四季」『つまらないものですが。エッセイ・コレクションⅢ』

きみは誤解している

人参倶楽部

2013

1　『カップルズ』刊行（小学館文庫／解説：佐藤剛）

☆ドラマ「書店員ミチルの身の上話」（原作『身の上話』）放送開始（出演：戸田恵梨香、高良健吾ほか）

11　『ダンスホール』刊行（光文社文庫／解説：池上冬樹）

※表題作に「愛の力を敬え」「空も飛べるはず」「ピーチメルバ」「真心」を追加

ダンスホール

カップルズ

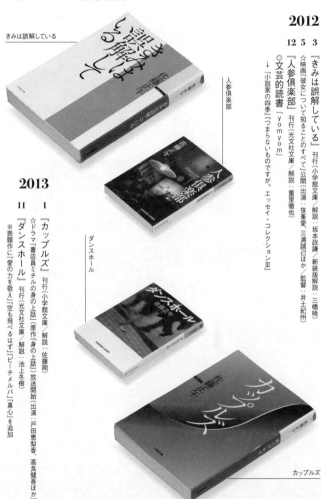

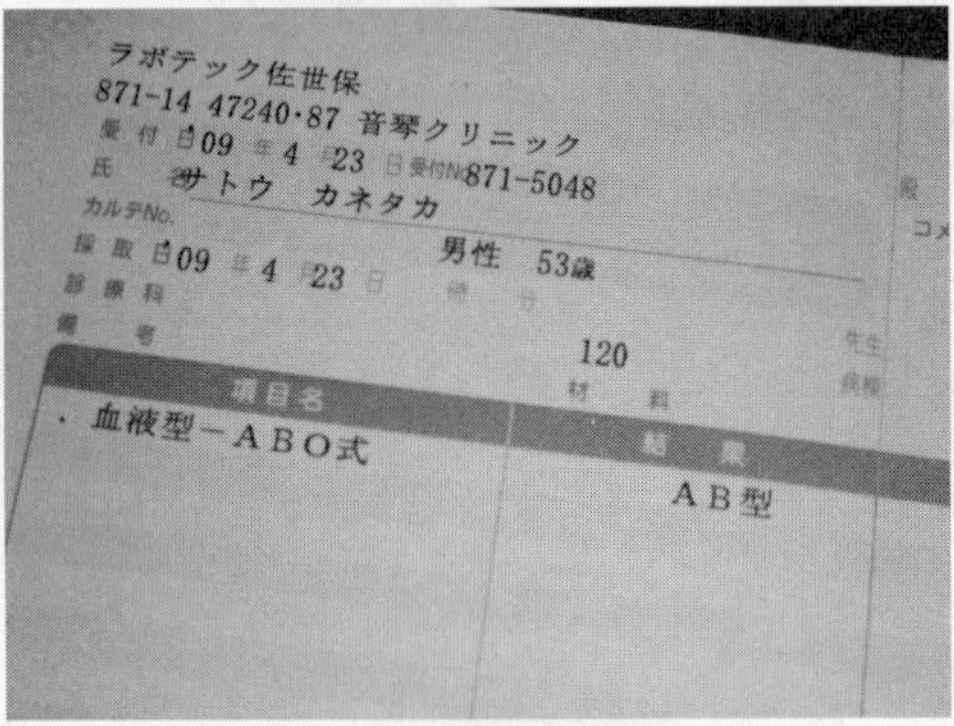
ラボテック佐世保
871-14 47240・87 音琴クリニック
09 4 23 871-5048
サトウ カネタカ
カルテNo.
09 4 23
男性 53歳
120
項目名
血液型－ABO式
AB型

携帯メール小説大賞〈選評〉

＊2004年から足かけ6年にわたり毎月、月間賞として「佐藤正午賞」を選出。
もう一人の選考委員・盛田隆二氏とともに半年に一度、
月間賞受賞作（「盛田隆二賞」を含む）のなかから「グランプリ」を選出した。
受賞者名は本書編纂時現在のプライバシーを考慮し、すべてイニシャルとしました。

第1回佐藤正午賞「内緒。」M

エッチな仕事をしている女の子に、僕みたいな男はよく、なんでこんなことしてるの？　と聞きたがるものですが、聞くだけ無駄だな、とこの作品を読むと思います。あと、主人公は何がきっかけでエッチな仕事を始めたのか、というようなストーリーをよく、僕みたいな小説家は考えたがるものですが、それも考えるだけ無駄だな、と思います。とにかく無駄という無駄がはぶかれていて、スリムな人生観と小説観が伝わってくる作品、だと思います。

＊「きらら」2004.7

第2回佐藤正午賞「メールに願いを」MS

起承転結の明確なストーリーを書こうとすると、短すぎて、小説というよりも小説のあら筋に見えてしまう。それが携帯メール小説の困ったとこです。やってみるとわかります。でも携帯メール小説はまだ始まったばかりだし、今後の展開はすべて未知数です。たとえば、小説の、映画の、完璧なあら筋としての小説をめざす、という方向性だって考えられます。で、今回はその可能性の一つ、起承転結のお手本のような作品「メールに願いを」を選びました。

＊「きらら」2004.8

第3回佐藤正午賞「ひがんばな」NM

ひとりの男と自殺したその恋人を主な登場人物とする長編小説があったとします。で、そこから余分なものを捨てていって残ったのがこの作品という見方ができます。広い屋敷から1DKへの引っ越しみたいなものです。最低限、これだけあれば生活できるんじゃないか、という発見で成立しています。もっと過激に捨てればホームレスですね。たとえば長編小説の本文を全部削り、章のタイトルだけ並べる。それでも生きていけるかもしれません。

＊「きらら」2004.9

第4回佐藤正午賞「台風コロッケ」MA

率直に言うと、この作品のどこがどういいのかはよく判《わか》りません。でも他の作品の中に置いてみると、これが断然目立つのは確かです。それは他がそろって同じ方向を向いて頑張っているのに、ひとりだけ列を離れてよそ見しているような目立ち方です。もちろん最後は頑張った人の勝《か》ちです。勝ちだろうと思います。ただ、僕はこういう、変わり種タイプにどうしても魅《ひ》かれてしまうので、今回は他の頑張りを捨てることにしました。

＊「きらら」2004.10

第5回佐藤正午賞「うなずく」HK

この作品はまず、自分の意見を持てない人の不幸を描いていると読めます。不幸を描いた小説のパロディという感触もあります。それから、あらゆる立場のあらゆる意見が正しい、とすれば、これこそはというものは一つもない、つまりニヒリズムを描いているとも読めます。大げさでしょうか？　あと、僕にはこれが、普通の人の普通の一生を予言しているとも読めます。こんなふうに現に生きているし、生きていくだろうし、死ぬだろう、あなたや僕の未来の不吉な姿ということです。

＊「きらら」2004.11

第6回佐藤正午賞「おでん」MK

最後の一行に落ちというか仕掛けがあるわけですが、あまり効いていません。読み終わって、平凡、と思う人もいるかもしれません。でも欠点がなければ傑作で、そんな小説があなたや僕にそうやすやすと書けるわけがないのです。最後の一行にいたるまでの、全体がいわば伏線になっているわけですが、その伏線の張り方が用意周到ですす。手を抜かずに、急がずに、辛抱強く、慎重に、丁寧に、きっちり書き込んでありますす。なかなか出来ないことだと思います。

＊「きらら」2004.12

グランプリ04「異形ポルノ」SY

グランプリに決まった「異形ポルノ」については特に言うことはありません。タイトルといい内容といい、たぶん、わかる人だけついてこいという高みをめざした作品のような気がするので、わかる人たちがたくさんほめてくれるでしょう。おめでとうございました。

僕がこの半年でいちばん印象に残っているのは、やはり一回目、最初に月間賞に選んだ「内緒。」という作品です。これは内緒にする必要のないことを内緒にしてしまう、逆に言えば、内緒にしたほうがいいことを内緒にはしない女の子の話でした。そういう変な話がとても短い文字数でまとめてありました。その短さにも好感が持てたし、もしこんなメールが携帯電話に送信されてきたら、とりあえず読んで、読んだあとに胸騒ぎがするので、思わずひとことふたこと返信を書いてしまうだろう、そんな感じの作品でした。第一回目の記念として、記憶にとどめたいと思います。

＊「きらら」2005.1

第7回佐藤正午賞「ポジティブ!」AY

以前「うなずく」という作品を月間賞に選びましたが、それと今回は好対照です。あの主人公はいわばネガティブでこっちはタイトル通りポジティブ。どちらでも、あるいはどんな生き方でも、書き方しだいで面白くなるということですね。だから僕は必ずしもこの「私」のポジティブな姿勢に共感するわけではありません。要は表現です。たとえば、勇ましくという形容詞を、ごみ出しに用いたのはたぶん日本語の小説で初の試みじゃないでしょうか。

＊「きらら」2005.1

第8回佐藤正午賞「彼女が彼女に還るとき」HW

今回は忙しくて選ぶのが面倒なのであみだくじで決めました。冗談です。不謹慎でたちの悪い冗談ですが、この作品にはそういうのとは違う、そこはかとないユーモアがあります。それが夫の、自分の妻に対する、もしくは自分自身に対する「諦め」の気分とともに、程よい室温の空気になってただよっています。後半の真面目くさった理屈のあたりが、もう少しどうにか書きようがないかなとも思いますが、僕だって、人のことが言えた義理じゃないので、これを選びました。

＊「きらら」2005.2

第9回佐藤正午賞「いつもの微妙な話」ＹＭ

現実にこういう、女のひとの仕事場での愚痴、というか観察は百万回くらい聞かされたことがあります。聞くたびに面白いです。おおむね女のひとは辛辣で、言葉づかいが奔放で、笑わせてくれます。でもその話を口で喋《しゃべ》ることと、文字で書くことは別だと思うのです。話し言葉を書き言葉に置き換えるのはとても面倒な作業だと思うのです。この作品ではそれがさらっと成し遂げられています。親しい女性から、こんなメールが毎日送られてきたらいうことないですね。

＊「きらら」2005.3

第10回佐藤正午賞「幸運の蛇」ＨＲ

すました顔でほら話を一つするのが狙いなら、この作品は結末を「ネックレスにして毎日使っている」で締めるべきで、あとは蛇足かもと思うのですが、まあ人それぞれ意見は別れるかもしれません。とにかくこういう嘘《うそ》のつき方には共感します。同様に佳作になった「仕事」という作品のとぼけた嘘にも共感します。読みくらべて、そっちのほうが断然面白いという人もいるでしょう。いて当然ですが、僕はこっちの、より洗練された嘘へのチャレンジを選びました。

＊「きらら」2005.4

第11回佐藤正午賞「海千山千」TY

読めば面白い作品なので、何も言う必要はないのですが、それじゃ選評にならないから義務を果たします。たとえば、作品中、六人の人物について言及されますが名前が出てくるのは二人だけです。ミキとタモツ。もちろん考えて書いてあるのでしょう。これ以外の選択はあり得ない、と思えるくらい自然ですね。あと、僕を含めてみなさんが苦戦しているのは、小説の終わらせ方だと思うのですが、そこも軽くクリアしています。汗ひとつかかずに、結末の三行はそんな印象です。

＊「きらら」2005.5

第12回佐藤正午賞「どこにもない世界」IT

今回は佳作になった中にいくつも捨て難い作品があります。それぞれが（僕に）驚きをもたらす一行の文、一語を持っていて、全体としては、僕ならここは削るな、みたいな余地を残しています。つまりでこぼこがあります。「どこにもない世界」にはそれがありません。一行、一語は標準です。つまり僕にも書けます。でもどこも削れません。誰にでも書けそうな文が集まって、なめらかな玉のような形を見せてくれます。そのことがとても貴重に思えたのでこれを選びました。

＊「きらら」2005.6

グランプリ05「どこにもない世界」IT

千文字以内の散文だから、手紙や日記はもちろん、旅行ガイドでも人生相談でも、取扱説明書でもコントの台本でも、ニュース原稿でも本の書評でも、書くのはこっちの自由だと考えられるし、事実いま僕は考えているわけですが、毎月毎月候補作を読み続けて、一年経《た》って、そういう発想が現れないのが一つの疑問です。他と同じ手を使いたくない、他と違うことに不安よりも喜びを（たとえ独りよがりでも）感じる、世間で小説家と呼ばれる人にはむしろそういう傾向があるように思うのです。

でもみんな小説を書いてます。一つだけ、「海千山千」がドラマの一場面の切り取りふうというか、独特の発想の気配が感じ取れて、僕は一番面白く読みました。一番面白く読んだのに一番にしなかったのは、みんな小説を書いてる中で、もう、最近あたし枝毛多くて困っちゃう、みたいな自分の手入れの悪さが原因の文章を数多く読まされた中で、断然、「どこにもない世界」の文章は櫛《くし》で梳《と》かされて整っているからです。仮に、でも文章が整ってるだけ、それだけじゃん、と言う人がいたら、じゃあ、それだけの文章をおまえも一回書いて見せてみろ、とIさんになりかわって僕が答えます。おめでとうございました。

＊「きらら」2005.7

第13回佐藤正午賞「握力」K

ラストの一行、二つの文を最初読んだときは、何だこれ？　と狐《きつね》につままれたように思ったのですが、その前の段落までは、女子高生の一日の始まり、毎朝の儀式というか日常がよく伝わってくるし、「駅に着いた。」は着かないのもありかもしれないのにやっぱり今日も着いた、いつもの駅に、という意味だろうし、最後の文は、そういう、いつまでくり返されるかわからない十七歳の、尊い「朝」へむけての挨拶になっている、と読み直して、納得できたのでこれを選びました。

＊「きらら」2005.7

第14回佐藤正午賞「膝」OM

十円はげ一族の長、としての祖母の話と、「お年寄りを大切に」的な心優しいイメージの中の祖母の話と、どっちが読みたいかというと後者は誰だって知ってるので前者に決まっているのですが、これはどっちつかずで、タイトルをわざわざ「膝」にしてあるのも僕にはよく理解できません。でも一番面白かったのでこれを選びます。一番面白かったというのは文句なしに面白いという意味ではなくて、他の候補作にくらべればまだ面白い、くらいの意味です。

＊「きらら」2005.8

第15回佐藤正午賞「鈴本ユカさんの小さな幸せ」ＡＫ

とてもいい気持で読み終えました。珍しいことです。鈴本ユカさんの容姿、年齢、家族構成、具体的なことは何も書いてないのに、彼女がいまもそこにいて、安らかな寝顔が見えるような気がします。この語り口は、テレビドラマやアニメでときどき入る客観的なナレーションと似ているようで、でもナレーターと彼女の距離はもっと伸び縮みがきいていて、その自在さが気持いいのかもしれません。鈴本ユカさんの小さな不幸せとかもぜひ読んでみたいと思います。

＊「きらら」2005.9

第16回佐藤正午賞「初盆」Ｈ

候補作を読んですぐに一つにしぼれるときもあるし、何回読み返しても決められなくて困るときもあります。今回はものすごく困りました。困ったあげくに最後に残したのがこれです。一行空きが二か所あって三つのパートにわかれていますが、二つめに出てくる「彼」と三つめの「旦那」が同一人物をさしているのかどうか微妙なところです。書いた本人にははっきりしているのでしょうが、僕には微妙に読めます。それも作者の計算のうち、ということにしてこれを選びました。

＊「きらら」2005.10

第17回佐藤正午賞「雨宿り」IM

定番ですね。誰もがいちどは読んだことがありみたことのある一場面です。でも退屈しません。何度繰り返されてもそのたびに定番が新鮮に感じられるのは、まずそれが丁寧に力を抜かずに書かれていること、それから敢《あ》えてそうしてみせる度胸のようなものが感じられること、ふたつが理由だと思います。定番をひねる工夫も大事でしょうが、定番で何が悪い、と開きなおれるだけの度胸と技術も必要なのだな、と改めて僕も勉強させてもらいました。

＊「きらら」2005.11

第18回佐藤正午賞「メークイン」AT

今回は、もし点数をつけるとすれば一点の差もない作品が複数あって、その中から僕がいちばん考えさせられたものを選びました。これはちょっと怖い話ですが、美大生のマユミが、キリではなくいかにも美大生らしい（と誰もが感じる）道具を凶器に使えばもっと怖くなったのか、ならないのか、さらに言えば、語り手の俺は最後にキリで突かれたりせず、ほっておかれたらどうだったのか、僕が読んで考えさせられたのはそういったことです。

＊「きらら」2005.12

グランプリ05「鈴本ユカさんの小さな幸せ」ＡＫ

携帯電話でメールを書くときに文末に絵文字を付けることにあまりにも慣れてしまっているので、ときどき、パソコンで編集者に仕事のメールを書くときにも、ここに笑顔のフェイスマークや（笑い）とかを付け加えてこれがちょっとしたジョークであることを強調したい、という誘惑に（実際にはどっちも使いませんが）かられることがあるし、もっといえば小説を書いているときにも（こういう選評を書いているときにも）、読者だって日常的に絵文字に慣れ親しんでいるわけだし、もうそれなしにはジョークだろうと何だろうと伝わらないんじゃないか、誤解されて誰にも筆者の意図など読み取ってもらえないんじゃないか、と空想したりすることもあります。で、何が言いたいかというと、この「鈴本ユカさんの小さな幸せ」という作品は、文体というか文末の断定形がその絵文字の役割を果たしているような気がします。「である」「のだ」「なのである」「のであった」といった重々しい書き方と、書かれている内容の軽さがぜんぜん釣り合いが取れていない。わざと釣り合いを取らずに書くことで笑いを誘う。そういう工夫です。だからこの作品は安心して、気持ちよく、笑顔で読み終えることができるのだと思います。

＊「きらら」2006.1

第19回佐藤正午賞「人が変わったように」SY

この作品と「梅田教授」と「このあと、女は男を突き飛ばし、トラックに撥《は》ねさせました」との三つで迷いましたが、紳士用と思って用を足したトイレが婦人用で、妻が朝食に出してくれた卵焼きが実は目玉焼きで、マジメな愛妻家で通っているはずなのに最近人が変わったみたいにマジメだと噂《うわさ》されたり、自分の目に映る世界と、現にそこにある世界との異様なずれを、これだけコンパクトにまとめて読ませるところが面白いと思ったのでこれを選びました。

＊「きらら」2006.1

第20回佐藤正午賞「キツキツ便器内にて」IM

今回は脚本のト書きふうに書かれたこの作品を、脚本のト書きふうに書かれているという理由だけでじゅうぶんだと考えて選びました。他の候補作とくらべてその点、かなり目立っているので迷いもしませんでした。目立ったひとの勝ちです。どんな種目のコンクールでもそれは同様だろうし、僕がいまさら言うまでもないと思うのですが、他と似ていれば森のなかの木と同じで、ああ、植わってるな、という感想くらいで見過ごされてしまいがちです。

＊「きらら」2006.2

第21回佐藤正午賞「星野ハイツ202」FY

今月は粒揃《つぶぞろ》いです、と編集者に暗示をかけられたせいもあるのかないのか、珍しく退屈しないで全候補作を読み終わり、これを一等賞に選びました。読んでみて、ばかばかしい、と思うのですが、そのばかばかしさがこの作品の魅力です。同時にそれは「省略」がもたらす魅力でもあります。僕も含めて文章を書く人たちが、あれもこれもとうるさく説明しないでは進めないところ、そこがすかっと省略されています。うまい、というよりも、いさぎよい、という感じです。

＊「きらら」2006.3

第22回佐藤正午賞「晩婚のゴリラ顔からの手紙」IM

十四年前に届いた別れの手紙を、受け取ったほうが出したほうに返しに行く。居場所を突き止めて、マンションの郵便受けに入れて返すだけだから悪いことではないだろう、というのですが、ことの善《よ》し悪《あ》しではなく、これはまず何より「変なこと」です。変といえばその手紙の内容も申し分なく変です。変な女と変な男の長年にわたるいきさつが、あたかもごくあたりまえの恋愛沙汰である、かのような冷静な筆致で書かれています。不気味に面白いです。

＊「きらら」2006.4

第23回佐藤正午賞「高崎君と槍の降る日」SI

午後二時、槍《やり》が降りはじめた。という一文を（たとえばですが）この作品のラストに足してみたりもして、何回も読み返したのは、高崎君と私のためにできれば槍を降らせてやりたいと僕が願ったからで、それだけこの作品に入りこんだ証拠だろうと思います。槍が降っても、と本来もののたとえに使われる慣用句から発想されていて、いわば言葉の遊びですが、遊び散らかさずに、最後の片づけまできちんとできている、と評価してこれを選びました。

＊「きらら」2006.5

第24回佐藤正午賞「ラジオ夜のニュース。」M

これと「十か条」のどっちを取るかで迷いました。他の候補作をぜんぶ捨てたのは、これまで何回も説明してきましたが、この二つが毛色の変わった作品だからです。ひとことで言えば「十か条」は「貼り紙」で、これは「ニュース原稿」です。迷ったのはどっちも内容が退屈だからです。でもその退屈が実は作者の狙いかもしれない（貼り紙もニュース原稿も退屈なほうがリアルだし）と考えて、どちらかといえば凝った書き方のこの作品のほうを選びました。

＊「きらら」2006.6

グランプリ06「晩婚のゴリラ顔からの手紙」ＩＭ

やっと居場所を突き止めた。千葉。

とても印象的な書き出しですが、この場合の「千葉」は地名ではなくたぶん女の苗《みよう》字《じ》のことでしょうし、これがもし漫画なら、主人公の「やっと居場所を突き止めた」と「千葉」という二つのモノローグに、女の住んでいる家の全景と玄関の表札がそれぞれ描かれ、その表札に千葉とあるのか、それとも千葉というのは女の旧姓で結婚相手の苗字があるのかは、この書き出しからはどちらとも言い切れないと思います。「やっと」という副詞についても、14年前に届いた手紙が不意に出てきて、それを差出人に返すために探し始めての「やっと」だから、まる一日かかって、くらいの意味かもしれないし、あるいはもっと長く、なのかもしれません。手紙がいつ不意に出てきたのか、謎ですね。というより曖昧なまま、宙ぶらりんのままです。何もかもが最終的に着地して納得がいく、という話ではありません。そのへんが気持ちわるいという人も、反対に面白いという人もいるでしょう。なお、今回はこの作品と「星野ハイツ２０２」と「高崎君と槍の降る日」のどれを推すかで迷いました。もし僕がひとりでグランプリを選ぶ立場にあるなら、三つ同時受賞、という結果になったと思います。

＊「きらら」2006.7

第25回佐藤正午賞「読み続ける男」OT

最後の行まで読むと、なるほどね、と言うしかないし、電車は七つ目の駅に着く必要があったのかな、とすら考えたりもするのですが、でもその直前の行、ふたりの男が「初めて電車の窓越しにコミュニケーションをとった」と初めて過去形の文末になるところまで、冒頭から、何かが起きそうだ、起きそうだと期待させるような思わせぶりではなく、中立的な観察の文章が先を急がずにきちんと書かれているので、かえって僕はドキドキしながら読みました。

＊「きらら」2006.7

第26回佐藤正午賞「まゆちゃん」TA

今回はほかにも「恋敵」「君の膝枕と日記帳」「肩こり尊」「タイラくん」「便利屋たま子」と気に入った作品がたくさんあって何回ずつか読み返しました。その中からこれを選んだのは一読目の印象が忘れられなかったからです。結末近くにびっくりがあります。びっくりという点では「恋敵」がいちばんでしょうが、このまゆちゃんの台詞《せりふ》に絶句する私の気持もよく伝わります。同時に、まゆちゃんのほうの気持もわかるような気がして、身内みたいな近しさを覚えました。

＊「きらら」2006.8

第27回佐藤正午賞「アトーレ野田４０３」ＦＹ

幼い子供を事故で死なせてしまった夫婦の話、と大ざっぱにひとことで要約できる作品は、プロの書く小説でもこの携帯メール小説の応募作でもいままでに何回も読んだことがあるので、またか、と思いますが、またかと読者に思われるかもしれない可能性をいえば、ひとごとではありませんし、この作品は、全体が現在形の文末で通してあるなかに、五年前の不幸な事故の説明が過去形で、たった何行かで書かれていて、しかもそれできちんと片がついているのでお見事だと思います。

＊「きらら」2006.9

第28回佐藤正午賞「サエコ」ＴＹ

母親のおなかにいた頃の胎児としての体験がデジャブーとして反復される。毎週月曜、山田食堂の定休日の午後に。昔、かあちゃんと弓子がやっていたことを、今、かあちゃんと娘のサエコが繰り返している。最後のところで俺は「そんなわけないだろ」とため息をついていますが、きっとこれを読むひとは、「そんなわけが、なくもないかな」と説得されてしまうでしょうし、「不思議やなぁ」と茶飲み話に加わりたくなるんじゃないでしょうか。

＊「きらら」2006.10

第29回佐藤正午賞「消える。」IJ

別れたひとに係わりのあるものが空気に溶けて消滅する。形のあるものからないものへ、症状は進行していく。最初はマグカップ、壁の絵、それからそのひとの匂い、感触、最終的にはすべての記憶まで。と理詰めで説明できるところが面白いとは限らないのですが、これだけ短い作品の中に、ウエッジウッドやミュシャをはじめとして実在する固有名詞が次から次へ出てくるのが珍しい、というかとても新鮮に感じて、こういう書き方もできるんだなと感心しました。

＊「きらら」2006.11

第30回佐藤正午賞「男子110mH」AR

この作品は四つのパートに分けられていて、一つ一つをもっと細かく書きこんでいけば第一章から四章まであるたぶん本一冊ぶんの物語になり、二章と三章あたりには恋愛や友情や家族や他校のライバルのこととかを書けるだろうと思います。書けるだろうけど、でもそんなありきたりは書きたくないし、作家みたいに本一冊書く必要もなくて、千字以内で、ほら、これで似たようなストーリーの感触なら伝わるでしょう、という試みを示されたように読めて、恐れ入りました。

＊「きらら」2006.12

グランプリ06「まゆちゃん」TA

祥一と私はおない年で、十年のつきあいになり、ある時期結婚していて、いまは別れている。別れてはいるけど、たまに電話で話したり、メールのやりとりがあったりする。で、ある日私は、その先夫の祥一から、片思いの相手がいる、と打ち明けられる。その女性は私たちより七つ年下で、正確な名前はわからないけれど、みんなからはまゆちゃんと呼ばれているらしい。

というような事情が、この作品の前半を読めばわかります。でも、それについて、いま僕がやったように順序だてて（面白みのない）説明はされていません。まゆちゃんという呼び方は唐突に（目立たせるように）出てくるし、電話やメールのやりとりなどは（煩雑になるので）省略され、祥一と私の関係や年齢については話の流れで（ことというときに）さりげなく語られます。だから別れた旦那となんでいまも会ったりするんだ？　みたいな（どうでもいい）疑問は一読しただけではぜんぜん生じません。要するに話の運びが自然、というか、読者によそ見をさせない語り方になっているのでしょう。

そして最後にびっくりの台詞が来ます。これについては月間賞のときの選評にも書きましたが、僕はまゆちゃんにも語り手の私にも親近感を持ちます。

＊「きらら」2007.1

第31回佐藤正午賞「素晴らしい一日がはじまる」N

いつか見た映画のなかのいまも記憶にひっかかっている一場面、たまたまつけたテレビでやっていた懐かしいドラマの一場面、そんな印象のある作品です。俺とあいつとのあいだのこみいった経緯をもっと知りたい、今後どうなるのかも見届けたいと思わせる、でも、この一夜の出来事、すぱっと切り取られた一場面だけでもじゅうぶん記憶に残るだろう、という意味です。書き出しから最後の一文まで、文句のつけようがありません。こちらがお手本にしたいくらいです。

＊「きらら」2007.1

第32回佐藤正午賞「ふつうのこと」KH

好きなひとと一日に三分しか一緒にいられない、という決まりがあれば、たがいに相手の嫌なところを発見する時間もなく、好きという気持は一定の熱をもったまま生涯冷めることがないのではないか、そんな子供っぽい夢想にふけってしまいました。つまりこの作品はファンタジーで、アイデアの勝利ということになるでしょうし、そのアイデアにひとひねり加えて決着をつけようとすれば、一〇〇〇字では書ききれなくてもっと長い物語になると思います。

＊「きらら」2007.2

第33回佐藤正午賞「ハンチヴォン」MM

何でも自由に書いていいと言われて、いざ書こうとすると途方に暮れてかえって不自由さを感じるものだと思いますが、この作品を読むと、書きたいように書くというあたりまえのことが思い出されて一時的にですが幸せな気分になります。ないのにあるように錯覚しがちな縛りから解放された気分です。架空の競技をでっちあげた「ダーン・ドゥーン・ルルン」にも、堂々とのろけを書いてみせた「コーヒー（サイズ・グランデ）の真価」にも同じ気分を感じますが、迷った結果これを一番に選びました。

＊「きらら」2007.3

第34回佐藤正午賞「パンドラの箱」KK

団栗《どんぐり》の背くらべという否定的な表現とはまったく逆の意味で、今月は選びたい作品がずらりと横一線に並びました。僕の判断では（許されるなら）九作同時受賞という前代未聞の事態になります。許されませんね。で、心を鬼にして他を捨て、これを選びました。一回目に読んだとき「見ました？　箱の中見ました？」という女性の台詞に思わずふきだしてしまったからです。小さな理由ですが、それが受賞作を決める理由になるくらいに今回は甲乙つけがたかったということです。

＊「きらら」2007.4

第35回佐藤正午賞「ダイイングメッセージ」MK

ユーモアのセンス、といっても様々だろうし、そんなもの小説には必要ないという人も、もともとそれがなくて小説を読んでいる人もいるかもしれないので、大勢の読者の支持は得られないかもしれませんが、僕はこの作品を真っ先に支持します。千字以内で書かれた、いわゆる落ちのあるコントとして、僕の目には完璧にうつります。脱帽です。なお今月は他にも四編ほど思わず脱帽したくなる作品がありました。先月にひきつづき、みなさん好調ですね。

＊「きらら」2007.5

第36回佐藤正午賞「すむひと」YI

銀行に押し入って人を撃ち殺して逃亡するカップル、を描いた「夜を走って」の非情さ、荒々しさ、にも魅かれるものを感じて迷ったのですが、最後にこちらの平和を取りました。寂れた町の夕方の平和な情景です。あと、この作品で印象に残ったのは、女の子の口からもれる短い声「あー」と「あ」の書き分けです。それぞれの声にこめられたニュアンスが、次の行の地の文でとてもうまく説明されています。勉強になりました。

＊「きらら」2007.6

グランプリ07「ハンチヴォン」MM

グランプリに決まったMMさんの「ハンチヴォン」という作品は、文章を書き出すとき誰にでもある初心、と言ってもいいし、文章を書くとき必要な心の若さ、柔軟性と言ってもいいですが、そういうものをあらためて思い出させてくれました。みんなこんなふうに書いてるからこう書かなければならない、みたいなお行儀の良い考えは要らないということですね。好きにやればいい。でもそういう初心をたもって書き続けることはなかなか難しいことです。そういう初心を僕みたいなすれた作家にあらためて思い出させる作品も貴重だと思います。

さて。

半年のあいだに月間賞に選ばれた作品の中から、「きらら」編集部と盛田隆二さんと僕との三者三様の評価を総合してグランプリが選ばれたわけですが、僕個人としては「ハンチヴォン」の美点を認めたうえで、やはり月間賞の選評で文句のつけようがないとまで評価したNさんの「素晴らしい一日がはじまる」、脱帽ですと書いたMKさんの「ダイイングメッセージ」が強く印象に残っています。こんなに上出来の作品を毎月読ませて貰《もら》えるのなら、選考の仕事は仕事でもちっとも面倒ではなく楽しいばかりだ、と思ったくらいでした。

＊「きらら」2007.7

第37回佐藤正午賞「千文字」TH

毎月毎月感心してばかりで恐縮ではありますが、今月はこの作品以外にも「探偵前物語」「刺客」「山下グレコ」「千日前から愛を込めて」と大げさに言えば、興奮、するくらいにわくわくする読書の時間を持ちました。で、読めばわかることですが、この「千文字」という作品、言葉が突然消滅するようにして終わっています。千文字で語り手の一生が終わってるわけですね。話の決着にみなさん苦労されていることを考えれば、敢えて結末を消してしまう、書かない、という書き方は予想外でとても面白いです。

＊「きらら」2007.7

第38回佐藤正午賞「夫笛」FA

犬笛という言葉に聞き覚えがあり、それが実在する笛なのか、そういうものがあるという設定の小説を読んだのだったか記憶は曖昧ですが、笛の音は犬にしか聞こえず、犬だけを操れるというものだったと思います。で、これは夫笛ですね。夫が犬扱いされています。何々しなければ、と何回も繰り返される夫側の呟《つぶや》きが効いていて、ラストの一行、無性におかしいです。寝室のベッドで待ちながら銀色の筒状のペンダントをもてあそんでいる妻の様子が想像されます。

＊「きらら」2007.8

第39回佐藤正午賞「最後の海」NK

起承転結という言葉があるからといって、その言葉に忠実に定規で線を引くようにものを書く必要はないわけですが、結果として、書きあがったらそうなっていた、というのはありです。その意味で今回はこの作品と「幽霊物件」と「待ってるで」と三つ、うまく語られたお話が並んで目を引かれました。海が干上がるというイメージは、本物の地球の話はちょっと横へ置いて、いま仕事場でこの夏の暑さ、日差しの厳しさを実感している僕に言わせれば、これも大いにありだなと思われます。

＊「きらら」2007.9

第40回佐藤正午賞「ロットNo.19720625」TH

自分自身の取り扱い説明書というか、メーカーからの重要なお知らせというか、まあそういうものをロボットが語っています。設定が面白いですね。もっと面白いのはこのロボットが、「機能上の役割はまったく果たしておりません」と言いながらも、「胸部のハート型の金属」に浮いた錆《さび》を気にしていることです。細かい指示に愛敬《あいきょう》があります。気にしていながら自分では磨くことができないという点も愛敬です。僕ならきっとぴかぴかに磨いてやりたくなると思います。

＊「きらら」2007.10

第41回佐藤正午賞「カフェにて」TM

人のちょっとした表情とか仕草とか、よく意味がわからないのにいつまでも記憶に残る、ということはあります。意味が明確なはずの言葉にもときにそれはあります。何なんだろうこれ？　と最初に読んだときには思ったのですが、読み返すうちに呪文を唱えるように効いてきました。コーヒー1杯400円のカフェで、誰と誰がえんえん喋ってるのか、そんな意味のあることはどうでもよくて、疲れてンだよ、疲れてねえよ、疲れてンだよ、という反復のリズムが耳に残って離れません。

＊「きらら」2007.11

第42回佐藤正午賞「計画」OE

女ふたり、男ふたりの複雑な関係ですね。その複雑な関係がひとりの女の視点からわかりやすく書かれています。でも読み終わってもまだ四人の関係は複雑なままなので、このさき何かが起こりそうな予感がします。ちょっと不気味な予感です。僕の考えでは、殺人事件でも起きてしまいそうです。「かっと熱いものが首筋を走り」とか書いてありますからね。で、その事件が本編だとすると、これは実にうまく書かれたプロローグ、のようにも読めます。先が知りたいところですが想像するしかありません。

＊「きらら」2007.12

グランプリ07「鳥男」NK

ナントカ文学賞とかならまだしも「携帯メール小説大賞」なのだから、あんまり力まずに、親しい誰かにメールを送信するようなつもりで一〇〇〇字以内の文章を書いたらいいと思う、みたいなことを（この言葉どおりにではありませんが）選評をつうじてずっと言ってきたつもりなのですが、さすがに三年も経つとこちらが余計な指図をする必要もなく、応募される側のみなさんのほうでコツをのみこんで、のびのびと、自由自在にお書きになっているようにお見受けします。その証拠に、この半年のあいだに月間賞に選ばれた作品をあらためて読んでみると実にバラエティに富んでいて、読むだけで楽しくなってしまいます。でもその反面、グランプリを選ぶのは難しくなるわけです。

たとえば僕が月間賞に選んだＴＨさんの二作品、盛田隆二さんと僕がそれぞれ一つずつ月間賞に選んだＯＥさんの二作品、同じくＮＫさんの二作品、これにＴＭさんの「カフェにて」を加えてもいいですが、その中からどれか選べと言われても非常に困ります。ワンセグか、カメラの性能か、音楽再生機能を重視するか、携帯の機種選びさながらの困難です。まあこれはもののたとえです。

僕が言いたいのは、何人もの応募者がグランプリ受賞にふさわしい作品を書かれていたという事実です。Ｎさんの受賞作については、僕は月間賞に選ばなかったのでここで取ってつけたようにほめるのは控えますが、お読みになれば、みなさんの支持を得られることと思います。

＊「きらら」2008.1

第43回佐藤正午賞「銀杏」YH

吉田さんちの旦那さんは女癖が悪くて、子供の前では奥さんも我慢していますが、ふたりきりになると口論が絶えません。事件が起きた日の朝、奥さんが床に叩《たた》きつけて割ったDURALEXのグラスは、夫婦の記念日に買った思い出の品かもしれないし、もしかしたら夫の不倫相手とつながりがある贈り物かもしれません。細かい情報は省いてありますが、そう思って読めば読み取れる書き方になっています。巨木化（！）した男とその妻の物語を、よくこんなにコンパクトにまとめられたものだと感心しました。

＊「きらら」2008.1

第44回佐藤正午賞「5千万フリーズ」IM

候補作全体でいうと、今回はきらら史上最強のラインナップだったと思います。オールスターゲームみたいでした。読者のみなさんにはとにかく、きららのサイトで他の候補作ぜんぶをお読みになることをお勧めします。いちんち楽しめます。選者の苦労も推し量れます。で、僕が選ぶMVPはこれです。一か所、「取りも直さず」という言葉遣いが気になりますが、気にならない人もいるだろうし、なったらなったで直せばいいだけで、あとは書き出しからラストの一語まで、文句のつけようがありません。

＊「きらら」2008.2

第45回佐藤正午賞「天賦の才」IM

「いい肉と宅建」「絡んで解けたあいつのサンバ」「鼠」「キラキラカッター」「天賦の才」と五作品にしぼって迷いました。特に「キラキラカッター」の、この二人はいったい何を一生懸命やっているのだろう？　と思わずにいられない、わからなさから来る面白さに魅かれましたが、迷った末、こちらのわかりやすい面白さを取りました。先月の「5千万フリーズ」に続いて、良く出来たお話で、終わり方がとてもきれいだからです。きれいな終わり方で話をしめくくるのはなかなか難しいと思うからです。

＊「きらら」2008.3

第46回佐藤正午賞「オークションダーリン」FM

小説を書く人に必要なもの――皮肉とユーモアのセンス、と誰かが言っていましたが、今回はその言葉を思い出しながら選びました。ネットオークションのことは誰もが知っていて、こういう発想をする人は少なくないかもしれません。でも発想にとどまらず書いてしまう人は希少だと思います。あと、これとは別に「羽音」という作品にも気持が動かされました。とりたてて何も起こらない一日、明日も反復されるであろう日常が淡々と書かれています。そこから伝わるものうい感じがなぜか心地よくもあり懐かしくもあります。

＊「きらら」2008.4

第47回佐藤正午賞「幸福」YY

姉が夜行列車に乗って帰省し、妹の結婚式に出る。それだけの話です。あいだに姉妹二通りの幸せが書かれています。仕事か結婚か、と言ってしまえば平凡ですが、その平凡な幸せがそう単純でもなさそうな挿話も添えられています。仕事を切上げ、という書き出しが効果的で、仕上げてはいないわけだから、妹の花嫁姿を見守りながらも姉の頭の半分は仕事に向いているはずです。東京へとんぼ返りするために飛行機の時間を気にして、ときおり腕時計に目を走らせている、ラストはそういうイメージです。

＊「きらら」2008.5

第48回佐藤正午賞「老人街」ＴＨ

最後までこの作品と「雲の降る日」と「魔法」と三つ読み比べて迷ったすえに選びました。あんまり人道的な内容ではないので、というか正反対の異様な世界が書かれているので、読むのは一度でじゅうぶん、と思いながらも怖いもの見たさで読み返してしまいます。特に「台車に乗った巨大な肉塊」の登場するあたりです。このイメージは記憶に残ってうなされそうです。そう思って比べると、「雲の降る日」の雨雲と「魔法」のユリの花のイメージは僕の目にはやや具体性に欠けて映るのですが、いかがでしょうか。

＊「きらら」2008.6

グランプリ08「天賦の才」ＩＭ

小説を書いたことのある人ならわかると思いますが、一行目を書き出すのはわりに簡単です。先のことさえ考えなければ誰にでも書けます。これまで数々の候補作を読んできた経験から、小説の序盤は誰にでもうまく書ける、と断言したいくらいです。読み始めて目を瞠《みは》り、このあとどうなるんだろう？　とわくわくすることは珍しくありません。

ところがたいてい裏切られます。冒頭を読んだときにはあったわくわくする気持が結末では消えてしまいます。なぜこんな一行で片づけてしまうのだろう？　とがっかりすることも珍しくありません。難しいのは、たぶん小説をどう終わらせるかなのです。

絵を見るように小説を読むことはできない、と言った人がいます。一枚の絵は細部を見る前にぱっと全体を眺めることができますが、小説の場合は言葉のつながりを一つ一つ追っていかなければならないので一目で全体像をつかむのは無理だというのです。もっともです。でも小説を書くときには、この絵を見るように全体を見るという視点が必要な気がします。現実には不可能でも、自分の書く小説全体を、絵を眺めるようにちょっと距離をとって読んでみる。

わかりにくいかもしれません。でもそういう読み方をして小説を書くと、「天賦の才」のような読者を最後まで裏切らない作品が生まれると思うのです。

*「きらら」2008.7

第49回佐藤正午賞「定年前夜」ＭＫ

「まあもうしばらく頑張ろうかと思う」と「行方不明」の魅力についても触れたいところですが文字数の都合があります。「定年前夜」はたとえば、丁寧に脚色して女優が上手に演じればしみじみとした映画が一本できあがる、でもたぶん地味で当たらないだろうし、実現性も薄いからこの原作を読んで想像をふくらませるしかない、そんな感じの作品です。実際僕はこれを読んで一時間半くらいの映画を見た気分を味わいました。千文字に満たない文章から四十年の「私」の時間が感じ取れたという意味です。

＊「きらら」2008.7

第50回佐藤正午賞「サーカスがはじまる」ＨＰ

今月は他にも「束縛」「コードとコードレス」「おさがり」「Ｄａｄ」と魅力のある作品が揃っていて一つ選ぶのに苦労しました。受賞作は場内アナウンスを文章に起こしたものです。場内アナウンスの決まり文句は退屈で普通なら聞き流すところですが、これは思わず聞き入ってしまいます。ありふれた容《い》れ物に、意外性のアイデアを盛るというやり方です。笑いをとるためのごくあたりまえの手続きということになります。作者の計算に狂いがなければという話ですが、笑わせていただきました。

＊「きらら」2008.8

第51回佐藤正午賞「運転中にナビの注視はやめましょう」TH

この夏の真っ盛りに「冬の朝」から書き出して応募してくるのは意表をついたつもりなのか、それともそんな思惑とは無縁なのかは謎です。結末近くにある「脳内シナプス」うんぬんの一行などは僕には暗号のようです。でも四つにわかれたパラグラフの真ん中二つが読ませます。ナビの画面上を滑っていく十字形のマークを、目でじっと追い続けている気分になります。つまり読者もナビを「注視」せざるを得ないように書かれています。そこがうまくいっているので、人を食ったタイトルにも読後、面白みがわいてきます。

＊「きらら」2008.9

第52回佐藤正午賞「眠らない夜の月」TH

タイトル通りの日常を描いた「ルーチン・ライフ」と、そのいわゆるルーチンライフを突然、否応《いやおう》なく、根こそぎ持っていかれそうな恐怖を描いた「Allegro moderato」と、反対にそれを自ら打開しようとして夜中にじたばたする男を描いた本作とで、迷ったすえに選びました。人生が1・5倍になるという単純計算にこの男は興奮しているわけですが、たとえ眠る時間を削って生きても、ルーチンライフがそのぶん長々と続くだけ、という皮肉が効いていて、男の行動におかしみ、ないし同情をおぼえます。

＊「きらら」2008.10

第53回佐藤正午賞「白昼夢」YY

飽き飽きした、もしくは飽き足りない（どちらでもいいですが）現実から、想像力を道案内にして、おとぎ話ふうの田舎道に出るか、血なまぐさい戦場にヘリを飛ばすか、入口は一つで出口は二つ、みたいな読みくらべ方をして、「カニの世界」とこの受賞作とで迷いました。人によっては、これは脈絡のない残虐行為を描いただけだと読むかもしれません。いったい何が起きているのか？　謎です。でもそういった疑問、読者の受け取る不可解さが全部、この作品が「白昼夢」と題されている所以《ゆえん》だと思います。

＊「きらら」2008.11

第54回佐藤正午賞「ふたりの夫」OS

この作品と「ポンと休日」「毒ガスが何度も猫を殺す」の三つにしぼって、迷ったすえに選びました。比べるとこれがいちばんおとなしいかなと思います。料理上手な妻の、夕飯の献立や、ふたりの夫の容姿とかも書く方法があったかなとも思います。でもそれを書き出すと話は書いたそばから逸《そ》れてゆき、千文字を軽々と超えて、ここでは読めない別の作品になった可能性があります。ホラーにも、どたばたのコメディにもなったかもしれません。だからこれはこうおとなしく書き終えるのが自然だと思います。

＊「きらら」2008.12

グランプリ08「眠らない夜の月」TH

二ヶ月連続で、ふたりの選者が、おなじ作者の作品を月間賞に選ぶのは、足かけ五年つづいている携帯メール小説大賞史上初めての出来事でしたし、今回のグランプリがTHさんに決まったのは文句がないところ、というかむしろこれがほかの人に贈られたらどこかから文句が出るだろうと思うくらいです。盛田隆二さんと僕とで都合四つも選評を書いたわけですから、いまさらほめる必要もないでしょう。残る問題は、二ヶ月連続ダブル月間賞の、どちらの作品をグランプリに選ぶかで、どちらかといえば「運転中にナビの注視はやめましょう」のほうが僕は印象に残っているのですが、むろんこれは佐藤正午賞と違って自分ひとりで決められることではありませんし、「眠らない夜の月」が受賞作となったことにも異論はありません。

あと、これは毎度のことですが、半年のあいだに僕が月間賞に選んだ他の4作品「定年前夜」「サーカスがはじまる」「白昼夢」「ふたりの夫」、その一つ一つがグランプリ受賞作とくらべて見劣りするかと言えば、そんなことはありません。まったくないと僕は思います。今回はなににしろ、史上初の出来事が起きたので、それとぶつかって時期がわるかった、ということに尽きると思います。

＊「きらら」2009.1

第55回佐藤正午賞「田村の背中」TS

「百合子の嘘」か「田村の背中」かで迷いました。どちらも最後の一行がきいていますね。前者は最初に戻って読み直さないではいられません。読み直しても、この解釈でいいのかな？　と読者を迷路に誘い込むようなところがあります。後者は、読み終わったとたんに先が、というか書かれていない情報が欲しくなります。連休中にフルウチさんと田村は何をしてたのか？　肝心なことが書かれていないのに、苛々《いらいら》もしません。むしろ好奇心が刺激されます。自由な想像の余地のひろがる、心地よい終わり方だと思います。

＊「きらら」2009.1

第56回佐藤正午賞「温もり」MH

よくある話を発端とする殺人事件が三つの段落にわけて書かれていますが、時間の流れにそって仮に1から3の番号をふると、この作品は213の順番で配置されています。理由を問うよりも、これは並べ替え自由な場面を読者に差し出す小説だと考えたほうがよさそうです。僕は123や312の並びで読み直してみました。それでもいけます。みなさんもお好みで六通りの組み合わせを楽しまれてはいかがでしょうか。同じような読み方をして「やっちゃん」という作品も気になりましたが、今回はこちらを選びました。

＊「きらら」2009.2

第57回佐藤正午賞「カツ、ペタ、サク、プチン」FA

今月のお題は「恐怖」とでも応募規定にあったのでしょうか、候補作には薄気味の悪い話がずらりと並びました。その一つ一つを読み返すうちに、不安に取り憑《つ》かれて眠れなくなったほどです。最終的に「階段の途中」と「穴ひとつ」とこの受賞作とにしぼって迷ったのですが、最もわかりやすいものを選びました。何も言い足す必要がない、この短さで完結している、最も怖いという意味です。自分の履いている靴に、ハサミを持った妻の手が伸びる。立ちつくす夫にできるのは悲鳴をあげることだけでしょう。

＊「きらら」2009.3

第58回佐藤正午賞「通勤」KM

閉ざされた場所の独特の空気のつたわる作品、「孔雀の園」と「知らない町」にも惹《ひ》かれましたが、月間賞には「通勤」を選びました。雨風の強い朝に、遅刻しないように出勤する様子が描かれています。ただそれだけです。それだけなのに、「水たまりに突っ伏し」ても走って会社に向かおうとする、その大げさ加減に面白みを感じました。勇猛果敢ですね。あるいは悪天候は出勤するひとの心の風景かもしれない、とも読めます。ほんとは晴天のもと駅までの道を歩きながら、嵐のなかを突き進む気分なのかもしれません。

＊「きらら」2009.4

第59回佐藤正午賞「奥田家の人々」UH

　この作品と「虫の知らせ」と「果ての手触り」と「死を思えば、幸福」と四つ、読みくらべて迷ったすえに選びました。本文中に二度、驚くべき話という表現が出てきますが、じつのところはその驚くべき話を揶揄《やゆ》する視点で書かれています。わざとよくある話で埋めてあります。タイムスリップとか超能力とか、驚くべき話をまじめくさって長い小説に書いたことのある僕も揶揄される側ではありますが、それでも、なのか、だからこそなのか、笑わずにいられませんでした。とくに最後の飼い犬の台詞を読んだときには、もう。

＊「きらら」2009.5

第60回佐藤正午賞「旅立の日」UH

　いつものように候補作を読んでいくつかにしぼり、そのいくつかをさらに読んでひとつだけ残すという手順が今回はうまくいきませんでした。いちいちタイトルはあげませんが、しぼりきれず残ったのは七つで、七作同時受賞はあり得ないし、最後の最後に月間賞なしというのもまずいと思うので、これを選びました。シャボン玉に映る赤灯台のイメージがうまくつかめないひとは、ネットの動画サイトで見ることができます。吉田拓郎の曲をＢＧＭに読んでみるのも一興かと思います。

＊「きらら」2009.6

グランプリ09「旅立の日」UH

この半年間に月間賞に選んだ六作品、そのなかのどれがグランプリに決まっても文句はないというのが本音です。もしそれ以外の作品が選ばれた場合、何かひとこと言い訳しなければいけなくなるし面倒だなと思っていたら、「きらら」編集部および盛田隆二さんの評価と僕の本音とをつきあわせた結果はこうなりました。UHさん、おめでとうございましたと心置きなく言うことができます。

あと、この五年間に二万を超える作品の応募があったことを知って、いまさらですが感心しています。一行目を書き出して、一行一行書き足していって、結末までたどりつくには(たとえ千文字の作品であっても)根気が必要だと思うのですが、のべ二万人以上の応募者にたいしては、みなさん好きで書いてきたのだろうから(書くひとは今後もどこかで書き続けるのだろうし)僕がとやかく言うことはありません。むしろ毎月平均三百何十もの作品を一つ残らず読み続けた編集部の根気に感心します。五年間お疲れさまでした。

＊「きらら」2009.7

58-63

2014-2018

2014年秋、『鳩の撃退法』上下巻が出版された。評判がやたらと良かった。あちこちで書評も出た。ただ本の売れ行きはさっぱりだった、という記憶がある、というか現実があった。そこから佐藤正午史上最悪の落ち込みの時期に入った。私生活も低空飛行で辛かった。浮上のきっかけは翌年夏、旧知の編集者からかかってきた一本の電話である。『鳩の撃退法』が山田風太郎賞にノミネートされたとの報せだった。文学賞とか、よその世界のお祭りだと思っていたので、最初はピンと来なかった。でもいまは、この電話が佐藤正午の作家人生をだいぶ変えたと思っている。

2014

8 ◎ロングインタビュー 小説のつくりかた
連載再開「きらら」(〜20・10)、「WEBきらら」(20・11〜22・12)
→『書くインタビュー 2〜6』

11 『鳩の撃退法』 刊行(小学館) ※初の上下巻
☆金明堂大野モール店(佐世保市)、メトロ書店本店(長崎市)でサイン会開催

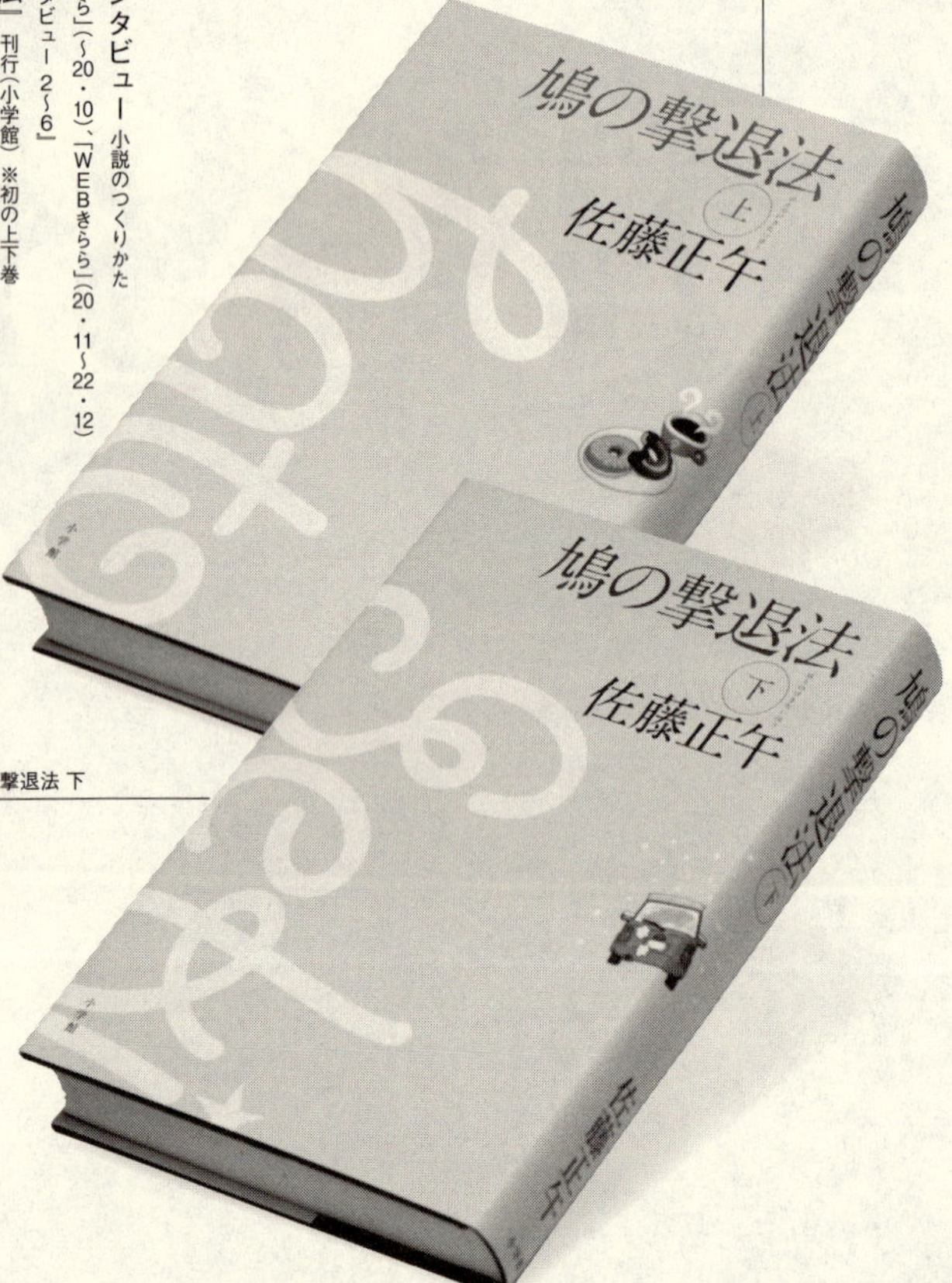

鳩の撃退法 上

鳩の撃退法 下

2015

5　◎きのう読んだ文庫―吉田修一『横道世之介』「毎日新聞」
↓『小説家の四季』『つまらないものですが。エッセイ・コレクションⅢ』

6　『書くインタビュー1』刊行（小学館文庫）
『書くインタビュー2』刊行（小学館文庫）
◎作家の口福（全4回）「朝日新聞」
↓『小説家の四季』『つまらないものですが。エッセイ・コレクションⅢ』

9　『アンダーリポート／ブルー』刊行（小学館文庫／解説：伊坂幸太郎）

10　◎いんぎんといんげん「図書」
↓『小説家の四季』『つまらないものですが。エッセイ・コレクションⅢ』
☆『鳩の撃退法』で第6回山田風太郎賞受賞

12　◎文庫解説：『残り全部バケーション』（伊坂幸太郎・著／集英社文庫）
↓『小説家の四季』『つまらないものですが。エッセイ・コレクションⅢ』
◎道のり「西日本新聞」
↓『小説家の四季』『つまらないものですが。エッセイ・コレクションⅢ』

書くインタビュー1

書くインタビュー2

アンダーリポート／ブルー

2016

2 『小説家の四季』刊行（岩波書店）

8 『まるまる、フルーツ』刊行（共著／河出書房新社）
※「リンゴのおいしい食べ方」所収

10 『永遠の1／2』刊行（小学館文庫）

12 ●熟柿 連載開始（年1回）「小説 野性時代」→『熟柿』

永遠の1／2

2017

4 『月の満ち欠け』刊行（岩波書店） ※書き下ろし
☆くまざわ書店佐世保店、メトロ書店本店（長崎市）でサイン会開催

5 『書くインタビュー3』刊行（小学館文庫）

7 ◎佐世保駅7番ホーム 連載開始（隔月／～20・4）「西日本新聞」→『正午派2025』
☆『月の満ち欠け』で第157回直木三十五賞受賞

小説家の四季

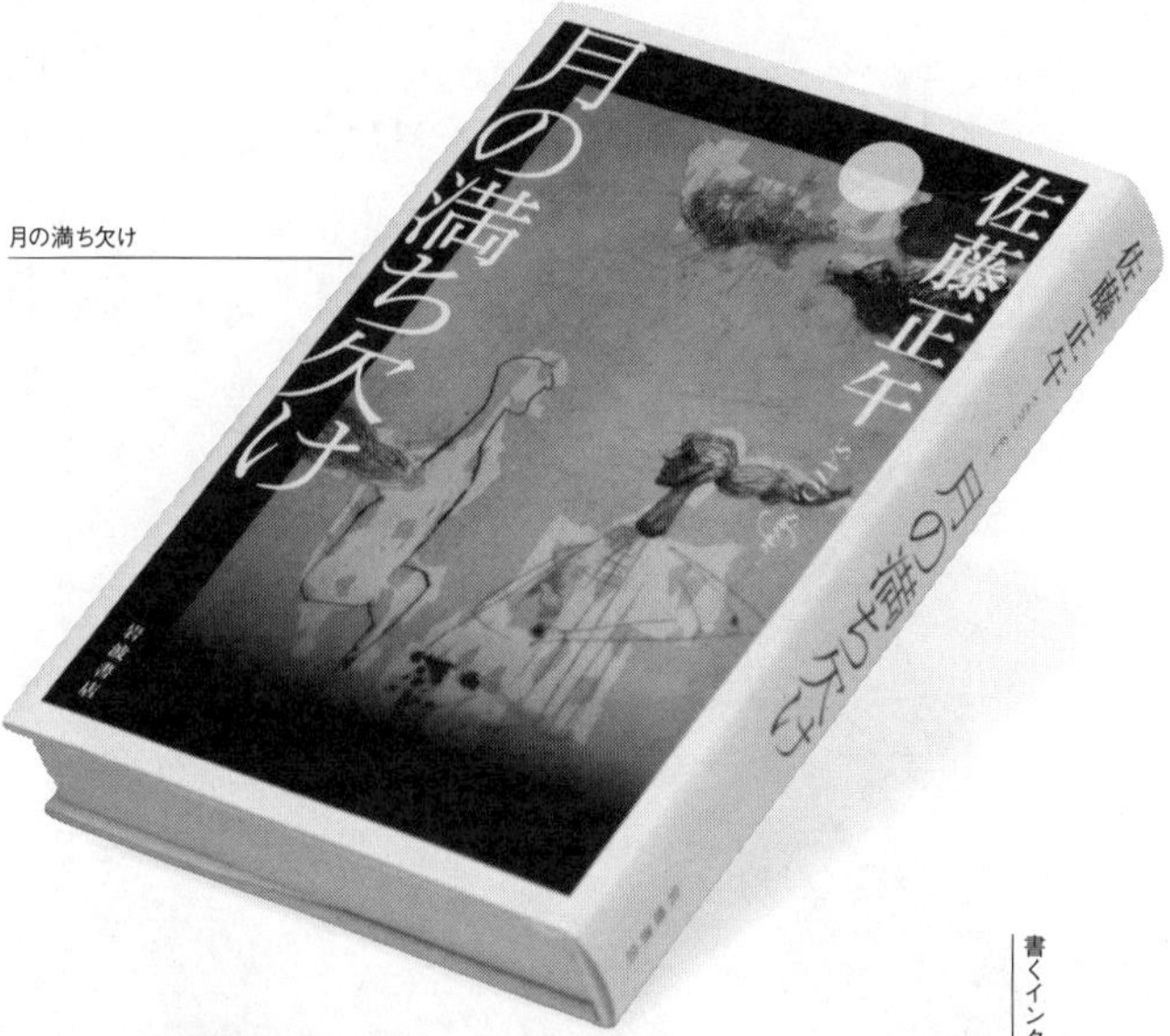

月の満ち欠け

2017年10月30日、アルカスSASEBOの会議室で行われた直木賞〝出張贈呈式〟
©Masanori Sakamoto

書くインタビュー 3

2017

8 『夏の情婦』刊行（小学館文庫／解説：中江有里）※「幼なじみ」併録
『花のようなひと』刊行（岩波現代文庫／画：牛尾篤／解説：桂川潤）
『短編伝説めぐりあい』刊行（共著／集英社文庫）※「恋人」所収
◎直木賞に決まって「読売新聞」
☆『取り扱い注意』『恋を数えて』『個人教授』（角川文庫）新カバーに

9 ◎心の準備は必要か？「オール讀物」
◎どこ吹く風「西日本新聞」など
☆メトロ書店本店（長崎市）、くまざわ書店佐世保店でサイン会開催

10 ◎直木賞を受賞して「朝日新聞」

12 ●ニッキ棒「小説 野性時代」※「熟柿」第2回 → 『熟柿』

夏の情婦

花のようなひと

個人教授

取り扱い注意

恋を数えて

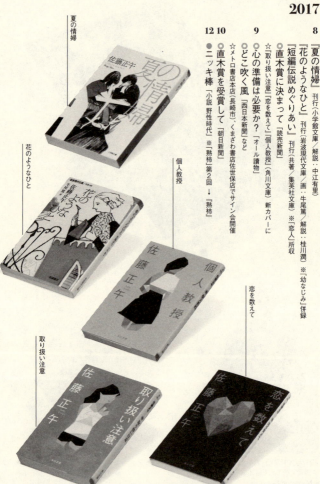

2018

1　『鳩の撃退法』刊行（小学館文庫／解説：糸井重里）
　◎贈り物「長崎新聞」→『正午派2025』

7　『ビコーズ 新装版』刊行（光文社文庫／解説：荻原魚雷）

12　●チューリップ「小説 野性時代」※「熟柿」第3回
　→『熟柿』

鳩の撃退法 上

鳩の撃退法 下

文庫『鳩の撃退法』のサイン本づくりのため佐世保から列車に乗って長崎市へ

ビコーズ

小説の読者であるあなたに（第六回山田風太郎賞受賞のことば）

受賞決定の電話がかかったとき、この幸運な知らせを運んでくれた人の名前は一生忘れないと思い、切りぎわに念のため聞き返しまでしたのですが、それから何時間か経《た》って、真夜中、気がつくと僕は牛丼屋のテーブルにいて、胸に外国名の名札をつけた女性店員から注文を訊《き》かれていました。そのカタカナ表記の名前を記憶に刻んだのみで、その晩そこへたどり着くまでに誰と何を話したのか、人の名前も話の内容も、頭からきれいに飛んでしまっていました。

そのくらい受賞を喜んで、舞い上がっていたということです。いい年して、と自分でも思います。受賞の夜に、牛丼屋のアルバイト店員の名前だけ憶《おぼ》えてどうするんだよ？

受賞作に選んでいただいた選考委員のみなさまへ、それ以前に、候補作に推していただいた方々へ、さらにはもっと早い時期、書評やツイッター等で話題にしていただいた方々へ、とさかのぼっていくときりがないようですが、究極、出版された『鳩の撃退法』を読んで、語り手のことばを受けとめていただいた読者、そのあ、な、たに御礼《おれい》を申し上げるのが最善かと思います。ありがとう。

＊「小説 野性時代」2015.12

贈り物

五年前、あるひとから、作家生活三十周年のお祝いにデュポンのライターを貰った。まずもって「身分不相応」という言葉を思いつくほどの高級品で、贈ってくれたひともとくに金持ちというわけではないから、よほど無理をして奮発してくれたのだと思う。もちろん、佐藤正午という作家がデビューから何十周年を迎えようと、そんなのは世間の誰も知ったことではない。正直、僕じしん、どうでもよかった。でもそのひとは、赤の他人だが、どうでもいいとは思わず、祝ってくれた。

三年前、小説『月の満ち欠け』を書き出したとき、登場人物にそのデュポンのライターを持たせることにした。深い企《たくら》みもなく、最初はただ手近にあった私物を作中の小道具として使ったに過ぎなかった。ところが、書き進めるにつれて、ただ手近にあったはずのライターの持つ意味が、しだいに重みを増し、書きあげてみると、もはやそれなしでは物語は成立しない、そのくらい重要な役割を担うことになっていた。

昨年、その『月の満ち欠け』が出版され、直木賞を受賞した。会うひと会うひとがみな、おめでとうございます、と小説書きの苦労も知らないでありきたりの文句で祝ってくれた。新年の挨拶みたいなものだ。そのときはそう思った。そのひとも同じ言葉をかけてくれた。加えて、あれはわたしが贈ったライターですね？　小説にわたしの贈り物が生かされましたね、くらい言うかと思ったが、言わなかった。恩着せがましいことは何も言わなかった。僕もあえて触れなかった。

いま、僕はこう思っている。

小説『月の満ち欠け』は、贈り物のライターなしにはあり得なかった。つまりそれを贈ってくれた、そのひとの厚意なしでは書けなかった。若くしてデビューした作家が、一作また一作と作品を積み上げて、時が経ち、何十周年かを迎える。確かに、そんなのは世間の誰も知ったことではないだろう。でも、そこに節目のようなものがなければ、人生はのっぺらぼうになる。三十年小説を書き続けたことを、どうでもよくはない、と思ってくれるひとが一人でもいたのは幸運である。その一人のおかげで、もう若くない作家が、過去にたどってきた長い道のりを振り返り、次の一歩を踏み出す勇気を奮い起こす。そういうこともありうる。

ひとが、ひとへの、厚意を恩に着せない。厚意をうけた側も、ことさら御礼は言わない。おめでとうございます、と挨拶されて、今後ともよろしく、と返す。おたがい余計な言葉を足さず、儀礼的なやりとりのみだが、気持ちは通じている、というか、記憶は共有している。ひととひとのつながりに、そういうことも、大いにありうると思う。儀礼的というだけで、ありきたりの挨拶を軽んじるのは早計だろう。

というわけで、今年、二〇一八年、作家生活三十五周年を迎える最初の日に、この場を借りて読者のみなさまにご挨拶できるのは幸いです。あけましておめでとうございます。どうか良い年になりますように。

*「長崎新聞」2018.1.1

63-

2019-

2017年に『月の満ち欠け』を書きあげたとき、一時、体重が50キロを割っていた。僕はわりと背の高いほうなので、普通ではあり得ない数値だし、同じ頃血尿が出たりして、普通ではない何かが自分の体内で起きているのだと当時は観念していた。どんな文体で遺書を書くべきか迷ったりもした。ところが幸いなことにいまも生きている。去年は久々の小説『冬に子供が生まれる』が出版されたし、今年は次の新作も出版される。自分の体がどうなっているのか、定期健診などしないので何もわからない。書きかけの遺書は放置したまま、今年の夏が来れば70になる。

2019

10 『岩波文庫的 月の満ち欠け』刊行（岩波書店／特別寄稿：伊坂幸太郎）

12 ●ふりかけ「小説 野性時代」※「熟柿」第4回 →『熟柿』

2020

12 ●ゆかり「小説 野性時代」※「熟柿」第5回 →『熟柿』

2021

8 ☆映画「鳩の撃退法」公開（出演：藤原竜也、土屋太鳳、風間俊介、西野七瀬ほか／監督：タカハタ秀太）

9 『書くインタビュー4』刊行（小学館文庫／ゲスト：盛田隆二）

12 ☆熟柿　連載中断

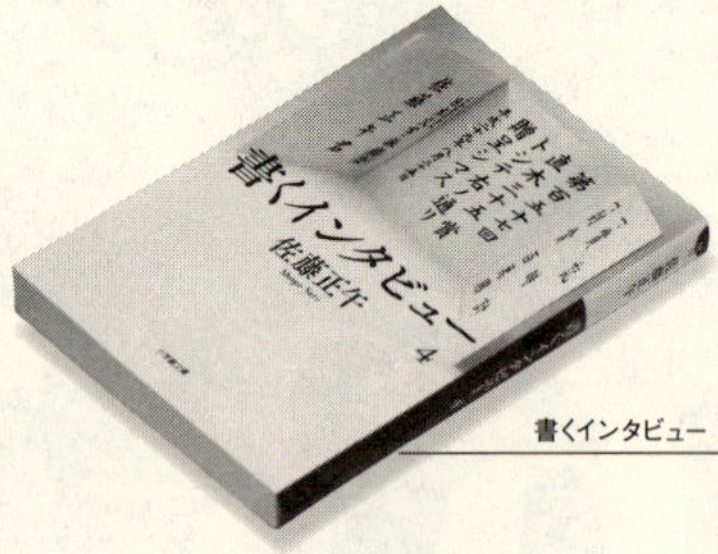

書くインタビュー 4

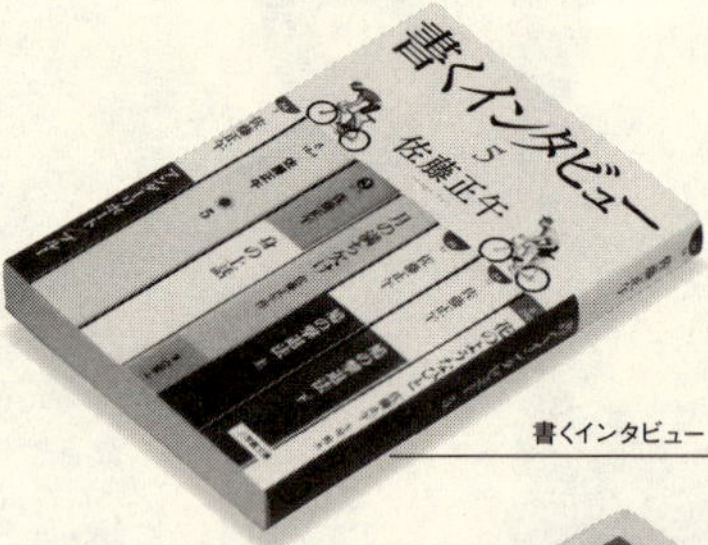

書くインタビュー 5

岩波文庫的 月の満ち欠け

2022

11 『書くインタビュー5』刊行（小学館文庫）

12 『小説家の四季 1988－2002』刊行（岩波現代文庫）

『小説家の四季 2007－2015』刊行（岩波現代文庫）

☆映画「月の満ち欠け」公開

（出演：大泉洋、有村架純、目黒蓮、柴咲コウほか／監督：廣木隆一）

2023

1 ●冬に子供が生まれる 連載開始（〜23・9）「WEBきらら」

↓『冬に子供が生まれる』

7 ◎夏の相棒 「小説宝石」↓『正午派2025』

11 ☆熟柿 連載再開（〜24・11）「小説 野性時代」

12 『書くインタビュー6』刊行（小学館文庫）

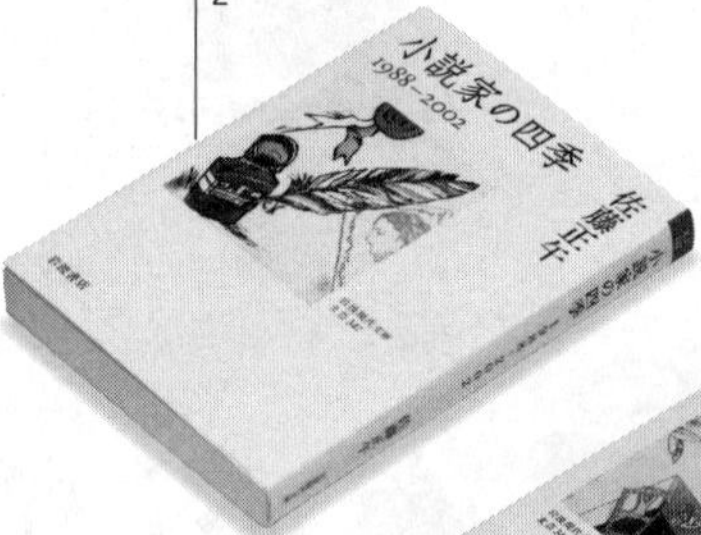

小説家の四季 1988－2002

小説家の四季 2007－2015

書くインタビュー 6

2024

2 『冬に子供が生まれる』刊行（小学館）

3 『ジャンプ 新装版』刊行（光文社文庫／解説：山本文緒／エッセイ：大久保雄策）

4 『身の上話 新装版』刊行（光文社文庫／解説：池上冬樹／エッセイ：遠藤徹哉）

5 『彼女について知ることのすべて 新装版』刊行（光文社文庫／解説：池上冬樹／エッセイ：今野加寿子）

7 『かなりいいかげんな略歴 エッセイ・コレクションⅠ 1984−1990』刊行（岩波現代文庫）

8 『佐世保で考えたこと エッセイ・コレクションⅡ 1991−1995』刊行（岩波現代文庫）

9 『つまらないものですが。 エッセイ・コレクションⅢ 1996−2015』刊行（岩波現代文庫）

10 『Y』刊行（角川文庫／解説：香山二三郎）

『冬に子供が生まれる』の刊行に先駆けてひさしぶりに受けた新聞取材

冬に子供が生まれる

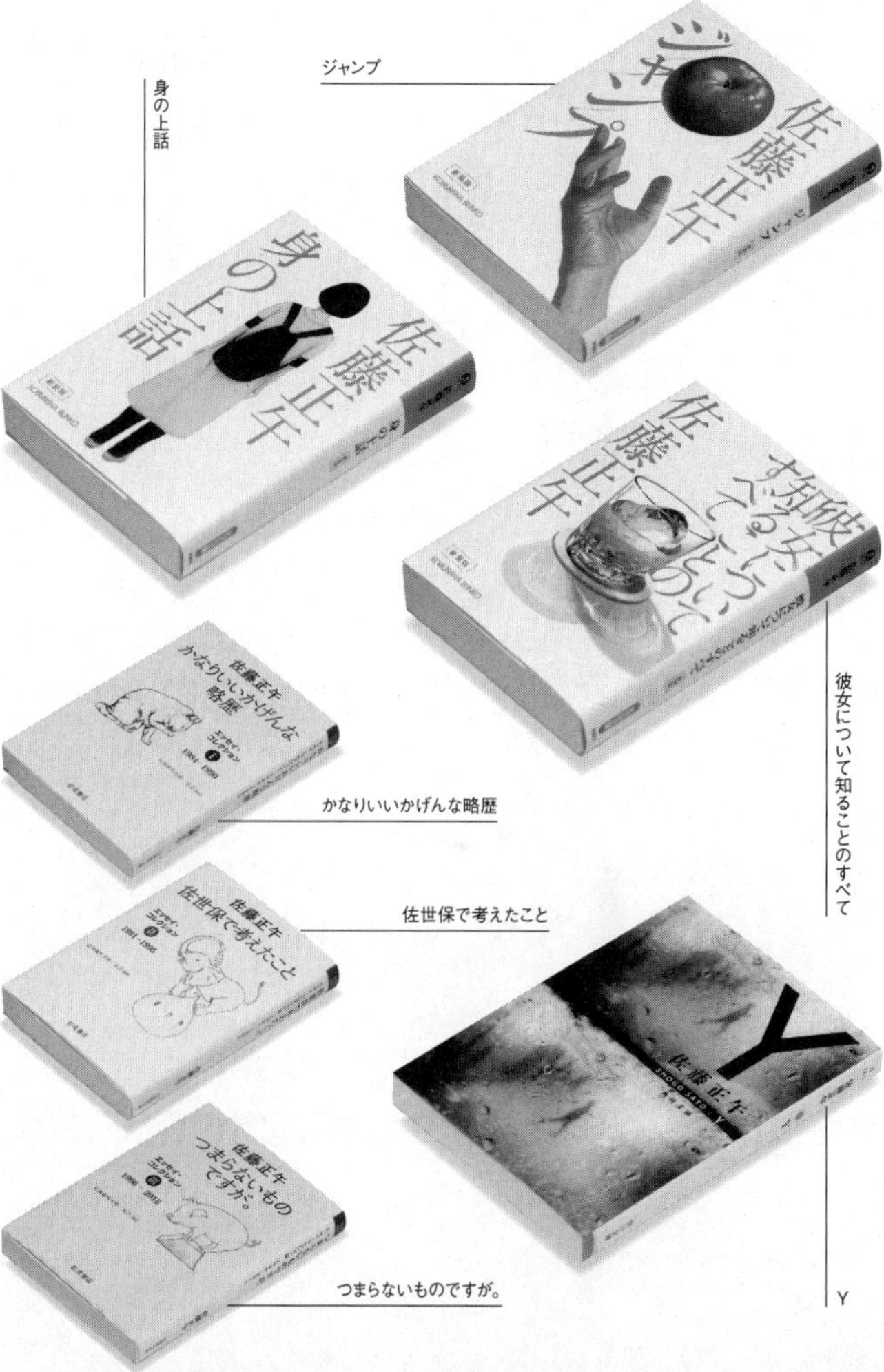
ジャンプ
身の上話
彼女について知ることのすべて
かなりいいかげんな略歴
佐世保で考えたこと
つまらないものですが。
Y

2025

春 **1** 『正午派２０２５』刊行（小学館文庫）
『熟柿』刊行予定（ＫＡＤＯＫＡＷＡ）

佐世保駅7番ホーム

＊2017年から足かけ４年にわたり「西日本新聞」に連載された。
ＪＲ佐世保駅に「７番ホーム」は実在しない。

カステラの箱

ある週刊誌のインタビューで、デビュー作が出版されるまでの経緯を質問されて、カステラの空箱に原稿を詰めて新人文学賞に応募したというこぼれ話を披露したところ、ことのほか喜ばれた。カステラの箱というのがいいですね、と若い記者は言った。そういうディテールがあると記事を書くとき助かります。

そういうディテールの積み重ねでふだん小説家は小説を書いているわけだから、記者の喜ぶ理由もよくわかる。で、そのカステラの空箱はどこから持ってきたんですか、と記者は欲張って訊《たず》ねた。憶《おぼ》えてますか、よかったら教えていただけますか？

いまから三十四年前のその日、僕は佐世保駅7番ホームから急行電車に乗った。行先は近県の温泉地だった。その地で長年旅館を営んでいる夫婦に会って挨拶をする段取りになっていた。緊張で前の晩はよく眠れなかった。一張羅の背広を着てネクタイを締め、駅の売店で手土産を買った。見栄《みえ》をはって、いちばん大きなカステラにした。

そのときまで心に迷いのようなものはなかった。

乗り換えのひなびた駅で、小一時間、ホームのベンチに腰かけて普通電車を待った。接続の悪い電車を待つうち、二つのことが頭に浮かんだ。ひとつは旅館の一人娘である交際相手のこと。もうひとつは、彼女には内緒でこつこつ書きためた長編小説の原稿のこと。

言い換えれば、僕はそのとき、二通りの未来を想像していたと思う。跡取りを求めている温泉旅館の婿養子となる未来と、長編小説が出版され小説家と呼ばれ小説を書き続ける未来と。前者は、このまま来た電車に乗りさえすれば実現する、ほぼ確実な未来だった。後者はまるで未知数だった。

なぜその日、手の届くところにある未来へと向かう普通電車に乗らず、佐世保へ引き返す電車を選んでしまったのか、自分でもわからない。実家の旅館で両親とともに僕の到着を待っていた交際相手からは当然、電話がかかってきた。彼女がどんな言葉で僕を責めたか、自分がどう言い訳したかは、当日の記憶から抜け落ちている。

忘れないのはカステラの箱だけだ。

深夜、包み紙を破り、中のカステラを取り出した空箱に、約七百枚の厚みのある原稿用紙を入れてみると、ぴったり収まった。ほんとうに隙《す》き間なくぴったり、まるであつらえたように、二年がかりで書き上げた長編小説は箱に収まった。それは昼間、乗り換え駅のベンチで、カステラの重みを腿《もも》に感じながらイメージしていた通りだった。こうなるのはわかっていたのだ。とにかくこの小説を出版社に送ってみようと、ようやく決心がついた。

それから三十四年の月日が流れ、当時手の届くところにあったはずの未来はもはや夢物語のようにぼやけた。未知数だったほうが確固たる現実となり、僕はいまも小説を書き続けている。

ただし、週刊誌のインタビューではそこまでは喋《しゃべ》らなかった。そこまでお人好《ひとよ》しでは小説家はつとまらない。書くことが小説家の仕事だ。カステラの箱はどこから持ってきたのか憶えてますか？　と記者が欲張って訊ねたとき、僕は、まさか、そこまでは憶えてませんよ、と笑って嘘《うそ》をついた。

＊「西日本新聞」2017.7.31

ほんとはどうしたいん？

二年前、『鳩の撃退法』が山田風太郎賞を受賞し、そのとき貰《もら》った賞金をどう使うか迷ったあげく、家を建てた。自慢できるほどの家ではないが、二階には念願の「書斎」を設けた。壁三面に本棚を作り付け、窓辺には、いかにも作家らしく重厚感のある両袖机を置いた。賃貸マンションから引っ越しするさい、古い本棚も古い机もみんな捨ててしまった。そこまでの費用を文学賞の賞金でまかなえるはずもなく、足りないぶん借金を背負った。

借金の返済のため、夜のバイトを始めた。それでも追いつかないので一時期、親戚に割のいい仕事を紹介してもらい、昼間も外に出て働いていた。だから去年の夏頃までは「書斎」にこもって小説を書く時間なんてまったくなかった。

ある夜、店の厨房《ちゅうぼう》で、鶏《とり》の唐揚げを作っていると、カウンター席のほうから懐かしい声が洩《も》れてきた。菜箸を持ったまま仕切りの暖簾《のれん》のそばに行って、聞き耳をたてると、店の女の子が相手をしているのは二人連れの客で、どうやら出張で四国から佐世保に来ている人たちのようだった。そのうちのひとりが、僕の古い友人とよく似た通る声の持ち主で、いったいなにしとるん？　と連れに（どんな経緯でかは知らないが）話しかけた模様だった。その一言が、僕の記憶を掘り起こしたのだ。

正午さん、なにしとるん？

と昔、彼は僕によく意見した。そしてこう続けるのがお決まりだった。

ほんとはどうしたいん？

だが落ち着いて考えてみると、そんなはずはなかった。彼と僕はそこまで親しい間柄ではなかったし、彼が僕に「よく意見した」ことなどあり得たはずもなかった。昔、たった一度、彼にそう意見されたことがある。それが忘れ難い思い出になっているのだった。

交際している女性に関しての意見だったと思う。彼は、僕の言動から、僕がその女性との未来を本気で頭に描いてはいないことを感じ取り、正午さん、なにしとるん？　と怒りをにじませた声で言った。続く言葉、ほんとはどうしたいん？　とは、つまり、いつ誰に対して、またはほかの何に対して、本気を取っておくつもりなのかという意味だった。僕は何とも答えられなかった。

バイト先の厨房に立ち、片手に菜箸を握ったまま、暖簾の陰で耳をすましながら、僕は彼の思い出にしばし浸っていた。もし彼がいまも生きていたら、文学賞の受賞を（そして家の新築も）本気で喜んでくれただろう、それだけは確信できた。彼はそういう人間だったから。僕とは違い、心の一部も、しらけた気分に毒されていない人間だったから。

その後起きたことを簡単に記すと、唐揚げを作っていた小鍋から火柱が立ち、ボヤ騒ぎになって僕は夜のバイトをやめた。昼の仕事のほうも、夏ばてで倒れて数日寝込み、それっきりになった。

別に、ほんとはどうしたいん？　という古い友人の言葉にうながされて、書きかけの小説に戻ったわけではない。ほかに借金を返済する算段もなかったし、去年の秋口、僕は、死者が生まれ変わりをはたすという内容の物語に、また本気で取り組むことになった。

＊「西日本新聞」2017.9.28

アレクサンドリア

二年前に建てた家の「書斎」の窓からはコンビニが見える。仕事中にはもちろん外の景色など気にならないのだが、たまに、小説を書く手が止まって、煙草《タバコ》に火をつけて、考え事をはじめると決まってそちらへ視線がいく。

店の出入口から少し離れたところに喫煙所があり、そこで一服している人や、缶コーヒーを飲んでいる人の様子をしばらく遠目に眺めていたりする。そのうちに考え事の焦点が定まり、小説書きに戻ることもある。戻れない場合もある。そこに立っている人の、ふとした仕草がきっかけで、考え事の道筋を見失い、思いもかけない遠方まで飛ばされてしまうことがある。

今年の夏の話だが、あるとき、コーラを飲んでげっぷが出るのを待っているのか地面の一点を見据えている人がいて、喇叭《らっぱ》飲みの瓶を片手に持ったその男性の姿を観察するうちに、気がつくと僕は二十年前のアレクサンドリアまで運ばれていた。

二十年前、エジプトの首都カイロに高校時代の友人が新聞社の特派員として赴任していて、しきりに便りを送ってよこした。いちど遊びに来い、いまのうちにエジプトを見ておけ、アフリカの空気を吸っておけ、名だたる文学者はみんなこの地を訪れているぞ、佐世保でちまちま小説を書いてないで旅に出ろ、と友人は誘った。夜中に電話をかけてくることもあった。半年ほど口説かれて、とうとうその気になった。そうだよな、ヘミングウェイだってアフリカでハンティングをやってたよな、試しにライオンでも撃ってみるか？　そんな感じのノリで旅行を決めた。当時僕はまだ四十歳で、身体《からだ》もよく言うことをきいてくれた。

ところが、はるばるエジプトまでたどり着いたはいいものの、記事書きで多忙な友人は、宿の手配をしてくれただけで、ろくに相手もしてくれなかった。一九九〇年代の話だから、スマホもないしググれない。ガイドブックも持っていない僕は途方にくれた。

朝からバスに乗ったのは確かなのだが、道中はきれいに記憶から抜け落ちていて、着いた先がアレクサンドリアだった。歴史のある美しい港町だ。いま調べてみるとそのはずだが、街並も、どこをどう歩いたかも憶えていない。真夏の炎天下、道端に出ていた屋台の売店で、日本でもおなじみの炭酸飲料を見つけて喉の渇きをいやした。出そうで出ないげっぷを待ちながら、日陰にたたずんでいるとふいに腕をつかまれた。

男はアラビア語で僕に話しかけた。友人によると、それはペルシャ語だったはずだということだが、どっちにしても僕には聞き取れない。ただ聞き取れなくても意味はすぐに通じた。道路にはいつのまにか大勢の人が集まっていて、映画の撮影が始まっていた。僕にその撮影に参加してほしい、群衆にまじりコーラを飲んでいる野次馬の役を演じてほしいと、男は身振りで頼むのだった。

こうして否応《いやおう》なく、僕は映画にエキストラとして出演することになった。カイロに戻って友人に調べてもらうと、その日アレクサンドリアで撮影されていたのは、イラン人監督による映画らしかった。有名な監督だそうで、舌を嚙《か》みそうな長い名前だった。タイトルも覚えきれないほど長かった。で、二十年後のいまも、探せばどこかにコーラ瓶を持った日本人が映っているイラン映画が（そのシーンが編集でカットされていなければ）存在するはずなのだが、自分の目では確認できていない。

＊「西日本新聞」2017.11.27

何かになる

前回、イラン映画にエキストラ出演した経験を書いてみて、二三思い出したことがある。大学に入りたての頃、一時期、演劇研究会という名のサークルに所属していた。研究会といっても活動内容は演劇部だ。入部の動機はもうわからない。ひやかしだったのか、人前で「演じる」ことにいくらかでも興味があったのか。どっちにしろ、ただの一度も舞台には立たずやめてしまった。ほんの数カ月で退部に至った経緯もよく憶えていない。

憶えているのは、僕と同い年の部員が演劇の面白さについて語った言葉である。舞台稽古にも飲み会にも顔を出さなくなった僕を呼び出して、彼はこんなことを喋った。

自分は高校時代、将来の進路をしっかりと決められないまま受験勉強をして、この大学に来た。将来どんな職業に就くかはいまだに決めていない。それは就きたい職業がないというのではなくて、逆に、ありすぎるからだ。自分は欲張りで、何かになりたいというより、できれば何にでもなりたいんだ。会社員にも、公務員にも、実業家にも、政治家にも、革命家にも、芸術家にも。ありとあらゆるものになりたい。ありとあらゆる人生を体験したい。不可能だとはわかっている。大学を卒業すれば、自分が何かにならなければならないのはわかっている。でも演劇をやれば役になりきることができるだろう。疑似体験だが、ありとあらゆる職業に就ける。つまり何にでもなれる。面白いと思わないか？

彼はジャズ喫茶でこの話を僕にした。当時札幌にあった「アイラー」という店の片隅で。そんな些細《ささい》な記憶もよみがえる。ふたりとも十九歳だった。話を聞いたあと、僕は似ていると思った。将来の進路を決めないまま大学生になった彼と、僕は似ている。

似ているけれど、どこか違う。

どこが違うのかは、その後、学生アパートにこもって麻雀《マージャン》をしたり音楽を聴いたり小説を読んだりの怠惰な生活を送るうちにだんだんとわかってきた。

できれば何にもなりたくないんだ。

どうやら僕はそう思っているようだった。会社員にも、公務員にも、実業家にも、政治家にも、革命家にも、芸術家にも。ありとあらゆるものになりたくない場合、ひとはどうすればいいのか？　答えはわりと簡単だった。大学を卒業することで自分が何かになってしまうのだとしたら、卒業などしなければいい。いまみたいな生活をずっと続ければいい。

で僕はそのとおり実行した。

それから四十何年か経《た》ったいまも、何にもなっていない。大学は五年半在籍したあげくやめてしまったから、肩書きは大学生のままではないが、六十歳を過ぎたいまもあの頃と似たりよったりの生活を送っている。実質、大学時代がずっと続いている。他人の目にどう映るのかは知らない。小説書きをなりわいにしているのだから「小説家」というものになったんだろうと言われればそれまでだ。でも本人としては、若い頃からやっている小説の読み書きをえんえん続けているだけの話になる。卒業式もない。入社式もない。社員証もない。資格免許もない。結局、何にもならずにここまで来てしまった、というのが僕の本音であり実感である。

＊「西日本新聞」2018.1.29

去る者、残る者

僕が大学をやめて佐世保に戻った頃、同い年の友人たちは何かになるための試験に合格し、人生の新たな門出をむかえていた。なかにひとり、東京の新聞社への就職が決まって慌ただしく帰省した友人がいて、ヒマならちょっと来いと言うので、当時大村にあった彼の実家まで泊まりがけで遊びに行ったのだが、そのとき僕は噂《うわさ》に高いモンブランの万年筆というものを生まれて初めて触らせてもらった。父親からの就職祝いだそうで、マスターピースと呼ばれる高級品だった。もちろん羨ましかった。

羨ましかったが、できれば何にもなりたくないんだ、という方針で生きていた僕は、自分には縁のないものとしてどこか冷めた気持ちもあった。何かになりたいと望んでその望みを実現した者に、まわりの人間が、門出を祝って贈り物をする。自然なことだろう。でも僕は、何にもなろうとしていないのだから、誰かに門出を祝ってもらう機会など訪れようもない。あたりまえだろう。

国産の二千円くらいの万年筆で長編小説を書き、幸いにも本になって印税というものが振り込まれたとき、僕は競輪で大穴を当てたみたいに舞い上がり、佐世保の夜の街をひらひら蝶《ちよう》のように飛びまわった。おかげでなじみの酒場はできたけれど、あいかわらず高価な万年筆とは縁がなかった。その後も安物で小説を書き続け、印税は夜の街に消え、いつしか僕は三十なかばを過ぎていた。

ある年の夏、行きつけの酒場のママから誕生祝いを貰《もら》った。その場でリボンをほどいてみると、出てきたのはモンブランの万年筆だった。それでいい小説を書きなさい、と彼女は言った。マスターピースと呼ばれる万年筆でマスターピース（傑作）を書きなさい、と駄洒落《だじやれ》みたいな励ましを添えられた記憶もある。

それから誕生祝いが毎年の恒例になった。次の年も、その次の年も、また次の年も、彼女は僕の誕生日にマスターピースを贈ってくれた。それが八年続いて、彼女は癌《がん》で亡くなった。八年続いたという事実は、いま、仕事机のペン立てに、自分では買ったおぼえのない万年筆が八本、キャップの天辺《てつぺん》の星のマークを上にして立ててあるのを見ればわかる。

彼女が贈り物にその万年筆を選んだのは偶然ではなく、僕があるとき、酔っぱらって昔話をしたことがあったからだ。就職が決まり前途洋々と外へ出ていく若者と、大学をやめて佐世保に舞い戻った自分、身内に新たな門出を祝福される若者と、厄介者あつかいされる自分とを対比させて、友人の実家で過ごした一夜の、万年筆にまつわる思い出を語った。めったにないことだが、本音まじりに。

僕が卒業した高校の、彼女はちょうど十年先輩にあたるひとだった。彼女もまた、僕と同じく地元にとどまり、外へ出ていく同級生たちを見送った側の人間だった。そういうこともあって、彼女は知り合った当初から、死ぬまで、佐藤正午という作家に肩入れしてくれた。なぜ東京に出ていかないの？　みたいな、大勢が聞きたがる愚問も、彼女はいちども口にしなかった。

地元で、小説を書くうえで、恩をうけたひとはいない。誰の助けも借りずに、ずっとひとりでやってきた。それはまあ、小説はひとりで書くものだから事実ではあるのだが、たまに、仕事机のペン立てに目をやって、そう頑《かたくな》に意地を張ることでもないか、と思ったりもする。

＊「西日本新聞」2018.3.28

思い出のひと

正午さんですよね？　と隣の席にいたひとに声をかけられた。

佐藤さんですよね？　ではなく、佐藤正午さんですよね？　でもなく、正午さんですよね？　まあ何にしても、よくあることではない。声をかけてきたのは女性だった。

「正午さんの話は母からよく聞いてるんですよ」と彼女は言い訳した。言い訳のように聞き取れた。つまり、母があなたのことを正午さんと呼んでよく話をする、それが耳になじんでいる、たとえ初対面でもわたしもほかの呼び方ではしっくりしない、と。

「そうですか」

「こんな場所で出会うなんてビックリです。母からは、正午さんはいつも競輪場にいると聞かされていたので」

こんな場所、とはボウリング場だった。その日、僕は妻と、妻の妹と、三人でボウリング場を訪れていた。2ゲーム投げて利き腕がだるくなったので、これ以上やると仕事に差し支えると弱音をはいて、場内の片隅にあるバーカウンターでひとりバドワイザーを飲んでいるところだった。

「ああでも、それってだいぶ昔の話なんですよね」彼女は笑顔になった。「正午さんがいつも競輪場にいたのは、わたしの母も、まだ若かった頃の」

「そうでしょうね、たぶん」

そこで話がしばし途切れた。レーンに落ちて転がっていくボールの音、弾《はじ》け飛ぶピンの音がさかんに聞こえてくる。

「いまはボウリング場にいると知ったら、母もきっと驚くと思いますよ」

「お母さんは、お元気ですか」

「ええ元気です。しょっちゅう旅行しています、仕事を引退した父をほったらかして。趣味は俳句、というひとなので」

「お母さんは旅行、お父さんは俳句？」

「いいえ母が、旅先で俳句をつくるんです。父は無趣味で」

「なるほど」

またしばし話が途切れた。短い着信音が鳴り、彼女がスマホを取り出して目を走らせ、バッグに戻した。

「こちらからお声をかけたのにすみません。もっとお話ししたかったのですが、待ち合わせの時間があるので」

僕が黙っていると、彼女はスツールを降り、お辞儀をしかけたところで、あ！と声をあげた。

「正午さん、わたし、最初に名乗りましたか？」

「いや、お母さんの名前もまだ聞いてないと思う」

「ほんとうにごめんなさい」彼女は何度も頭をさげた。「たまたま雑誌でお顔を見ていたので、隣に正午さんがいると気づいて、声をかけなきゃと緊張してしまって、余計なことばかり喋りました」

それから彼女は名乗った。母親の（旧姓の）フルネームも教えてくれた。その名前を口にすると、真顔になって、いっそう深く頭をさげた。去り際には、こうも言った。

「母は、昔の御恩を忘れていません。いまでも、大切な思い出としてわたしに繰り返し語ります。父には内緒ですが」

彼女の母親の名前には心当たりがなかった。昔だろうがいつだろうが、御恩と呼ばれるものを誰かにほどこしたおぼえもなかった。この話には、どこかに行き違いがあるはずだった。ただ、そのどこかを突き詰めて、ひとの大切な思い出をほじくり回しても得るものはないだろう。このままでいいと思ったので、僕は彼女を引きとめなかった。

＊「西日本新聞」2018.5.31

ラッキー・チャーム

二〇〇六年の秋、前触れもなくいきなり心に変調をきたしてものを書く仕事ができなくなった。仕方がないのでそれから七カ月にわたってブラブラしていたのだが、一度だけ、そのあいだに日本を出た。サンパウロに住む母方の叔父が、噂を聞きつけて、死ぬ前に会っておきたいと航空券を送ってよこしたのだ。

死ぬ前に、というのはどうやら、僕が、自らの意志で、との意味らしく、久しぶりに会ってみると、古希をむかえた叔父のほうはすこぶる元気だった。輸入物の麒麟《きりん》ビールを昼間から飲み、僕の母の若い頃の思い出を次から次へ語って聞かせた。

叔父の家に滞在中、二度、市内にあるイビラプエラ公園に出かけた。最初は叔父夫婦に案内され、二度目は自分ひとりで行った。そして園内をやみくもに歩いているうちに迷子になった。イビラプエラ公園は果てしなく広い。

当地の季節は日差しのきつい夏だった。

青々と葉を繁《しげ》らせた桜の木の下、泰然と地べたに坐《すわ》っている男性と目が合ったので近寄ってみると、相手は物売りのようで、畳半分ほどの敷物の上に光るアクセサリーを並べていた。ここからいちばん近い出口はどこですか？　と僕は訊ねた。日本人に見えたので日本語で訊ねたのだが、その男性は微笑《ほほえ》んで、敷物にてのひらを向けて「ラッキー・チャーム」と商品の説明をした。幸運の御守り？　いやいや、そうじゃなくて、と僕は首を振った。アイム・ロスト、道に迷ったんです。彼はまた目を細め、商品を指差して「シルバー」と付け加えた。

銀細工ということなのか、確かに、黒い敷物に並んだアクセサリーは銀色で、一つ一つ、アルファベットを象《かたど》ったものだった。AからZまで二十六文字、それに感嘆符と、疑問符で計二十八個のアクセサリー。すべての文字が一点かぎり。細い革紐《かわひも》をつければペンダント、短い紐ならブレスレットに。カタコトの英語で言葉を交わすうち、一個それを買えば、御礼に出口でも何でも教えてくれそうな駆け引きを感じたので、どうせなら名前の頭文字をと思い、僕はしゃがんでSの文字を探した。でも見つからなかった。

Sはすでに売れた、日本人の女性が買った、あっちへ歩いて行った、と彼は言った。じゃあそっちが出口なんだ？　僕は彼の指し示す方向へ顔を向けた。すでに、がいつのことかはわからないし、歩いていく女性の姿も見えなかった。見えない女性の後姿を頭に思い描いたあと、売れてしまったSの代わりに、？を買って僕は出口をめざした。グッドラック、と去りぎわに声がかかった。

二〇〇七年の春、叔父の心配をよそに生き延びた僕は、佐世保で仕事を再開した。それからしばらくして、市内にあるニミッツパークで、銀色のSを首輪に貼りつけたブルドッグに出会った。

その銀細工のSが、サンパウロのイビラプエラ公園で僕が買いそこねたものだということは、一目見た瞬間に、ではなく、のちに、おいおいわかった。そうとわかると興が乗って、パスポートの記録や当地で撮影した写真やいくつかの記憶をつきあわせた結果、同じ年の、同じ月の、同じ日、ほぼ同時刻、たぶん数分ちがいで、僕たちはあの葉桜の木陰の露天商の前に立っていた。

僕たち、というのは、僕とブルドッグの飼い主のことだ。イビラプエラ公園でのすれ違いから、時を経て、ニミッツパークで初めて顔を合わせ、その後も、何度か偶然の力を借りながら長い時間をかけたすえに、たがいの身の上を語り合うまでになった。現在の妻である。

＊「西日本新聞」2018.7.27

預かり猫

およそ犬という犬は僕を見つけると敵意をむきだしにして吠《ほ》えかかる。猫は猫で、僕を見ると舐《な》めきった態度をとり、そっぽをむいて離れていく。子供の頃からそんな感じだった。よく「あなたは犬派か猫派か」とどうでもいい質問を耳にするが、ほんとにどうでもいい。もし前世の因縁とか、たたりとかいうものがあるなら、その昔僕はおそらく札つきの不良猫で、猫社会で何らかのタブーを犯して追放され、犬のなわばりを荒らしながら孤独な闘いにあけくれた猫だったんじゃないかと思う。

出会ったとき妻が飼っていたブルドッグは老犬で、結婚する数カ月前に寿命で死んだ。これはブルドッグと僕とお互いのために、というか妻もふくめた三者にとって、幸いなことだった。結婚後しばらくはペット禁止のマンション住まいだったから、妻は新しい犬を飼いたくても飼えなかった。その後文学賞の賞金で家を建ててそっちへ引っ越したが、犬派独特の嗅覚で僕の前世の正体を嗅ぎ取ったのかどうなのか、妻はもう新しい犬を欲しがらなかった。おかげで夫婦生活にペットをめぐる問題は発生しなかった。

ところが先週、うちに猫が来た。

妻の妹の夫の、実家の飼猫である。個人情報だからここには自由に書けないけれども、よんどころない事情が重なり、飼猫の世話をする人間が家にひとりもいなくなった。本来の飼い主が戻ってくるまでのあいだ、三カ月ほど、だれかが預かって面倒をみる必要が生じ、だったらうちで、と妻が手をあげたのだ。犬派なのになんでまた？と僕は疑問に思ったが、妻はじつは犬も猫もわけへだてなく好き、ということである。初耳だった。

妻の妹の夫の実家の飼猫なら、妻の妹夫婦がまず預かるのがスジだと思うのだが、困ったことに、妻の妹は、猫アレルギーの体質なんだそうである。ちなみに猫アレルギーのひとは、猫がそばを通るだけで涙やくしゃみが止まらなくなったりするそうだ。これも初めて聞いた。

うちにやってきた猫は「いしこちゃん」という変な名前で、いい年して猫を「ちゃん」づけで呼ぶのも気色悪いから「いしこ」と呼ぶことにしたのだが、案の定、振り向きもしない。試しに、いしこちゃん！と一回だけ大声で呼びかけてみたところ、片方の耳がひくっと動くのは動いたので、聞こえてはいるらしい。

たそがれる、というブルーな気分を表す動詞があったかなかったか、まあ仮にあるとして、うちに来た当初、たそがれて窓の外ばかり眺めていたいしこは、何日かすると運命を受け入れ、一階のリビングや食堂をのし歩くようになった。今朝僕が目覚めて二階から降りていくと、独りで廊下を跳びまわって遊んでいた。で、僕に気づくとぴたりと動きを止めた。

目と目が合ったので、良い機会だと思い、階段の一番下の段に腰をおろして僕から話しかけた。うちは奥さんが留守がちだから、きみと僕と二人きりでいる時間が長い。でも仲良くできないのはわかってるから、せめて互いに干渉するのはやめよう。きみは一階で自由に、ただし居候の分際をわきまえて、おとなしく暮らせ。僕は二階で仕事をする。ここから上は立ち入り禁止だ。階段は登るな。もしきみが二階の書斎で、パソコンのキーボードに跳び乗ったりしたら、そのときは……。そのときはどうするのか？　僕の脅し文句を最後まで聞かず、いしこはぷいと顔をそむけて歩き去った。

預かって一週間目、僕はまだ彼女に触れてもいない。できればこのまま触れ合いなし、トラブルなしの関係で三カ月が過ぎることを願っている。

＊「西日本新聞」2018.9.25

らしく見えること

いちいち詳細に書くと差し障りがあるかもしれないので、とある国で、としておくが、小説『月の満ち欠け』の翻訳版が出ることになって、本の発売に合わせたキャンペーンイベントとしてサイン会開催の打診があった。それは一分も考えずに「謹んで辞退」のむね返答を伝えたのだが、数日後、こんどは彼地《かのち》のテレビ局から、インタビュー取材の依頼が舞い込んだ。そっちが来ないならこっちから日本に出向く、という意気込みのようである。

彼地の情報にはまるっきり疎いから、いったいどんな経緯で何がどうなってこの僕の、僕みたいなテレビ映えしない作家の、インタビュー番組の企画が持ちあがったのか皆目わからない。ただ先方のやる気は十分感じ取れる。インタビューには通訳者も同行するから言葉の心配もいらないという。これは一日考えることにして、夕食の席で、ぽろっと妻に話してみると、受けたら？　はるばる佐世保まで来てくれるんでしょう？　どうせヒマなんだし、少しは作家らしく見えるかもよ？　とのアドバイスだった。

次に書く長編小説の構想を練っているところで、まだ書いてはいないから傍目《はため》には、このところ僕の毎日がヒマそうに見えるのはわかる。ほんとはヒマではなく、頭を使って休みなく働き続けてるんだと言いたくても、他人の目に映る姿は、毎日何もしないで暮らしている怠け者だろう。その怠け者がテレビカメラの前で「作家」と紹介されるだけで「らしく」見えるかもしれない。小説も書かずに作家らしさをアピールできるのなら儲《もう》けものだ、と思い、僕は妻のアドバイスに従うことにした。

通訳付きのインタビューは自宅二階の書斎でおこなわれた。

彼らは四人でやってきた。ディレクターとインタビューアーがともに若い女性、中年の男性カメラマンと、あと福岡の大学に留学中だという通訳の男子大学生。妻は仕事で留守だったので、コーヒーと紅茶と緑茶とどれがいいですか？と僕がホスト役で一階のリビングで四人をもてなし、それから二階の書斎に上がった。

で、こんにちは、日本の小説家、佐藤正午ですと自己紹介の撮影からインタビューが始まり、しばらくたって気づいたのだが、ディレクターの足もとに猫がいた。

前回触れた預かり猫のいしこである。二階には上がるなとあれほど言い聞かせてあったのに、撮影クルーにまぎれてちゃっかり書斎に入り込み、確か「香箱《こうばこ》」と言ったと思うのだが、いかにも猫らしい伝統的な坐り方で、気持ち首を傾《かし》げてこっちを見ている。

ディレクターがじきに気づいて、日本語に訳せば（たぶん）「あら可愛《かわい》い猫ちゃんね！」といしこに話しかけ、抱きあげてから通訳の大学生に何事か喋った。通訳の大学生は僕にこう伝えた。

「佐藤さん、猫ちゃん抱っこで、話すのOKですか？」

そりゃ猫ちゃんにその気があればOKだけどね、と僕は真顔で答えた。絶対無理だと思うよ、そいつ僕を軽蔑してるから。これがジョークとして訳されてディレクターに伝わり、笑顔で猫を運んできて僕に手渡した。意外なことに、いしこは嫌がって暴れたりはしなかった。借りてきた猫同然におとなしかった。あれ、どうしちゃったの？と僕が心から驚くと、撮影クルーが笑い声をあげた。

こうして膝の上にいしこを乗せた状態でインタビューを受けることになった。猫は猫なりにテレビカメラを意識したのか、そんな馬鹿な、と言うべきなのか、一時間ものあいだ彼女が行儀良くしていた理由は謎である。実情を言えば、あとにもさきにも僕たちが触れ合ったのはこのとき一度きりなのだが、これを目撃した四人の異国の客、そして彼地のテレビの視聴者の目にも、僕は猫好きの作家らしく、いしこは作家の愛猫らしく映ったことだろう。

＊「西日本新聞」2018.11.30

使者

預かり猫は飼い主のもとへ去った。おかげでせいせいした気分で新年を迎えた。一方、動物愛の対象を失った妻はいわゆるペットロス状態である。松の内があけて、夕食の席で彼女は切り出した。わが家で犬を飼いたいと言う。いつか言うだろうと予測していたので僕は驚かなかった。用意しておいた妥協案を出した。

「ロボット犬じゃだめか」

妻は箸を止めて僕を見た。

「人工知能のロボット犬なら、僕が近づいてもむやみに吠えないだろう、昔きみが飼ってたブルドッグみたいには。もちろん嚙まないし、涎《よだれ》も垂らさない。エサもいらない。散歩させる必要もない。頭が良くて、従順。機嫌が良ければ踊ったりもするらしい。何の問題もない。いいことずくめだ」

「もちろん嚙まないしって、嚙まれたことあるの、本物の犬に？」

「あるよ、子供のとき、ふくらはぎを二回」

夕食後、僕の提案のどこが気に入らないのか妻は不機嫌に黙り込み、自室に引き籠った。

食卓の後片づけと洗い物を担当しながら、僕はとりとめのない考え事をした。そのうち、犬にまつわる記憶がよみがえった。それはふくらはぎを二回嚙まれた禍々《まがまが》しい記憶ではなく、たった一度、本物の犬に懐かれた思い出だった。

二十年ではきかないほど昔の話だが、旅先の別府から佐世保まで歩いて帰ったことがある。別府温泉に宿をとって六日間競輪場に通いつめ、最終日、収支計算のミスが生じて電車賃が足りなくなったのである。正確には、帰りの道中でヒッチハイクもしたので歩いた距離は実質百キロほどだったと思う。でも大村から佐世保まではまるまる歩いた。

深夜二時頃だった。国道の端をてくてく歩き続けて早岐までたどり着いたとき、突然、背後で物音がした。立ち止まって後ろを見ると、黒い影が地べたを動いている。こっちに近づいて来るのが気色悪いので、逃げて距離をあけたいのだが、もう何時間も歩きづめで疲れ果てている。走る元気もない。せめて街灯の光のとどくあたりまでと思って、そこまで移動してまた後ろを見ると、追ってくるのは一匹の子犬だった。嚙むのか？　と身構えたが、子犬はそばには来なかった。吠えもしなかった。僕は無視することに決めて、佐世保駅をめざして歩き続けた。

ところが子犬は後ろから追ってきた。ときおり僕が歩くのをやめて振り返ると、子犬も足を止める。名前を呼んでやればいまにも僕の腕に飛び込んできそうな気配だ。でも名前は知らない。たがいに無言で顔を見合わせるしかない。真夜中の国道端でそんなことを繰り返していると、疲労困憊《こんぱい》のせいもあったと思うが、頭に奇妙な考えが浮かんだ。この僕が犬に懐かれるなんてあり得ない。理由があるはずだ。こいつは冥界からの使いではないか。僕に何か重要な報《しら》せを伝えるために現れたのではないか？

当時、行方不明の友人がいた。どこでどうしているのか気に掛けていたが消息は全くつかめなかった。そうか、彼は死んだのだ、と僕は直感した。そのことを子犬は僕に伝えようとしている。友人の霊が子犬の姿を借りて別れを惜しんでいる。なかばそう信じて、夜明けに佐世保駅に着いた。後ろを見ると子犬の姿は消えていた。お別れだ、と僕は思った。ナムアミダブツ。その場で手を合わせ、友人の冥福を祈った。

これが唯一、僕を見ても吠えなかった犬の記憶である。

今日まで誰にも話したことがない。むろん妻にも話さない。行方不明だった友人は、それから何年か経って、ひょっこり佐世保に戻ってきた。いまでも競輪場でたまに会う。

＊「西日本新聞」2019.1.28

髭の心配

　毎日定刻に出社するため、約束の時間に人と会うために身だしなみを整えるのではなくて、これといった目的もなく、青年は朝目覚めると、お湯を沸かし、熱湯で湿らせたタオルを用意し、シェービングクリームを顔に塗り、剃刀《かみそり》で髭《ひげ》をあたる。そしてその、これといって目的のない、急《せ》かす者もいない、ゆったりと流れる朝の時間をこのうえなく貴重なものに感じる。野呂邦暢の『一滴の夏』という小説で確かそんな一場面を読んで、読んだのは四十年くらい昔なのだが、以来、おりにふれて思い出す。

　小説を読んだ当時、僕は主人公の青年と同じく無職だった。でもゆったりと流れる朝の時間をとくに貴重なものに感じたことはなかった。時間の制約から解放されることを貴重と感じるのは、いったん、時間に縛られる生活を経験したあとだろう。小説の主人公にはその経験があったが、僕にはなかった。

　僕はずっと無職だったので、朝からあわただしく髭を剃《そ》る必要などなく、髭剃りに時間をかけたいと願う理由もなかった。とにかく朝起きたら髭を剃るという発想じたいなかった。四十年経ったいまもそれはない。じゃあいつ髭を剃るかといえば、随時、である。髪が伸びたなと気づけば床屋に行くように、鏡に映った顔がむさくるしいなと気づいたらそのつど剃る。髪と髭と伸びるタイミングが合えば、床屋で両方ともいっぺんに引き受けてもらう。

そういう習慣で長らくやってきた。自分で髭を剃ってさっぱりした顔になるのは月に二日くらい、残りの二十何日かは無性髭で暮らしている。まめに鏡を見るほうではないし、伸びた髭に気づいてもほったらかしの場合もあるので、ときには妻から「口のまわりがゴミ屋敷みたいになってる」などと指摘されることもある。ひどい言われ様だが、言われて鏡を見ると、まあ、言うとおりだなと苦笑いするしかない髭面が映っている。

ただし、苦笑いですむのは相手が身内だからで、伸びた髭を指摘するのが他人となると話は別である。

先日、町内会婦人部の役職にあるらしい人が代表でうちにやって来て、玄関で十分ほど立話をした。立話の内容は「ご主人におりいってご相談が」というものだった。ご主人とは僕のことで、ご相談とは、これがどうも、事を荒立てないよう細心の注意を払って、終始にこやかに、穏やかな口調で、歯に衣《きぬ》を何枚も着せたような言い回しで語られたので、その人が帰ったあともしばらくピンとこなかったのだが、我に返って要点を整理してみるとこうである。

「近所を散歩しながら小説の構想を練るのは、佐藤さんの自由だけれども、外出時の身なりや言動にはもうすこし慎重になっていただけないだろうか。下校中の子供たちに大人が声をかけるのは、要らぬ誤解をまねく原因になったりもする。小学校低学年の、私の孫などは、髭を生やした男性に怯《おび》える傾向があるし、そのような傾向の少女に、みだりに話しかけるのも考えものかもしれません」

問題は、どうも髭のようだ、平たく言い直せばこうなるだろう。

「不審者まがいの髭面で近所をうろつき回るのは控えてほしい」

夕方散歩に出るのは僕の習慣で、下校中の小学生と道で会って「こんにちは」と挨拶されればこちらも挨拶を返す、自分ではその程度の常識的な言動にとどめていたつもりなのだが、なかには、あの髭面のおじさんは会社にも行かずぶらぶらしていて怪しい、と感じる子供が少数いたようである。

その日から外出時に髭の心配をするようになった。鏡に映った顔を見て、これだとまた婦人部の人がうちに来るかもと不安になったときには、洗面所でお湯の栓をひねり、蒸しタオルを作る。野呂邦暢の小説のことなど思い出しながら、別に急ぐ必要もないので、時間をかけて、ゆったりと髭剃りを終えてから散歩に出る。

＊「西日本新聞」2019.4.1

ため息の記憶

船を降りるときに白い服の女とすれちがった。そのことを六十年忘れない。と年老いた男が語る。

たった一度、すれちがっただけ、横を通っただけ、言葉をかわしてもいない、名前もわからない女を、つまりその後の人生を変えてしまった運命的な出会いではなく、何事も起きなかった若い日の一コマを、六十年たっても忘れない、と。

語っているのは映画『市民ケーン』の登場人物の誰かで、映画を見たのはだいぶ昔だから詳細不明だが、最初に引用した台詞は、映画を見たとき字幕に現れたままを書きつけた（はずの）メモが残っているので、たぶん一字一句間違いないと思う。

そのことを六十年忘れない、と人が語るのは、もちろん片時も忘れないのではなくて、六十年たったいまも、たまに、ふとしたはずみにそのことが思い出される、という意味だろう。ただ単に白い服の女とすれちがった、それだけのこと。だが、それだけのことが起きたそのとき、六十年前の自分が、目に焼きつけてしまった彼女の表情、唇に浮かんでいた微笑、嗅ぎあてた香水の匂い、すれちがいざまに感じた心の揺れ動きまで、記憶はよみがえる。あるいは、ふいに記憶がよみがえるのを自分では止められない。

記憶の焦点は、彼女にあるようで実は自分に当たっている。すれちがった相手というよりも、むしろ相手とすれちがったときの自分自身を思い出している。忘れたくても忘れないのは、自分の若さの記憶。何かをしたことよりも、何もしなかったこと。

いまから四十年前、僕は学生アパートに住んでいた。アパートは二階建てで、僕の部屋は二階の角にあり、一階の郵便受けに用のあるときは階段を降りることになる。まっすぐな長い階段を降りきると左手に郵便受け、とは名ばかりの手紙や新聞の投げ込まれる下駄箱があり、正面には引き戸の玄関があった。

そのころ僕は何をするでもなく昼夜逆転の生活を送っていて、寝るのはいつも朝、起きるのは夕方だった。ある日、夕方四時過ぎに寝起き姿で階段を降りていくと、ちょうど降りきったタイミングで玄関の引き戸がひらいて、帰宅したアパートの住人と鉢合わせになった。その住人は女性だった。眼鏡をかけた小柄な女の子で、僕と同じ大学の学生で、荷物でふくらんだショルダーバッグを提げていた。僕とは違い、朝からあたり前に授業に出て帰ってきたところなのだ。たがいに挨拶はしなかった。彼女は玄関に入るに入れず外に立っているだけ、僕も黙っていつもの習慣で下駄箱をあけて郵便物を取り出すと、そのまま階段を上って自室に戻った。

鉢合わせはもう一回起きた。その二回目のとき、彼女は玄関の引き戸をあけてそこに立っている僕に気づくと、もう、また？　何回も苛々《いらいら》させるなよ、と言いたげな顔をした。わたしはさ、一日授業を受けて疲れて帰ってきてるのに、あんたは何やってるの、いまごろ起き出してきて、よれよれのパジャマで、寝癖つけ放題で、目やにくっつけて、何のつもりでわたしの進路をふさいでるの？　言葉はひとことも発しなかったが、彼女は腕組みをして、脱力したように肩を落とす仕草をして、僕に聞かせるためのため息をついた。

それからまもなく僕は大学を落ちこぼれて故郷に戻ったので、彼女と会う機会は二度となかった。死ぬまでないと思う。

これは当時、僕が彼女にあわい好意を持っていたとか、そういう話ではないし、まして、思い出のあのひとはいまどこでどうしているのだろう？　みたいな話でもない。ただ、それ以上は何も起きなかった若い日の一コマ。理由もなく、というか、自分ではどうしようもなく、いまでもたまに思い出す。昔、学生アパートの玄関で女の子にため息をつかれた、そのことを四十年忘れない。

＊「西日本新聞」2019.5.27

容疑者

独身時代に住んでいたマンションでの出来事。

ある朝、ドアを開けて廊下に出ると、あたりに異物が散らばっている。開放廊下だから風に運ばれた木の葉が一枚二枚落ちていても不思議ではないのだが、そんな自然のいたずらとは別種の、明らかに人の手で破壊されたらしき何か、その大小の破片が点々と落ちている。廊下を端から端まで見渡しても、それが落ちているのは僕の部屋のドアの前だけだ。

まず戸惑って、しばらくきょろきょろしたあげく気づいた。ドアホンだ。玄関横のドアホンが壊されて、内部が剝《む》き出しになっている。つまり廊下に落ちているのはドアホンの表面の部分だ。ドアホンの顔、ともいうべきプラスチックのカバーが割れてばらばらになった破片だ。

無惨な姿をさらしているドアホンと、足もとにジグソーパズルのピースのごとく散乱している破片を交互に見て、頭を整理した。いや、整理しようとしたが、無理だった。真夜中、もしくは早朝、僕の部屋の前に無言で立ち、ドアホンを叩き割り、そのまま無言で立ち去った何者かがいる。そんな想像がまっさきに頭に浮かび、気分が悪くなった。陰湿な嫌がらせだ。もともと僕が怖がりだと知っててこんなことをやったのか？

朝刊を取りに行くつもりでドアを開けたのだったが、のんきに朝刊など読んでる場合ではない。部屋に戻って不動産会社に電話をかけた。留守電だったので伝言を残し、もう一回廊下に出て、携帯電話で現場写真を撮った。何枚も撮った。裸になったドアホンを撮影中にふと、これは陰湿な嫌がらせという前に、器物損壊の犯罪じゃないか？と重要な点に頭が向いた。不動産会社の担当者に連絡するよりも警察に通報するべきじゃないのか。……犯罪者は現場に戻るとかいうぞ、そいつがいまカナヅチ持ってここに戻ってきたらどうする？　もともと怖がりなのでその恐怖に耐えられなかった。

警察はすぐに来た。自分で呼んどいて何だが、ちょっと大げさかなと思うくらいの人数で現れた。非常に心強かった。朝起きたところから事情を説明するうち、このような嫌がらせをうけるおぼえがあるか？　といった話になった。こう書くと唐突だが、なにしろ相手は事情聴取のプロなので上手に誘導されて、それはまあ、胸に手をあてれば、これまでいろんな人と（いろんな具合に）関わりを持ってきたし、思いあたるふしがないこともない、みたいな気持ちになった。そりゃ僕に反感を持つ人間がこの世に皆無とは言い切れない。警察のひとは手帳をひらいてペンを構えている。とにかく一人でも実名をあげないと収まりがつかないような展開になった。

そこへようやく不動産会社の担当者が駆けつけた。彼は一目で状況を把握し、落ちているプラスチック片を一つつまんで、ざっと観察して、ああやっぱり、と言った。これはレッカです。

「このドアホンは取り付けて三十年近く経っているので劣化してるんです。表面のパネルが傷んでヒビが入って、自分から剝がれ落ちて割れたんですね。この階の奥の部屋でも先月、おなじことが起きて新しいのに取り替えました。間違いないです。佐藤さん落ち着いてください。これは犯罪ではなく、劣化が原因です」

警察のひとは黙って手帳を閉じた。

もう五分遅ければ、その手帳には僕の口から出た名前が容疑者として書き込まれたはずだった。しかも一人に絞るのは困難で、複数になる予定だった。男性も女性もいた。

その人たちとは、いったいどんな顔して会えばいいかわからないので、以後、こちらから交流を避けている。今後も会って謝る機会はないだろうし、しいて謝る必要もないとは思うが、言われのない嫌疑をかけてしまった軽率はずっと悔いている。

＊「西日本新聞」2019.7.29

3ミリの違い

テレビを見ていると「皮肉にも、悪い予想が現実になった」と重厚なナレーションが流れたので、ん？　最初から悪いことを予想していたのならそれは「皮肉にも」ではなくて、「案の定」とか「怖《おそ》れていたとおり」じゃないか？　と横にいた妻に言ったところ、また始まった、という顔をされた。日本語のみだれを嘆く年寄りの愚痴がまた始まった。妻の顔にそう書いてあるように見えた。

だが僕は日本語のみだれを嘆いているのではない。若い人たちの使う新語にカンシャクを起こしている年寄りでもなくて、ただこの場合「皮肉にも」という言葉を使うのは変じゃないか？　もういちどよく考えてみようよ？　と疑問を呈しただけである。だってこれじゃ論理的に意味がつながらないから。「皮肉にも」の一語が気になって先へ進めないから。すると妻は、それは一種の職業病、あなたは言葉にこだわり過ぎだという。一般視聴者はナレーションの一語の違和感など気にしないでテレビを見ているのだという。

そうかもしれない。言葉にこだわり過ぎかもしれない。一般視聴者が健康体だとして、僕は長年、ああでもないこうでもないと言葉をいじる仕事がたたって作家の職業病にかかっているのかもしれない。仮にそうだとする。では、その言葉をいじる仕事がたたるとはどういうことか。健康体の人にわかりやすくイメージしてもらうために、少し考えてみた。

以前、ある焼鳥屋主人のこんな発言を読んだことがある。

焼鳥の串に15センチのものを使っているんですが、たまに規定のサイズより短い串が混ざっています。3ミリほど短いだけでも竹串を持った瞬間に、「あ、短いな」と分かってしまうんです。

毎日の仕込みで、百本も二百本もの竹串に鶏肉だの葱《ねぎ》だの雛皮《ひなかわ》だのを刺していく。そんな作業を長年続けていると、いちいち比べなくても手に持っただけで、3ミリの短さに違和感を持つようになるというのである。いま試しに、親指と人差し指を接近させて3ミリの幅を作ろうとしてみると（ぜひやってみてほしい）、竹串3ミリの長短、というものが実感できる。それはほとんど見分けがつかない違いだ。おそらく焼鳥を注文した客は、3ミリ短い竹串を持って食べたとしても誰も気づかないだろう。

でも焼鳥を焼く主人は気づいている。つまり一般の人にはない感覚を彼は有している。それと同じく僕にも、一般の人にはない、もしくは一般の人には薄い、言葉に対する（こだわりの）超能力的な感覚があるのだ、と言いたいわけではない。必ずしもない。

僕が言いたいのはこういうことだ。

他人が気づかない3ミリ、たとえ教えても気にもしないだろう3ミリ、に彼ひとり気づいている。誰も気づかない違いに気づく。要は、気づかなくてもよいことに気づいてしまう。たたる、という言葉がここで意味を持つ。一般の人にない感覚を長期に育み、その感覚を自分のものにするということは、結局、無益な荷物を一つ背負うこと、に他ならないのではないか。そしてあげく、周囲からの孤立を招く事態になるのではないか？

たった3ミリの違いに気づくこと。それは熟練の感覚であると同時に、また始まった、という顔を妻から向けられるような、人に煙たがられる感覚でもあるだろう。焼鳥屋の主人というのは実は僕の旧友で、さきに引用した発言は以前、彼が手紙に書いてきたのをメモしておいたのだが、そのときその話に心が動いた理由、わざわざメモに書き写した理由がいまになってわかる。無益な感覚を日々育てること、昨日も今日も明日も、毎日竹串に焼鳥のネタを刺し続けること、そこに僕は、自身の姿を重ねて共感したのだと思う。

＊「西日本新聞」2019.9.27

歩く人

ある人から短歌雑誌にこんな一首が載っていると教えられた。

公園を背中丸めてスマホ見つつまた歩きおり佐藤正午が

教えてくれたのは、この短歌を詠んだ作者本人である。

僕より年配の七十代の男性で、犬を連れて公園を散歩するのが日課のようで、そこへたまに僕が通りかかって挨拶したり立話になったりする。いつだったかその立話のおりに、ああそういえば、あなたのこと短歌に詠んだから、と事後報告を受けた。

これがよく知らない相手なら、または相手が年下なら、ひとの個人情報を無断で短歌に詠み込むなよ、とか文句の一つもつけたいところだが、この歌人は高校の先輩にあたり、昔々、作家佐藤正午がデビューしたての頃から好意的に接してくれている人なので、おとなしく事後報告を受けいれるしかない。そのかわり、こちらも無断で、この一首をここで俎上《そじょう》に載せてざっと包丁を入れておく。

注釈を加えると、これは佐藤正午が「スマホ見つつ」つまり姿勢としてはうつむき加減に公園を歩く様子をとらえている。「また歩きおり」だから先週も今週も、昨日も今日もまた、佐藤正午はスマホに視線を落として歩いている。ずいぶん熱心だ。いったいスマホ画面にうつる何が彼をそこまで熱心にさせるのか？　そういった作者の疑問が、うっすらとこの短歌には滲《にじ》んでいる。

答えはこうだ。

だいたい毎日、午後二時まで書き仕事をする。それから昼食をとり、夕方四時五時になると外へ出る。五十歳を過ぎるころから、一日中部屋にこもっていることが苦痛になってきた。若いときには平気でできたことが、もうできない。仕事にしろ遊びにしろ、時を忘れて自室に引きこもるには「若くあること」が必要なのだとわかってきた。長時間の睡眠にも若い体力を必要とするように。

で夕方になると外の空気を吸いに歩く。

人恋しさに出歩くのではなく、部屋に閉じこもっていれば日没にかならず襲われる苦痛から逃れるために歩く。もともと社交性に欠け、挨拶すら面倒くさいほうだから、なるべく他人と出会わない道を歩く。人気《ひとけ》のない道を、寂しい道を選んで何キロも歩く。スマホを持つ以前はそんな感じで、気がつくといつも登山道の入口みたいな地点にいた。樹々《きぎ》に見え隠れする川が流れ、壊れかけた石橋がかかっていて、そこを渡ったさきは深い森の中だ。

ある日、橋のたもとで考え事をしていると、通りがかった人に声をかけられた。僕と同年輩の男性で、服装からすると山道を降りて来た人のようだった。彼は一言だけ、僕に訊ねた。「……だいじょうぶか？」

おそらく、見ず知らずの人間がそう言わずにおれないような年老いた顔をして、僕はそこに立ち尽くしていたのだろう。

短歌の話に戻って種明かしをすると、「スマホ見つつ」というのはスマホゲームをやっているのである。ただ、僕は何も好きこのんで人目につく公園を歩いているのではない。ゲームアプリに誘導されて歩く方角を定めているだけだ。どうせ歩くのだ。毎日夕方になると、ありったけの体力も気力も消尽して、室内で息をするのも耐え難くなるから歩くしかない。歩かなければ、一日を乗り切れないから、歩く。歩かずにいられないから、歩くのだ。スマホゲームに熱心なのではなく、歩かなければ始まらない拡張現実のゲームアプリがたまたまあり、お供に犬を連れるかわりにスマホを持って出るだけで、僕が熱心なのは、歩くことである。たとえどこで立ち止まって考え事をしても、ゲーム画面に顔を伏せていられるおかげで、だいじょうぶか？　などと声をかける人もいまはいない。

＊「西日本新聞」2019.12.2

友だち

たまに行く将棋倶楽部で、知った顔を見つけて、ヘボどうし対戦していると、勝負も終盤にさしかかったところで相手が、きのうの晩めし何食べた？と訊《き》く。何だよその質問は、心理戦か？と思って、鍋、とテキトーに答えると、鍋？とさも意外そうに将棋盤から顔をあげて、佐藤くん、家で鍋なんかやるの？　やるよ。味気なくない？　味気なくなんかないよ、九十九島のフグ鍋だよ、うまいよ。ふーん。ふーんじゃなくて、王手だから。結局、攪乱《かくらん》作戦には乗らず、その将棋は僕が勝った。

それからもう一局指して、一勝一敗で終わったあと駒を片づけながら、帰るなら送るよ、車だからとその知り合いが言い、遠回りになるからいいよと僕が遠慮して、え、通り道でしょ？　いや遠回りだよ、と話がくい違い、おたがいの住所を確認しているうちに、ようやく僕は自分のうかつさに気づいた。その知り合いというのは高校の同級生なのだが、彼は僕がまだ昔のマンションに独り住まいだと思い込んでいるのだ。僕は彼に、家を建てて引っ越したことを話していなかったし、それ以前に、結婚の報告すらしていないのだ。

「住所変わってたのか」事情を知った旧友は驚いた。「そいで結婚もしてたのか？　いつ？」

「父が死んでハトゲキが出た年だから二〇一四年。六年前だね」

「六年前！　ハトゲキって何？」

「僕が書いた小説『鳩の撃退法』のことだけど、それも知らなかった？」

「知らないよ、何も言わないからさ、全然知らない。言えよ、黙ってないで、結婚の話はとくに。そんな大事なこと隠すなよ」

べつに隠していたわけではない。

結婚したことも、家を建てたことも、父が死んだことも、それからもちろん小説が出版されたことも、外に情報が洩れないように心がけたつもりなど毛頭ない。だいいち、どの出来事もその都度、自分の判断で、伝えるべきひとには伝えてある。

結婚の話に限れば、六年前、自分の口から伝えておきたいと思うひとは三人いた。両親は別にしてという意味だが、行きつけの居酒屋の女将《おかみ》さんと、床屋の主人と、あと年上の競輪仲間、その三人である。まあこれを逆に考えれば、その三人以外、祝い事の報告をするべき相手が誰もいない、ということになる。

六年前、その事実に気づいて、ちょっとだけ狼狽《ろうばい》した。

自分の口から結婚の報告をして、おめでとうと言ってもらえる相手、一緒に喜んでもらえる相手が、この世に三人しかいない、そういうことか？　いや、そんなはずはない。三人だけじゃなく友だちならほかにいくらでもいる。しかもこの三人とは居酒屋、床屋、競輪場でしか会う機会はないのだし、世間一般の意味に照らせば、三人とも友だちとは呼べないかもしれない。でも、どう考えても、いま自分が、結婚の報告をしたい相手はこの三人しかいない。

よくよく考えると、つまり、こうだ。おめでとうと言ってもらえる、ではなくて、おめでとうと言ってもらいたい、一緒に喜んでもらいたい、そう自分が望む相手がこの三人なのだ。この三人は、僕が考えている以上に僕の人生に重要な位置を占めているのかもしれない。もしいつか僕が、いまの時代を振り返って自伝を書くとしたら欠かせない登場人物たちなのかもしれない。そうに違いない。居酒屋の女将さんと、床屋の主人と、競輪仲間。あるいはこの三人以外の、世間一般の意味で友だちと呼べるような関係の人たちは、僕の自伝の中では、実は思ったほど活躍しないのかもしれない。

むろんこんな話は、世間一般の意味で友だちと呼べる関係の人たちにはしない。ただ密《ひそ》かにそのような結論に達し、六年前、僕は三人にだけ話を伝え、三人三様の祝福の言葉を貰った。

＊「西日本新聞」2020.2.28

同じ道

四十肩や五十肩なら聞いたこともあるが、六十肩というのもあるのだろうか、このところ嫌な痛みに悩まされている。キーボードで文字を入力するのも一苦労で、ちょっと無理をすると肩の付け根に激痛が走る。仕事に集中できない。書きかけの小説があるのに、先週も今週も、昨日も今日も一行も進まない。ただでさえ書き悩んでいた小説を、もう書き続ける気力がない。鬱々《うつうつ》とした気分で外に出て、やみくもに歩きまわるうち、だんだんと思い詰めて、このさきもこれが続くのか、つらい毎日が、だったら小説書きなんかやめたほうがよくないか、いっそ全部投げ出して楽になるか？　などと心が折れかけたとき、ふとバス停の標識が目にとまり、また同じ道を歩いていると気づいた。

ずいぶん昔だが、僕はここでベンチにすわってバスを待っていたことがある。行先の漢字の読み方のわからないバスを。そしてそのバスには結局乗らなかった記憶がある。それも一度ではない。確か二度、同じバスをベンチで待っていて、二度ともそのバスには乗らなかった。

一度目は二十代の頃、まだ小説を書き出す前で、仕事もなく、自分が何をすべきなのかもわからず、毎日がつらかった。あるとき外をふらついていて、通り過ぎたバスのフロントに掲げられた行先表示を目にしたが、その漢字が読めなかった。自分が住んでいる佐世保の、バスの行先である町名すら読めない。それでいっそう自分が無能に思えた。せめて地元の町くらいは知っておきたい。大げさにいえば、生きているうちに、一度でいいから、その町に行ってみたい。そう考えてベンチに腰をおろし次に来るバスを待った。

ところが十分ほどの待ち時間に、見知らぬ若い女性に話しかけられた。◯◯くんだよね？　と彼女は言った。人違いですよ、と僕は答えた。商業高校出身じゃない？　いいえ違います。そう、けど◯◯くんと顔がよく似てる、と相手がしつこいので、僕は気味が悪くなって、その場を離れた。それから自宅に戻り、ほんの気まぐれに小説の構想を練りはじめた。人違いから始まる長い物語を。なぜ大昔のそんな些細《ささい》なことを憶えているかというと、それがのちに僕のデビュー作になったからである。

二度目は四十代のときで、当時も毎日がつらかった。経済的にも困難な状況を抱えていた。せめて、生きているあいだに一度くらいはと、二十代のときと同様の思いでベンチにすわってバスを待っていた。すると見知らぬ年配の婦人が隣に来て話しかけた。彼女は腕時計を僕に示しながら、最近、いつ見ても46分をさしているのだと言った。時計が止まっているのではなく、自分が時計を見るたびに時刻は何時かの46分なのだ、神様に悪戯《いたずら》されてるみたいに、この時計だけじゃなくどんな時計も、自分が時刻を知りたいと思ったときは必ず46分なのだと。僕はそのときも気味が悪くなって、バスが来る前にその場から立ち去った。なぜ46分などという意味のない数字をいまも憶えているかというと、それからまもなく、競輪で有り金を賭《か》けた4‐6の車券が的中し、見たこともない大金を手にしてしまい、当時の困難を乗り切れたからである。

二十代で一度、四十代で一度、だからこれが都合三度目になる。

僕はまだこのバス停からバスに乗ったことがない。生きているうちに訪れたいと願っていた町がどんな町で、そこに何があるのかも知らず、町名の漢字の読み方さえもいまだに知らないのだ。

これが最後のチャンスになるのかもしれない。

そう思って、僕は人気のないバス停のベンチの端に、二十代のとき、四十代のときそうしたように腰をおろした。そして心静かに待った。行先の漢字の読めないバスがやって来るのが先か、それとも三たび、見知らぬ誰かに邪魔をされることになるのか、どちらかの運命を待ってみることにした。

＊「西日本新聞」2020.4.24

夏の相棒

ちょっとまわりくどくなりますが僕がどういう人間かというところから始めます。僕は昭和三十年の生まれなので今年六十八歳になり、この時代の呼び方では「前期高齢者」のくくりに入ります。そもそも令和の若い人とは相容《あいい》れない生活習慣がところどころあるかと思います。例をあげると僕は一年三百六十五日、毎朝、朝刊を読みます。紙の新聞です。紙の新聞にはちょくちょく休刊日がありますが、休刊日にも僕は朝から自宅の新聞受けのある場所まで歩いて中を覗いて、それから自室に戻り前日の朝刊を読みます。なにしろ朝起きて第一にやるのは朝刊を自分で持ってきて読むこと、それが長年のルーティーンになっているのでそういう無駄も厭《いと》わずやります。今朝は新聞が届いてないとわかってても届いているていで新聞受けまで歩いて往復しないと、そして昨日の朝刊でも何でも朝から新聞を読まないと気がすまないんです。

もう一例あげると、僕は財布を持ちません。カードやスマホ決済だから現金を持ち歩く必要がないというのではなくて、買物は昔から現金で支払っているんです。でもその現金を入れる財布を持っていません。子供の頃から一度も、財布というものを持ったことがありません。欲しいと思ったこともない。財布を持たずにどうしているのかというとお札も小銭も外出時にはポケットに入れています。主にズボンのポケットを使いますが、上着のポケットにも入れます。衣替えの季節に冬物のコートをクリーニングに出そうとすると、ポケットから現金が出てきてよく得した気分になります。

いまあげた二例のうち、休刊日の新聞の件などは特に、作り話に聞こえるかもしれません。身近で現場を見ているひと、家族以外には言っても誰にも信じてもらえないかもしれません。でもホントなんです。僕はそういったあまり一般的でない癖のある前期高齢者としていまを生きています。

で、これもその一つに数えられるかと思うのですが、僕の寝室にはエアコンがありません。生まれてこのかた、エアコンのある寝室で寝たことがありません。ここから本題に入ります。

暖房のほうは、寒がりなんで欠かせないんです。でも冷房は大の苦手で、クーラーの効いた部屋にいると具合が悪くなります。苦手というより、嫌いなんですね。夏場に仕事をするときは、パソコンが熱を持つので、そのパソコンをいたわるために仕方なくエアコンに頼ることはあります。小説書きの大事な道具が壊れては困りますから。でもそれ以外では、真夏日だろうが猛暑日だろうがエアコンで室内の空気を冷やしたりはしません。

まず窓を開けます。家中の窓は全部開けます。それで足りなければ扇風機を回します。水浴びもします。ゴザを敷いて視覚的に涼しさを演出することもあります。これは日中の話ですね。では夜、寝るときにはどうするか。

夜も窓は開けたままです。どんなに寝苦しい熱帯夜でも窓を閉め切ってエアコンをつけたりはしません。寝室にエアコンがないのだからあたり前です。窓を開けっぱなしで寝るのは物騒だと思われるでしょうが、万一の対策のためベッドの下には武器を常備してあります。……これは冗談を一つはさんでみました。真面目な話、夏の夜の常備品は団扇《うちわ》です。

毎年夏になると、就寝前ベッドで本を読みながら、ぱたぱた団扇で体に風を送ります。顔にも、胸もとにも、下半身にも。片手で本を持って読むのに疲れると、照明を落としてオレンジ球の灯《あか》りの下でゆるゆる団扇を使い、来し方行く末を思ったりもします。どっちにしても団扇です。団扇を揺らすリズム、団扇を持った手の手首のひねりの角度、力の入れ具合、それらを夜の気温によって調節しながら眠りにつきます。団扇使いのベテランなので、僕はそのへんのコツをつかんでいます。

というわけで夏のあいだ、ベッドの枕もとには必ず一枚の団扇がおいてあります。梅雨明けから使い出して、九月下旬ぐらいまででしょうか、秋風が立つ頃にはその団扇が傷んで破れていたりもします。そのくらい団扇を使い倒します。言い換えれば団扇とともに夏を乗り切ります。

相棒、という言葉から連想するのはだから、僕にとっては団扇です。ひと夏の相棒、というわけですね。昔は、団扇は酒屋さんや米屋さんから貰い物があったのですが、近頃は流行《はや》らないのか、待っていてもむこうからは来ないので、自分で探して買い求めることになります。で今年の相棒は早々と手に入れて（写真参照）準備万端、本格的な夏の到来を待っています。

＊「小説宝石」2023.7

あとがき

一昨年だったか、もう少し前だったか、『正午派』絶版予定のお知らせがあった。普通、作家に直接絶版予定のお知らせは来ない。来ないと思う。あるいは普通は来るのかもしれないが（そのへんよく知らないが）僕はもらった記憶がない。だからこれまで出版された本のうちどれがすでに絶版でどれが絶版リストにあがっているのか全然把握できていない。誰も教えてくれないし、自分で調べる熱意もないのでほったらかしてある。でも『正午派』の担当者はちゃんとお知らせをくれた。それが嬉《うれ》しくて、嬉しくてというのもちょっと違うかもしれないが、とにかく悪い気はしなかったので、こちらから電話をかけて少し話した。

残念だけど、まあ仕方ないねと僕は言った。はい、とても残念ですが、仕方ないですねと担当者も言った。『正午派』は二〇〇九年に出た本で、十年以上経《た》っても（想像だが）相当数売れ残っているのだろうし、今後も捌《は》ける見込みはないのだろう。AIが（ジョークのつもりだが）正しく判定したのだろう。だったら現実を受け入れるしかない。最初はそのつもりだった。ところが、残念、残念と同じ文句を口にしているうちに、このままおとなしく『正午派』が（また想像だが）裁断機にかけられるのを待つのは悔しい気がして、土壇場で、ダメもとで、僕のほうからひとつ提案してみた。文庫にして残す手はないのかな？　すると担当者はしばし黙った。それからこう言った。つまり、二〇一〇年以降の年譜の続きと、正午さんの書かれたエッセイなどを加えた最新版の『正午派』を文庫で出したいということですか？　うん、まあそういうことだね。ほんとはそこまで具体的に考えた提案ではなかったのだが、言われてみるとそうなるのかもしれなかった。わかりました、と担当者は言った。ちょっと石川さんに相談してみます。

石川さんというのは、二〇〇九年版『正午派』のあとがきに登場する「小学館の若手編集者がふたり佐世保を訪れた」のうちの、担当者とは別のもうひとりの編集者の名前である。「佐藤正午のムック本作りませんか」の言い出しっぺで、そもそもの話、石川さんなしには単行本『正午派』はこの世に誕生しなかった。その本の文庫化案だから産みの親に相談するのは当然だろう。

相談の結果報告は、記憶では、わりかしすぐに届いた。いけそうですと担当者は言った。『正午派』最新版、文庫で出せそうです。こう書くと担当者の上司が石川さんで石川さんの鶴の一声で事が決したようにも思われるかもしれないが、石川さんは石川さんで担当者の名前を大木さんと呼んで話しているのを目の前で見たことがあるので、ふたりの関係性はよくわからない。ふたりのあいだでどんな話し合いがされたのかも知らない。一方で『正午派』を絶版予定リストに載せる(たぶん)部署なり人物がいて、一方で『正午派』の文庫化案を受け入れる編集者が(ふたり)いる。出版社の内部事情に通じていないので(というか小学館のビルの外観も、どこに建っているのかも知らないし)社内で何がどうしてどうなってこうなるのかほんとにわからない。僕には説明できない。これ、折り合いつくのか。横の連絡は取れているのか小学館？と訊《き》いてみたくはあるけれども、訊いてヤブヘビになって文庫化の企画がストップしても損なので訊かなかった。あそう、それは良かった、と短い感想にとどめた。正午さんの作家生活四十年の節目の年ですからね、できたら二〇二四年の刊行をめざしたいんですがと担当者の大木くんは言った。またそれか、と単行本『正午派』のあとがきにも書いたようなことを僕は思った。どんな節目だよ。

その節目の年に他社から新装版やら何やらで計七冊もの文庫が出た。小学館からは新作の長編『冬に子供が生まれる』が出た。これも担当は大木くんで、僕は大木くんのことも大木くんが石川さんと呼ぶ編集者のことも、年長者だからどっちもくんづけで呼ぶ。この関係性はわかりやすいと思う。比べて大木くんと石川くんの関係性は謎で、彼らふたりと絶版予定リスト作成部署との関係性も謎に包まれ、部外者の僕などには測り知れないところがある。まあその話はいい。節目の年に出た本を残らず年譜に加えたいというので新しい『正午派』刊行は翌年に延び、タイトルは自然と『正午派２０２５』に決まった。

ところまでが、四六判の分厚い本だった『正午派』がこのたび小学館文庫として生まれ変わった経緯である。

もとの『正午派』からは、約百三十頁分あった『Ｙ』の映画脚本を外してあり、代わりに二〇一〇年以降の年譜および本の書影とその間に僕が書いたものが足されているから差し引きチャラで、この文庫も結構な厚みを持つし、それなりの定価で売られると思う。ただ正直な気持ちを言うと、本を売る側が言ってはいけないことかもしれないがあえて言うと、この本で儲《もう》かるとは思っていない。もちろん少部数でも出版されれば作家には印税が入る。でもそれは、顰蹙《ひんしゆく》買うだろうが競輪やって運さえ味方につけば一日で簡単に稼げる程度の金額である。それ以上の桁《けた》のお金はこの本がベストセラーにでもならないかぎり望めないし、この本がベストセラーになる可能性はゼロだろう。限りなくゼロに近いとかじゃなくて、ゼロである。かたちを変えたとはいえなにしろもとが絶版リストに載っている本なのだし。

じゃあなぜ儲からないとわかっている本を出すのか。

なぜ僕は出したがり、なぜ出版社はそれを許すのか。

出版社の考えはさっきも言ったようによくわからない。仮に出版社が人格を持つAIのような存在だったら、『正午派』は問答無用の絶版で、私に利益をもたらす本を書けと作家に命じるはずだ。でもそうじゃないんだ、としか言い様がない。あと僕がこの本を出したい理由——文庫にして一年でも二年でも長く残したいと願う理由は、これも作家として自分の本を大事に思うのは当然としか答え様がないのだが、小説やエッセイ集とは違い分類不可能なこの本に関しては、特別な理由がほかにないでもないかな? と思えるふしもあるので、ひとつおまけを足しておく。

二〇〇九年にもとの『正午派』が出たとき、僕が嬉しそうに語っていたというあるエピソードを先日、大木くんが教えてくれた。僕自身忘れかけていた出来事を改めて思い出させてくれた。当時うちに宅配便を届けにきた若い配達員の話である。名前も知らない若い配達員のことを僕は「兄ちゃん」と呼んで、大木くんにこう語ったらしい。荷物の受け渡しで僕がハンコをついていると、その兄ちゃんが何の前置きもなくいきなり、

「なんかこんどスゴい本が出ましたね」と言った。それまで玄関先で何度か顔を合わせてはいたが本の話などしたことはなかった。ろくに口をきいたおぼえもなかった。まさかその兄ちゃんが佐藤正午の本に関心を持っているとは知らなかった。兄ちゃんも言うつもりはなかったのだろうが、でも今回ばかりは言わずにいられなかったのだ

ろう。ぽろりと口に出してしまって、良かったのか悪かったのか僕の反応を待っている感じだった。

「『正午派』のこと？」

「はい。あれ、スゴいですね、写真入りの、ゴツいやつ、小説でもなくて、ほかの何でもなくて、何ですか、何て言えばいいんですかね、あんなスゴい本、見たことないですよ」

「だよね？　どこにでもある本じゃないよね」

「ないですよ、スゴい本ですよ」

二〇〇九年版『正午派』について人に何か言われたのはこの一回きりである。出版当時、書評などどこにも書いてもらえなかったと記憶している。たぶん若い配達員の兄ちゃん同様、スゴいとしか評し様がなかったのだろう。それか呆《あき》れてものも言えないとか、あいた口がふさがらないとか、そっち寄りの無反応だったのかもしれない。いったい何なんだ、この『正午派』って本は、何がやりたいんだ、これを作った作家も編集者も、出した出版社も、こんなので一儲けできると思ってるのか。思っていない。僕がこの本の企画に乗った動機は、どこにでもある本じゃない本を作る、ただそれだけのことだ。だから兄ちゃんの一言で十分だった。ただそれだけのことを受け止められない人は、どこにでもある無難な本を本棚に並べて一生過ごせばいい。

これが『正午派』を文庫にして一年でも二年でも長く残したいと願う、おまけの理由である。うまく伝わらないだろうか。僕はこのどこにでもある本じゃない本をなかったことにしたくない。なぜなら、配達の兄ちゃんを例外としてほぼすべての読者書評家その他業界人に沈黙で遇された本の表紙に、自分の筆名が印刷されていることを作家として誇りに思っているからだ。いまも、と臆面なく(力んで)言い換えればわかってもらえるだろうか。その思いごと本が裁断され息の根を止められるのが残念でならなかったのだと。わかってもらえなくても別にかまわない。あなたはこの本は見なかったことにして一生過ごせばいい。

ともかくここまでは来た。

石川くんの「佐藤正午のムック本作りませんか」から数えると二十年近い時が流れ、『正午派』は文庫『正午派2025』として息を吹き返した。だが若き編集者だったふたりは当然ながらもう若くない。僕のほうは、もう若くないという年齢すらとっくの昔に通り過ぎた。将来的に、さらにこの文庫の最新版が編まれる可能性は限りなくゼロに近いだろう。それはわかっている。ここまでかもしれない。ただ、それはそれとして、僕が現役の作家でいるあいだはここが行き止まりでもない。きっとまたどこかの編集者が現れて新たな仕事をもたらすだろう。本の形をした『正午派』はここまでだとしても、佐藤正午の年譜はこの先も更新されていく。デビュー以来四十年にわたってそのことが繰り返されてきたのだし、作家の体力と根気が続くかぎり、編集者は未来の年譜を運んでくるのをやめないだろう。僕はそう予測している。そのようにして働き者の人生はまだとうぶん続いていくと。いま二〇二五年、一月。佐藤正午

電子書籍化作品

『永遠の1／2』（集英社）
『王様の結婚』（集英社）
『リボルバー』（集英社、光文社）
『ビコーズ』（光文社）
『女について』（光文社）
『個人教授』（ＫＡＤＯＫＡＷＡ）
『夏の情婦』（小学館）
『人参倶楽部』（光文社）
『放蕩記』（光文社）
『スペインの雨』（光文社）
『彼女について知ることのすべて』（集英社、光文社）
『取り扱い注意』（ＫＡＤＯＫＡＷＡ）
『事の次第』（小学館）
『Ｙ』（角川春樹事務所、ＫＡＤＯＫＡＷＡ）
『カップルズ』（小学館）
『きみは誤解している』（小学館）
『ジャンプ』（光文社）
『ありのすさび』（光文社）
『象を洗う』（光文社）
『ｓｉｄｅ Ｂ』（小学館）
『豚を盗む』（光文社）
『小説の読み書き』（岩波書店）
『５』（ＫＡＤＯＫＡＷＡ）

『アンダーリポート／ブルー』（小学館）
『身の上話』（光文社）
『ダンスホール』（光文社）
『鳩の撃退法』（小学館）
『書くインタビュー1〜6』（小学館）
『月の満ち欠け』（岩波書店）
『小説家の四季　1988-2002』（岩波書店）
『小説家の四季　2007-2015』（岩波書店）
『冬に子供が生まれる』（小学館）
『かなりいい加減な略歴　エッセイ・コレクションⅠ　1984-1990』（岩波書店）
『佐世保で考えたこと　エッセイ・コレクションⅡ　1991-1995』（岩波書店）
『つまらないものですが。　エッセイ・コレクションⅢ　1996-2015』（岩波書店）

オーディオブック化作品

『永遠の1／2』（ナレーション：今賀竣／小学館）
『夏の情婦』（ナレーション：岩瀬善太郎／小学館）
『事の次第』（ナレーション：川原元幸／小学館）
『カップルズ』（ナレーション：藤井豪／小学館）
『きみは誤解している』（ナレーション：小堀真生、青山優子／小学館）
『side B』（ナレーション：金城慶／小学館）
『アンダーリポート／ブルー』（ナレーション：松本さち／小学館）
『鳩の撃退法』（ナレーション：広瀬竜一／小学館）
『月の満ち欠け』（ナレーション：星野貴紀、まつだ志緒理／岩波書店）
『岩波文庫的　月の満ち欠け』（ナレーション：宮崎遊、松岡美里／岩波書店）
『冬に子供が生まれる』（ナレーション：三好翼／小学館）

＊いずれも2024年12月現在

本書収録書影クレジット

P20-21
『永遠の 1/2』装画 ネモトヤスオ／装丁 亀海昌次／著者近影 撮影 溝口清秀／集英社
『王様の結婚』装画 ネモトヤスオ／装丁 亀海昌次／集英社
『リボルバー』装画 ネモトヤスオ／装丁 亀海昌次／集英社

P22-23
『ビコーズ』装幀 亀海昌次／カバーイラスト 風間史朗／光文社
『恋を数えて』装幀 菊地信義／装画 太田美子／題字 朱緑華／講談社
『童貞物語』装画 ネモトヤスオ／装丁 菊地信義／集英社
『永遠の 1/2』カバー ネモトヤスオ／集英社文庫
『王様の結婚』カバー ネモトヤスオ／集英社文庫

P24-25
『女について』装画 山本容子／装幀 坂川栄治／講談社
『個人教授』装丁 原田治／角川書店
『リボルバー』カバー ネモトヤスオ／集英社文庫
『ビコーズ』カバーデザイン 亀海昌次／光文社文庫

P32-33
『夏の情婦』装丁 菊地信義／装画 西方久／集英社
『私の犬まで愛してほしい』カバー ネモトヤスオ／集英社文庫
『恋を数えて』カバー装画 村上みどり／講談社文庫
『童貞物語』カバー ネモトヤスオ／デザイン 中村慎太郎／集英社文庫

P34-35
『人参倶楽部』装画 飯田淳／装幀 森嶋則子／集英社
『放蕩記』装画 駒井哲郎／装幀 鈴木正道／講談社
『恋売ります』カバー装画 村上みどり／講談社文庫
『個人教授』カバー 赤木仁／角川文庫

P36-37
『スペインの雨』ブックデザイン 野崎麻理／イラストレイション 浅野ルリ子／集英社
『夏の情婦』カバー ネモト円筆／AD 岡邦彦／集英社文庫

P101
『彼女について知ることのすべて』写真 曽我尚弘／装丁 太田和彦／集英社

P102-103
『取り扱い注意』装丁 鳥井和昌／角川書店
『バニシングポイント』装丁 太田和彦／
写真 北島敬三「ヴァニシングポイント」(1992年)／集英社
『人参倶楽部』装画 管野研一／装丁 木村典子／集英社文庫

P104
『Y』装画 アルジー／装幀 今西真紀／角川春樹事務所
『放蕩記』装画 管野研一／装幀 芦澤泰偉／ハルキ文庫

P154-155
『カップルズ』装丁 岩瀬聡／写真 松原健一／集英社
『きみは誤解している』装幀 桂川潤／装画 牛尾篤／岩波書店
『ジャンプ』装幀 丸尾靖子／写真 林久雄／光文社
『彼女について知ることのすべて』カバー Studio10／集英社文庫
『バニシングポイント』カバー 宇治晶／集英社文庫

P156-157
『ありのすさび』装幀 桂川潤／装画 牛尾篤／岩波書店
『象を洗う』装幀 桂川潤／装画 牛尾篤／岩波書店
『女について』カバーデザイン 川上成夫／カバーイラスト 天野喜孝／光文社文庫
『Y』装画 アルジー／装幀 今西真紀／ハルキ文庫
『取り扱い注意』カバーデザイン 鳥井和昌／角川文庫
『スペインの雨』カバーデザイン 川上成夫／装画 寺門孝之／光文社文庫
『恋を数えて』カバーデザイン 鳥井和昌／カバー写真 山田なおこ／角川文庫

P158-159
『side B』装幀・装画 池田進吾(67)／小学館
『カップルズ』カバー 宇治晶／集英社文庫
『個人教授』カバーデザイン 鳥井和昌／カバーイラスト 加藤豊／角川文庫
『ジャンプ』カバーデザイン 丸尾靖子／カバー写真 林久雄／光文社文庫
『きみは誤解している』カバー 桐野太志／集英社文庫

P228-229
『豚を盗む』装幀 桂川潤／装画 牛尾篤／岩波書店
『花のようなひと』装画 牛尾篤／造本・構成 桂川潤／岩波書店

P230-231
『小説の読み書き』岩波新書
『5』装丁 高柳雅人(角川書店装丁室)／角川書店
『ありのすさび』カバーデザイン 髙林昭太／光文社文庫

『side B』カバー写真・デザイン 山田満明／撮影協力 東京オーヴァル京王閣／小学館文庫

P232-233
『アンダーリポート』カバー写真 ©Gary S Chapman/Getty Images／装丁 岩瀬聡／集英社
『彼女について知ることのすべて』カバーデザイン 髙林昭太／
カバー写真 Kim Naylor/Getty Images／光文社文庫
『リボルバー』カバーデザイン 髙林昭太／カバー写真 データクラフト／光文社文庫
『放蕩記』カバーデザイン 髙林昭太／光文社文庫
『象を洗う』カバーデザイン 髙林昭太／光文社文庫
『永遠の1/2』カバー写真 森山大道／カバーデザイン 名久井直子／集英社文庫

P294-295
『幼なじみ』画 牛尾篤／装丁・本文レイアウト 桂川潤／岩波書店
『身の上話』装幀 大久保伸子／装画 川口伊代／光文社
『正午派』装幀 山田満明／小学館
『豚を盗む』カバーデザイン 髙林昭太／カバー写真 髙林昭太／光文社文庫
『5』カバーデザイン 高柳雅人／角川文庫

P296-297
『ダンスホール』装幀 川上成夫／題字 清水美和／光文社
『アンダーリポート』カバー 大路浩実／集英社文庫
『事の次第』カバーデザイン 山田満明／小学館文庫
『身の上話』カバーデザイン・写真 髙林昭太／光文社文庫
『きみは誤解している』カバーデザイン 山田満明／小学館文庫
『人参倶楽部』カバーデザイン 髙林昭太／
カバー写真 Peter von Felbert/Getty Images／光文社文庫
『カップルズ』カバーデザイン 山田満明／小学館文庫
『ダンスホール』カバーデザイン 髙林昭太／カバー写真 amanaimages／光文社文庫

P342-343
『鳩の撃退法』装画 hatu／装幀 山田満明／小学館
『書くインタビュー 1』カバーデザイン bookwall／
人形制作&写真撮影 サカモトキョーコ／小学館文庫
『書くインタビュー 2』カバーデザイン bookwall／
人形制作&写真撮影 サカモトキョーコ／小学館文庫
『アンダーリポート／ブルー』カバーイラスト 柳智之／カバーデザイン 高柳雅人／小学館文庫

P344-345
『小説家の四季』装幀 桂川潤／装画 牛尾篤／岩波書店
『月の満ち欠け』装丁 桂川潤／ジャケット装画 宝珠光寿（「何もない空いっぱいに」）／岩波書店
『永遠の 1/2』カバー作品 表恒匡／カバーデザイン 鈴木成一デザイン室／小学館文庫

『書くインタビュー　3』カバーデザイン bookwall／
カバー写真 lvcandy/Getty Images／小学館文庫

P346-347
『夏の情婦』カバーデザイン 鈴木成一デザイン室／カバーイラスト 西川真以子／小学館文庫
『花のようなひと』画 牛尾篤／装丁・本文レイアウト 桂川潤／岩波現代文庫
『取り扱い注意』カバーイラスト ヤマダユウ／カバーデザイン 鈴木成一デザイン室／角川文庫
『個人教授』カバーイラスト ヤマダユウ／カバーデザイン 鈴木成一デザイン室／角川文庫
『恋を数えて』カバーイラスト ヤマダユウ／カバーデザイン 鈴木成一デザイン室／角川文庫
『鳩の撃退法』カバーイラスト チカツタケオ／
カバーデザイン 鈴木成一デザイン室／小学館文庫
『ビコーズ　新装版』カバーイラスト サヌキナオヤ／
カバーデザイン 岡本歌織（next door design）／光文社文庫

P354-355
『岩波文庫的 月の満ち欠け』デザイン 桂川潤／カバー画 今村麻果／岩波書店
『書くインタビュー　4』カバーデザイン／撮影 bookwall／小学館文庫
『書くインタビュー　5』カバーデザイン／撮影（本）bookwall／
カバー写真（自転車）Adobe Stock/miniartkur／小学館文庫
『小説家の四季　1988-2002』カバー画 牛尾篤／岩波現代文庫
『小説家の四季　2007-2015』カバー画 牛尾篤／岩波現代文庫
『書くインタビュー　6』カバーデザイン／撮影（パンフレット）bookwall／
カバー写真（人物）kelly marken/Adobe Stock, keatikun/Adobe Stock, Kirill_M/PIXTA／
／小学館文庫

P356-357
『冬に子供が生まれる』装画 酒井駒子／装幀 bookwall（五藤友紀、松昭教）／小学館
『ジャンプ　新装版』カバーイラスト 太田侑子／カバーデザイン 大久保伸子／光文社文庫
『身の上話　新装版』カバーイラスト 川口伊代／カバーデザイン 大久保伸子／光文社文庫
『彼女について知ることのすべて　新装版』カバーイラスト 太田侑子／
カバーデザイン 大久保伸子／光文社文庫
『かなりいい加減な略歴　エッセイ・コレクションⅠ 1984-1990』
カバー画 牛尾篤／岩波現代文庫
『佐世保で考えたこと　エッセイ・コレクションⅡ 1991-1995』
カバー画 牛尾篤／岩波現代文庫
『つまらないものですが。 エッセイ・コレクションⅢ　1996-2015』
カバー画 牛尾篤／岩波現代文庫
『Y』カバー写真 Richard Newstead/Getty Images／カバーデザイン 高柳雅人／角川文庫

本書のプロフィール

本書は、二〇〇九年十一月刊行の単行本『正午派』の増補版として新たに編纂された文庫オリジナルです。

小学館文庫

正《しょう》午《ご》派《は》2025

著者　佐藤《さとう》正午《しょうご》

二〇二五年一月十二日　初版第一刷発行

発行人　石川和男
発行所　株式会社　小学館
〒一〇一-八〇〇一
東京都千代田区一ツ橋二-三-一
電話　編集〇三-三二三〇-五八〇六
　　　販売〇三-五二八一-三五五五
印刷所――――大日本印刷株式会社

ISBN978-4-09-407425-3